DOMINIKA
STEC
Kobieca
intuicja

Prószyński i S-ka

Projekt okładki:
Maciej Sadowski

Redaktor prowadzący serię:
Jan Koźbiel

Redakcja:
Jan Koźbiel

Redakcja techniczna:
Małgorzata Kozub

Korekta:
Mariola Będkowska

Łamanie:
Ewa Wójcik

ISBN 83-7469-004-6

Wydawca:
Prószyński i S-ka SA
02-651 Warszawa, ul. Garażowa 7

Druk i oprawa:
Drukarnia Naukowo-Techniczna
Spółka Akcyjna
03-828 Warszawa, ul. Mińska 65

DOMINIKA
STEC
Kobieca intuicja

Polecamy:

Zbyszkowi W.

Miłość w Paryżu

Więc napisałam książkę o miłości do Pedra. Nie zaczyna się od więc. Moim uczniom stawiam za to minusy. Tylko że gdybyście przez dwa miesiące ślęczeli nad książką o miłości do Pedra, też mielibyście ochotę zacząć od więc. Z czterema błędami ortograficznymi, co wyrównuje rekord Rapcuchowicza z III c. Obawiałam się, że kiedy skończę, miłość do Pedra przejdzie mi jak ręką odjął. Ale jakże nie kochać ucieleśnienia marzeń, powiedzcie? Połowa kobiet tęskni za takim w snach, a ja budzę się rano – i ucieleśnienie leży obok mnie. Jak Adam obok Ewy. A jedyną ceną za życie w raju jest to, że po nocy nie możecie doszukać się stanika. Dopóki mieszkałyście same, był na swoim miejscu. Teraz odnajduje się nieoczekiwanie na kinkiecie albo w barku. Metafizyka miłości.

Uwielbiam tę metafizykę! Mogłabym nic więcej w życiu nie robić, tylko kochać Pedra. Sto osiemdziesiąt centymetrów męskości plus seksownie zrastające się brwi. Kochać Pedra, robić zakupy z Pedrem, kłócić się z Pedrem, wszystko. Byle z nim. Ale niestety, nie da się robić tego bez przerwy. Tego ranka musiałam pędzić na umówione spotkanie z moją przyjaciółką Robertą. W sprawie miłości do Pedra. To ona namówiła mnie na książkę.

Jeszcze nie dopiłyśmy kawy w jej gabinecie, a już miałam podpisaną umowę z wydawnictwem i wypłaconą zaliczkę. Uczucie do Pedra przynosiło mi rozliczne korzyści duchowe i fizyczne, ale na finansowe doprawdy nie liczyłam.

Roberta z pewnością rasowego wydawcy orzekła, że książka da się sprzedać po redakcyjnych poprawkach, wystarczy skrócić zdania. Mam nie pisać na okrągło jak polonistka. Byłam

7

zdecydowanie bardziej polonistką niż literatką, ale przytaknęłam, że jasne. Nie chciałam wdawać się w fachową dyskusję z Robertą, bo zaczyna wtedy używać słów, które pierwsze słyszę. Mimo że mam magisterkę. Poza tym wolałabym raczej od serca niż fachowo.

– Tylko czy ta książka w ogóle ma sens, Roberto?

– Oczywiście, Dominiko. Skrócisz zdania i będzie miała sens.

Miałam nadzieję, że wie, co mówi. W powieść o miłości do Pedra włożyłam kawał mojego życia! Nie zdawałam sobie wcześniej sprawy, że moje życie jest w gruncie rzeczy czytadłem. Nie, że głupie czy naiwne, tylko nieprzytomnie ciekawe. Takie życiowe. Choć może wyłącznie dla mnie, tego nie byłam pewna.

Obiektywnie patrząc, Pedro jest intrygującym facetem. Pociągająco tajemniczym. Miewa luki w pamięci po niedawnym wypadku. W gruncie rzeczy wszystko już sobie przypomniał – z wyjątkiem niektórych kobiet. Ciekawe. Moja przyjaciółka Gośka twierdzi, że to raczej dowód zdrowia. Jej mąż Berni ma to samo bez wypadku. Nie pamięta kobiet. W towarzystwie Gośki nawet się im nie kłania. Najwyżej tym brzydszym.

Zaczęłam pisaninę całkiem nieźle, bo w Paryżu. Towarzyszyłam Pedrowi, który załatwiał tam sprawy księżnej Reńskiej, swojej opiekunki z czasu rekonwalescencji. Przyznacie, że Paryż pasuje do pisania książki o miłości do Pedra. W ogóle o miłości do kogo się chce. Miejsce magiczne, jeżeli chodzi o te sprawy. Choć głównie pisałam w hotelu, a tam – gdyby nie zdjęcie Centrum Pompidou na ścianie – nie wiedziałabym, że jestem w Paryżu. Hotele są do siebie podobne jak jednojajowe bliźniaki. Rozróżnia się je po miejscowej faunie. Jeśli na ścianie wygrzewa się jaszczurka – jesteśmy w Południowej Ameryce, jeśli pod łóżkiem drzemie pyton – Afryka. Koloryt lokalny. Tak to nazywa mój tata, któremu zdarzyło się już w Toowoombie zaliczyć wykład o perspektywach kalifornijskiej neurochirurgii, wygłaszany przez francuskiego Nigeryjczyka po niemiecku. Tam można nadepnąć w brodziku na *Elseya dentata*. Podobno niegroźny żółw, choć chyba wynika z nazwy, że zębaty.

W paryskich hotelach koloryt lokalny piszczy w ścianach. Według mnie to myszy, według Pedra – rury. Były akurat piekielne upały i ciągłe problemy z hydrauliką. Ale myszy też są w upał nadpobudliwe. Nie mówiąc o ludziach! Pedro przez całą kolację plótł coś o rurach, ja o myszach. Tak zaczęła się nasza pierwsza paryska kłótnia.

Tej nocy zaczęłam pisać, żeby utrwalić cudowne chwile, gdy Pedro był moim ideałem. To znaczy nadal nim był, ale w Paryżu nie trzeba się w tym celu wysilać. Być może on był moim ideałem nałogowo? Poznałam go po wypadku, kiedy sam nie bardzo wiedział, kim jest, i od pierwszego wejrzenia został moim ideałem. A przecież mógł się okazać seryjnym mordercą albo politykiem, prawda? Na szczęście okazał się kustoszem. Kierował muzeum regionalnym i mieszkał w barokowym pałacyku pośrodku francuskiego ogrodu. Takiego geometrycznie wystrzyżonego, wiecie. Kuliste krzaki, labirynty z roślin, panienki z marmuru.

– Pedro – westchnęłam na to wniebowzięta – jeżeli mi powiesz, że trzymasz w dworskich stajniach białego konia, na którym przybędziesz pod moje okno…

– Kozę, Do – przerwał mi. – Jest koza w komórce. Zwie się Dafne. Ale biała!

Biała czy czarna, na kozie przybyć się nie da. Donikąd. Zero romantyzmu. Tyle że wspomnienie kozy Dafne straszyło mnie w Paryżu. Żar lał się z nieba. Takiego upału nie mieli od czasów trzech muszkieterów. Dziękowałam Bogu, spotykając czynną fontannę, w której było dość miejsca na zanurzenie stopy. Bo normalnie fontanny rozpoznawało się po kłębowisku spoconych ludzi, spośród których sterczał nadgryziony przez rdzę posążek. Niestety, Pedro miał ambicje, żeby obejrzeć w Paryżu coś więcej niż czynne fontanny i swoją ukochaną Dominikę. Wieża Eiffla, Łuk Triumfalny, cmentarz Père Lachaise, pałac Tuileries, Pola Elizejskie, Moulin Rouge, Sophie Marceau, Montmartre… Chryste, świeżo odzyskał pamięć, ale ja znałam Paryż, jakbym urodziła się w Luwrze jako mleczna siostra Mony Lizy. Każdy w miarę rozgarnięty człowiek zna Paryż od urodzenia. Z książek, z filmów, ze wszystkiego! Czy potrzeba jeszcze biegać po nim w majtkach mokrych od potu?

Ze zmęczenia i upału zabytki klasy zerowej kojarzyły mi się z trywialną białą kozą. Przed katedrą Notre Dame przypomniałam sobie, że Cyganka, w której kochał się dzwonnik Quasimodo, hodowała kozę. Oglądałam w telewizji stary film z Lollobrigidą. Kwiecista chusta, cekiny i biała koza jedząca z ręki. Na placu Vendôme uświadomiłam sobie, że Chopin z George Sand paśli kozy na Majorce. Dla żartu, ale zawsze. Nawet sycylijska Cosa Nostra mi się przypomniała, choć to dlatego, że consigliere pokręcił mi się z Conciergerie. Poza tym drażniły mnie te kozy paryżanki, niezależnie od tego, czy to Pedro im się przyglądał, czy one jemu. Zresztą stolica Francji jest miastem międzynarodowym i ze dwa razy wpadły mi w oko młodziutkie zgrabniutkie Japonki, które też przyglądały się Pedrowi. Już myśl, że Pedro mógłby mnie zdradzić, była niesamowita – a co dopiero z Japonką!

W Paryżu kobiety są niesamowicie kobiece, zwłaszcza latem, kiedy więcej widać niż nie widać. Rozkwitają. Ja sama zaliczyłam pięć pokazów mody, zmieniłam fryzurę i poczułam wzrost naszej najbardziej pierwszorzędnej cechy płciowej, czyli kobiecej intuicji. Wszędzie widziałam proroctwa i wieszcze znaki. Nie miałam tego nawet przed rozpadem mojego krótkotrwałego małżeństwa z Markiem. Więc może teraz te złe znaki to był dobry znak? Że nie tylko jestem zakochaną optymistką, ale na dodatek myślę.

Włóczyliśmy się z Pedrem po bulwarach nad Sekwaną. Bukiniści, żelazne krzesełka porozstawiane wśród drzew, widok na dachy nieznanej mi bazyliki i trochę wilgoci. Co za ulga! I nagle z alejki wybiegła prosto na nas dziewczyna w białej sukni. Ślubnej. Z bukiecikiem fiołków. Jak w tych filmowych komediach romantycznych, gdzie samotne panny młode ganiają po ulicach Manhattanu. Nie wzięlibyście tego za omen? Ja wzięłam, mimo że kompletnie nie wiedziałam, do czego to przypiąć. A panienka przypięła się do Pedra i rozpuściła język. Przekłuty. Miała też przekłutą brew, wielokrotnie przekłute ucho, kolorowy tatuaż na policzku. „Fuck me!” Sądziłam, że takie dziewczyny nie zakładają długich białych sukien do ślubu, ale widocznie każda z nas ukrywa tę tęsknotę w głębi duszy. Jako polonistka znam słabo łacinę, trochę lepiej angielski i doskonale staro-cerkiewno-słowiański. Pedro zna francuski i niemiecki. Nieznajoma zagadywała po turecku albo po węgiersku. Łącznie cała zjednoczona Europa – i nic z tego nie wynikało.

Jadłam lody oraz smażone udko, obie ręce miałam zajęte, nie mogłam rozmawiać. Pedro ze swoim udkiem dwoił się i troił. Aż okazało się, że to Polka. Typowe. Polak trafi na swego i na Księżycu. Tyle że wspólna narodowość nie pomogła nam w dogadaniu się. Miałam zawieszkę, rzekła Polka. Niby herbatnik, ale szajzelize, nie jarzy na maksa. Było zajedwabiście, a gościor teraz strzela karpia. I bezkasie, że beret zrzuca! Zbulwił ją zdeka, to machnie się na nabitę. Drugi dzień bije po bandzie. Kaszana! Gdyż miała zawieszkę.

Tu jakby się zazębiła z początkiem i zaczęła od nowa, że niby herbatnik, ale szajzelize. Szczęka mi opadła. Wyczuwałam w niej dramat na miarę Hamleta, tylko jaki? Jakbym słuchała „być albo nie być" w staroangielskim oryginale. W końcu poradziłam Pedrowi, żeby dał jej adres ambasady. Podejrzewałam, że szuka kogoś do lipnego ożenku, choć wydawało mi się to bez sensu. Ale czy prawdziwe ożenki zawsze mają sens? Czasem naprawdę jest kaszana!

Kiedy ślubna Polka odeszła z adresem, Pedro zapytał mnie, czy sądzę, że ambasador się z nią ożeni? W obliczu męskiej bezduszności poczułam solidarność z tamtą. Wyjaśniłam mu, że kobiety mają swoje subtelne potrzeby, których facet nie pojmie. Orzekł, że „fuck me" to nie taka znowu subtelna potrzeba. I zaraz przypomniał sobie, czy à propos nie chciałabym wrócić do hotelu, bo on ma świetny pomysł na przed kolacją. Jest dwulicowy jak każdy facet, ale czemu nie, odparłam godnie. Lubię nasz hotel z Centrum Pompidou na ścianie.

Popatrzyłam za ślubną, niknącą pośród drzew. Na tle spoconych, snujących się leniwie ludzi wyglądała z daleka jak biała dama. Duch zgilotynowanej arystokratki albo rokokowej kochanicy. I zrozumiałam, że w obecnej sytuacji nie powinnam poczuwać się do damskiej solidarności. Powinnam zakrzątnąć się na zimno koło mojej przyszłości z Pedrem. Inaczej podobna biała dama pojawi się kiedyś obok niego znowu i oboje znikną z mojego życia jak garść ektoplazmy po seansie. Aż zakłuło mnie w sercu i pot pociekł mi po twarzy jak łzy.

Tej nocy zamknęłam się w łazience. Usiadłam na klapie od sedesu w mojej seksownej koszuli nocnej. Jak mgiełka. Kupionej specjalnie na Paryż. Dobrze, pomyślałam bez specjalnego powodu, żeby tak pomyśleć, jeżeli Pedro ma mnie za idiotkę, to jeszcze się przekona! I zaczęłam pisać powieść. Na nagrodę Nike. To znaczy trzy pierwsze zdania napisałam na nagrodę Nike. Dalej spuściłam z tonu. Wypiłam kieliszek białego wina, napisałam kartkę do Gośki, że bosko, i wlazłam po natchnienie do wanny z wodą, bo nie szło oddychać.

Rano byłam zadowolona z siebie, jadłam croissanta za croissantem i myślałam o własnym ślubie. Najroztropniej postąpię, zostając białą damą u boku Pedra, gdy tylko wrócimy do Polski. Dobrym duchem, bez którego nie potrafi żyć. Faceci potrzebują stabilizacji w życiu. Nie mam co bronić się przed myślą o drugim ślubie. I tak o nim myślę. Będzie pięknie, zagrają nam Mendelsohna i posypią nas ryżem. W końcu musi mi się udać, nie to co z Markiem.

Zamiast pisać dalej powieść o miłości, wynotowałam w trzech punktach spis postanowień na najbliższy rok.

Punkt pierwszy: wyjdę za Pedra.

Punkt drugi: Pedro się ze mną ożeni.

Zamierzałam w drugim punkcie napisać o urodzeniu dziecka Pedrowi, ale zrezygnowałam. Musiałabym zajść w ciążę przed Bożym Narodzeniem, żeby się wyrobić do sierpnia. O ile umiem sobie wyobrazić, że prowadzę lekcje jako mężatka, o tyle nie umiałabym z brzuchem wręczyć świadectwa Rapcuchowiczowi. Bez małżeńskiej przesady póki co.

Punkt trzeci: coś jeszcze. Na razie nie mam konkretnych potrzeb.

Widocznie trzy punkty miały magiczną moc, gdyż pod koniec września oddałam Robercie wydruk. Tydzień później oznajmiła mi, że powieść wyjdzie na początku listopada. Muszę przysiąść nad ostatecznym szlifem. Ona da mi Janka Machtę, który wyprowadzi mnie z tekstem na czyste wody. Od ręki podniosła słuchawkę. Wszedł, kiedy Roberta zapytała mnie, co sam Pedro sądzi na temat książki o miłości do siebie. „Jaki Pedro?" – odpowiedziałam oszołomiona. Bo wyobraźcie sobie superprzystojnego bruneta z brwiami zrastającymi się nad nosem, z oczami przenikającymi do szpiku kości i z jednodniowym zarostem. Tak wyglądał Janek Machta, wchodzący do gabinetu Roberty.

Chryste, myślałam, wracając do domu, już z dziecięcego wózka z budką wypatrywałam męskiego ideału, a kiedy z trudem znalazłam Pedra, okazuje się, że gdzie splunąć – ideał? Szczęście, że mam już swój w domu. Co bym zrobiła, gdyby go nie było? Znowu władowałabym się po uszy w coś podejrzanego. Jak to dobrze, że na świecie istnieje Pedro.

– Pedro, jak dobrze, że jesteś! – wrzasnęłam od progu i uwiesiłam mu się na szyi.

– Ponieważ?

Poczułam dreszczyk. Czyżbym się wygadała? Spróbujcie wytłumaczyć się zazdrosnemu facetowi. Sam sobie wymyśli i sam sobie uwierzy. Co z tego, że jestem jak ta lilia?

– Ponieważ... nie zabrałam kluczy do domu – wyjaśniłam mu zatem, grzebiąc w torebce. – Jak bym weszła, gdyby cię nie było? A nie, przepraszam. Jednak są.

W wannie uznałam, że rozsądnie zrobiłam w Paryżu, nie wypełniając trzeciego punktu w moich rocznych postanowieniach. A nuż wymyślę teraz coś ekstra?

Moje życie i twórczość

Janek Machta miał dwie wady. Przede wszystkim bardziej zwracał uwagę na książkę niż jej autorkę. Tak jakby Dominika była fikcyjną postacią, książki zaś nie napisała obiecująca prozaiczka o wymiarach 89 – 61 – 87, tylko literat z brodą, brzuchem i łysiną.

Drugą wadą Janka Machty było to, że po spotkaniu z nim zawsze miałam wyrzuty sumienia. Nie robiliśmy nic oprócz szlifowania akapitów, a rozmawiając później z Pedrem czułam, że się rumienię. „Posuwacie się?" – pytał Pedro, a ja obrażałam się na niego, zanim dotarła do mnie niewinność pytania. Co za terminologia! Nie dziwię się, że Hemingway był erotomanem, Wyspiański syfilitykiem, a markiz de Sade sadystą.

– Napisałaś powieść o solidnych literackich parantelach – pocieszał mnie Janek Machta. – Podoba mi się, kiedy bohaterka pije koniak. Czysty Pilch! Mocny pijacki monolog podszyty ironicznym sentymentalizmem! A jej rozmowa z księdzem ma coś z klimatu Stendhala.

Raz znalazł u mnie mityczną wyobraźnię Borghesa, kiedy indziej coś z Prousta. Wydawał mi się miłym i literacko oblatanym facetem.

– A ogólnie co powiesz? – spytałam niby to mimochodem.

– Ogólnie, rzecz jasna, Grochola jest daleko lepsza. Ale poradzimy sobie.

To był któryś z kolejnych momentów, kiedy pomyślałam, że potrafiłabym z zimną krwią zabić Janka Machtę razem z jego nienagannym wychowaniem, miłym uśmiechem i ogólną życzliwością dla kobiet. Potem by to opisali w tabloidzie, dostałabym propozycję sesji w „Playboyu", póki mam dwadzieścia pięć lat po raz ostatni w życiu, i zrobiłabym sensowną karierę, a nie literacką.

W listopadzie książka wyszła. Najpierw przeczytała mama. Powiedziała, że to najpiękniejsza powieść, jaką czytała. Wzruszyła ją do łez. Płakała pół nocy.

– Serio? – ucieszyłam się własną biegłością literacką. – W którym miejscu płakałaś?

– W pokoju, w łazience, w łóżku. Wszędzie.

– Ale w którym miejscu książki?

– Och, zaraz na początku! – Mama załkała mi w komórkę. – Kiedy przeczytałam twoje nazwisko na okładce.

Tata powiedział, że w książce jest za dużo ekshibicjonizmu. Czy nie mogłam wydać mojej dziewczęcej powieści o jednorożcu? Po co Pedro i miłość? To moje osobiste sprawy i nie ma co wywlekać ich publicznie. Jak w telewizji i w prasie kolorowej. Czy wszyscy ulegli modzie na bezwstydne obnażanie prywatności? Zachowuję się jak jakaś Britney Spears. Ho, ho! Tata nigdy nie przyznawał się, że ją zna, wstydził się. Musiał być autentycznie wzburzony moim debiutem. Miałam za sobą dwa poważne romanse, małżeństwo, rozwód, a nie zauważyłam, że ojcowie są naprawdę zazdrośni o córki. Książki rozjaśniają w głowach.

Po południu zawiozłam ją Gośce w prezencie. Wieczorem zadzwoniłam, żeby mi powiedziała, co sądzi. Na zdaniu Gośki najbardziej mi zależało.

– Do, nie zdążyłam jej otworzyć. Musiałam wydepilować się, zrobić masaż karku tymi kulkami na sznurku. Dom jest na mojej głowie, nie myśl!

Jeżeli ma się na głowie dwanaście pokoi, dwa tarasy, ogród, basen i ludzi, którzy się tym wszystkim zajmują za nas, a czyta się z wydepilowanymi łydkami, to nie ma lekko.

– Czyli nie ciekawi cię?

– Naturalnie, że mnie ciekawi, Do. Tylko nie pamiętam, gdzie ją położyłam.

Po godzinie zadzwoniła, że książka się znalazła. Dobrał się do niej Berni. Czyta zamknięty w gabinecie. Horror! Nie chce oddać, ale Gośka zabierze mu siłą. Powiedziałam jej, żeby nie była paskudna i zostawiła książkę mężowi. To mój pierwszy fan.

– Racja – zgodziła się. – Wezmę „Światowy Szyk" z zeszłego miesiąca. Jego nie ustąpię Berniemu! Przegrzałby się! To tylko facet, mimo że sylabizuje tę twoją książkę.

Berni skończył po tygodniu. Mnie powiedział, że świetne, Gośce, że takie sobie. Ciekawe, po co dorwał się jak łysy do grzebienia? Ostatni utwór, jaki przeczytał, to lektura „Janko Muzykant", więc jak mogłam wypaść korzystnie bez lipowych skrzypków?

Gośka czytała moją powieść przez trzy tygodnie, za to miała przemyślenia.

– Doskonała! – Obcałowała mnie. – Świetnie to podpatrzyłaś. Faceci właśnie tacy są!

– Jacy?

– Tacy wredni, jak opisałaś! Jak ten pożal się Boże Pedro!

Popatrzyłam na nią ze zdumieniem. Nawet z lekką zgrozą.

– Jak to wredni? Przecież to jest mój Pedro – przywołałam ją do przytomności.

– Aha – zreflektowała się. – Pedra i Berniego naturalnie wykluczam. Inni faceci tacy są jak w książce. Absolutni dranie! Jak ten bohater!

– Jaki bohater?

– Literacki, a jaki?! Marnie kontaktujesz jak na przyszłą noblistkę!

Co to jest, że wszyscy znajomi człowieka, który coś naskrobał, wpadają na ten sam dowcip? Na domiar złego okazało się, że cała moja klasa przeczytała książkę o miłości do Pedra. Chcą podyskutować

– Więc to tak! – zagaił Rapcuchowicz. – Już zupełnie stanęła pani przeciwko nam po stronie Mickiewicza! Kiedyś jeszcze wypoci pani jakieś „Dziady" i nasze dzieci będą się z tym od nowa męczyły!

Uśmiechnęłam się na wszelki wypadek. Z lekturowymi pisarzami łączyła mnie póki co ciągłość finansowa. To znaczy nadal kasowałam pensję za ich dzieła. Za „Pany Tadeusze", „Balladyny", „Wesela", „Nieboskie komedie". No i raz na kiermaszu Pilch podpisał mi „Pod mocnym aniołem". Ale co z tego? Gdybym to ja podpisała Pilchowi...

– Nie przesadzaj, Rapcuchowicz – powiedziałam. – Twoje dzieci poradzą sobie lepiej od ciebie. Trudno gorzej. W połowie semestru masz pięć jedynek!

– Ale jedną za zeszyt!

– Ale cztery nie za zeszyt!

– Mnie szkoła mierzi! Dobre oceny są oznaką demoralizacji ucznia. Czy pani wie, co my myślimy, czytając „Dziady"?

– Tylko proszę cię, bez wyrazów, Rapcuchowicz – upomniałam go.

– Co ten pik Mickiewicz napisał?! Nudne jak pik i do tego za pik nie wiadomo, o co chodzi? Kogo dziś te piki obchodzą? Się nie dziwię, że były zabory, skoro naród takie pik pik pik czytał. Tak myślę, *exactly*. A wie pani, co piszę do zeszytu? – Przekartkował z odrazą zeszyt. – „Moim zdaniem «Dziady» to najwspanialszy utwór naszego romantyzmu. Piękno języka idzie w parze z doniosłością problematyki, co sprawia, że dramat wciąga czytelnika od pierwszej sceny. Należy do dzieł, które pozwoliły

Polakom przetrwać zabory. Nie sposób się przy nim nudzić, odłożyć bez głębszej refleksji...". Dostałem od pani plus za te bogoojczyźniane łgarstwa.

– Chcesz powiedzieć, że moja książka jest bogoojczyźniana?
– Pogubiłam się.
– Chcę powiedzieć, że szkoła uczy nas kłamstwa! Czy korona by wieszczowi spadła, gdybyśmy powiedzieli, co myślimy? W życiu liczy się prawda. Szkoła wychowuje ludzi, którzy uczciwość chowają na lepszą okazję. A „Dziadów" i tak nie znają!

– Dobrze, Rapcuchowicz – powiedziałam kwaśno. – Pozwalam ci powiedzieć o mojej książce to, co myślisz. Nie będzie konsekwencji, ponieważ nie jestem Mickiewiczem, choć ty nas mało rozróżniasz, zdaje się?

– E tam! – Zdegustowany Rapcuchowicz machnął ręką. – To bez sensu. *Exactly!*

Nie miałam odwagi spytać go, co bez sensu. Nasza dyskusja, moja powieść czy odróżnianie mnie od Mickiewicza.

Pedro również przeczytał książkę o miłości do siebie. Nie miałam pewności, czy powinien. Któregoś popołudnia nabrał ochoty i nic się nie dało zrobić.

– Było inaczej – zawiadomił mnie przy kolacji. – Byłem przy tym i wiem.

– Przesadzasz, Pedro. Naoczni świadkowie czepiają się szczegółów. Dla literatury jest mało ważne, gdzie wtedy byłeś. Romeo i Julia też byli przy tym, jak się kochali, a Szekspira nie było. I czyje zdanie dzisiaj się liczy?

Pedro przestał zbierać talerze po kolacji i zupełnie nie à propos pociągnął mnie na łóżko.

– Mniejsza o to. Co wolisz? Stracone zachody miłości czy poskromienie złośnicy? Nigdy dotąd nie robiłem tego z Szekspirem.

Nie ukrywam, że najbliżsi mieli do mojej książki tak zwany stosunek seksualny. Lepiej sprawdzali się obcy czytelnicy. Miałam dwa wieczory autorskie, na których dostałam kwiaty, brawa, dociekliwe pytania. Niekiedy wykluczające się wzajemnie. Pewien młodzieniec zapytał, czy pierwowzór Pedra jest tak samo beznadziejny jak postać z książki. Dziewczyna za to spytała, czy spodziewam się, że czytelnicy uwierzą w taki chodzący ideał. Wyjaśniłam jej, że ideały są na świecie, wbrew temu, co się sądzi. Sztuka pisarska polega na odnalezieniu ich w pozornie szarym tłumie.

Najpierw wydawała mi się śmieszna. Paliła papierosa za papierosem i przypominała Płonącą Żyrafę Dalego. Dobre metr osiemdziesiąt wzrostu plus krwistoczerwona wełniana suknia do kostek. Ale kiedy po wieczorze podeszła do mnie, z żółtym plecaczkiem i kusą kurteczką przerzuconą przez ramię, już nie wydawała mi się śmieszna.

– W którą stronę idziesz? – zagadnęła. – Zapalisz?

Nie zapaliłam i szłam w przeciwną stronę, ale jej to nie zraziło.

– Wgląda na to, że czujesz pociąg do idealnych facetów. Zauważyłaś? Ideałofilia. Freud szczegółowo analizował taką kobietę. Ze mną jest odwrotnie.

– Tak? Ciebie nie analizował?

– Odwrotnie w tym sensie, że oni czują pociąg do mnie. Idealni faceci.

Dobierała starannie słowa, choć ze swoimi błyszczącymi oczami nie sprawiała wrażenia osoby zrównoważonej. Nie uwierzycie, skąd mogłabym ją znać. Z filmu o psychopatce z Manhattanu. Która myślała, że wszyscy chcą ją zamordować, toteż postanowiła ich uprzedzić. Wszystkich. Zaostrzonym drutem do robótek. Ta miała suknię robioną na drutach.

– Dać ci autograf? – Spróbowałam dyskretnie zmienić temat.

– Na co mi autograf? Daj mi adres Pedra, wystarczy.

Zatkało mnie. Przyszło mi do głowy, że czerwona suknia jest dla niepoznaki. Tak naprawdę Żyrafa ma w szafie przygotowaną ślubną z falbankami i potrzebuje tylko Pedra do kompletu. I bukieciku fiołków. Jest następną białą damą na mojej drodze do szczęścia. Tym razem już groźniejszą. Podbudowaną teoretycznie. Młodziutką. Bezczelną.

Wydukałam, że Pedro wyjechał do Paryża, nie mam z nim chwilowo kontaktu, poza tym muszę teraz zrobić makijaż. Będę miała wywiad dla telewizji, może przyjedzie sama Fajkowska albo, nie daj Boże, Kamel, a ja nieumalowana.

– Nie wierzę ci – powiedziała Żyrafa. – Może w to, co piszesz, ale w resztę nie.

Wróciłam do domu wściekła. Czy fakt, że kłamię, upoważnia do tego, żeby mi nie wierzyć? Sława ma swoje wredne strony. Z tym, że nie zaznałam dotąd sławy, a wrednych stron zaznaję. Jeśli już odnajdzie się swój wyśniony ideał, należy zaszyć się z nim w palmowej chatce na bezludnej wyspie, a nie pchać się ludziom przed oczy. To się zemści. Choć z drugiej strony na bezludnej wyspie ideały tracą na doskonałości. Albo nie potrafią rozłupać orzecha kokosowego z orzeźwiającą wodą, albo nie umieją znaleźć w piasku żółwich jaj na obiad. Nic bardziej kruchego niż ideał. Trzeba na niego chuchać i dmuchać, żeby nie strąciło go z piedestału byle żółwie jajo albo żeby nie ożenił się z jakąś idiotką.

– Pedro, czy potrafiłbyś ożenić się z żółwiem kokosowym? – zapytałam w zadumie, kiedy piliśmy kawę po kolacji.

– Co żebym zrobił? – Pedro zakrztusił się kawą, więc oprzytomniałam.

Uderzyłam go w plecy, a kiedy odkrztusił, pogroziłam palcem.

– Nie uważasz, co mówię. Pytam, czy znałeś kiedyś dziewczynę w czerwonej sukni?

Dla bezpieczeństwa odstawił kawę.

– I w czerwonej, i bez... To znaczy... Zależy, o co ci chodzi.

– A tobie o co? Z tym, że bez sukni.

– Bez czerwonej. Znałem kobiety w sukniach o rozmaitych kolorach.

– W jakich jeszcze? – spytałam podchwytliwie.

– Różnych. Nie bardzo wiem, do czego zmierzasz, Do.

Ja też nie wiedziałam, do czego zmierzam. Powiedziałam, że do niczego i obraziłam się na Pedra, żeby spokojnie wszystko przemyśleć. Bez paplania o żółwiach i sukniach i bez krztuszenia się kawą. Uznałam, że na razie przestanę myśleć o Janku Machcie. Tym bardziej, że Janek Machta nie robił nic, żebym o nim myślała. Skupię się na moim życiu z Pedrem. Będziemy chodzić na spacery, oglądać nowości filmowe i dyskutować o przeczytanych książkach. Codziennie wspólnie poszukamy mojego zapodzianego w szale miłości stanika. Pedro uchroni mnie przed zwątpieniem i dźwiganiem ciężarów na nasz pięknie urządzony stryszek, ja uchronię Pedra przed białymi damami, które chciałyby go zaciągnąć do ołtarza beze mnie. Będziemy pili mocne nalewki. Upiekę sernik. Albo lepiej zrobię sernik na zimno, to prostsze. W sobotę wyskoczymy do pałacu w Wilkowysku, gdzie Pedro kustoszuje. A w wakacje do Azji. Dokądkolwiek do Azji, marzę o tym. Pedro mówi, że on też. O ile skombinujemy dość kasy i zdobędę się na odwagę, żeby zrobić wszystkie potrzebne szczepienia. A jak nie, wybierzemy się do Azji za dwa lata. Do tego czasu będziemy się kochać we wszelkich pozycjach, które nie grożą trwałym kalectwem. Są ludzie, którzy budują z tego wszystkiego piękne, ciekawe, wartościowe życie.

Swoją drogą, kurczę, jak oni to robią?

Markiza

W ostatnich blaskach złotej jesieni Pedro zabrał mnie do Wilkowyska, żeby pokazać mi pałac. Piękny. Jego zdaniem – barokowy, moim – wściekle romantyczny, ale tym razem nie pokłóciliśmy się o słowa, jak przy nieszczęsnych myszach i rurach. Mieszkał tam kątem, odkąd rozszedł się z żoną. Do pracy miał wrócić po wygaśnięciu zwolnienia, w marcu, ale przyrzekliśmy sobie, że zabalujemy tutaj na sylwestra. Pedro zastanawiał się, czy nie ożenić dawnej chwały Wilkowyska z aktualnymi funduszami księżnej Reńskiej. Pod względem mocy opiekuńczej sponsor stoi w dzisiejszej Polsce zaraz za Maryją Królową, daleko przed premierem, Generalnym Konserwatorem Zabytków czy inną specgrupą.

Znacznie gorsze wrażenie niż sypiące się lewe skrzydło albo zaniedbany ogród francuski zrobili na mnie pracownicy. Właściwie pracowniczki. Same. Nie zdawałam sobie sprawy, że Pedro obraca się w tak sfeminizowanym środowisku. Jak w „Seks-

20

misji". Księgowa była kobietą, dwie sprzątaczki, wicekustosz-ka, nawet ogrodnik była kobietą, a słynna biała koza Dafne okazała się erotomanką. Już przy pierwszym spotkaniu uszczypnęła mnie w tyłek, kiedy się przy niej pochyliłam. Jeszcze gorzej od kozy wypadała sekretarka o uśmiechu Julii Roberts. Jeśli arystokratycznym zwyczajem jadało się tu szparagi, na pewno jadała je w poprzek. Nie szczypała mnie wprawdzie w tyłek, ale już z daleka śmiała się do Pedra. Sto dwadzieścia osiem śnieżnobiałych zębów i nienagannie utrzymane dno żołądka. Albo księgowa o buzi aniołka, której wciąż rozpinały się guziki na biuście, gdzie najmniej wyglądała na aniołka.

W pałacu egzystuje też biała dama. To znaczy już nie egzystuje. Parę razy do roku straszy pośmiertnie na piętrze, gdzie któryś z książąt zamurował żywcem córkę za trucicielstwo. Ta istota jako jedyna w Wilkowysku budziła moją sympatię, ponieważ kierowała się jasnymi motywami. Zamurowałabym raczej pozostałe. I to nie w pałacu, ale na blokowisku. Tam, żeby straszyć, trzeba się starać, nie wystarczy wyć i dzwonić łańcuchami. Za duża konkurencja.

Po kolacji Pedro oprowadził mnie po pałacu. Nareszcie mogłam zrobić to, na co nigdy mi nie pozwalano w dzieciństwie. Z perwersyjną rozkoszą dotykałam eksponatów. Rzeźbionych zegarów, wypastowanych do połysku dębowych owoców, farfurek z porcelany, kanap obitych mięciutkim złotogłowiem, no i naturalnie kustosza osobiście. A rano bez problemów odnalazłam stanik, tyle że nie mój.

Gabinet Pedra miał osobną łazienkę. W stylu barokowym pewnie, w każdym razie pełną zakamarków. I w jednym z nich, macając za ręcznikiem – bo barokowe mydło szczypało w oczy – trafiłam na biustonosz powieszony do wysuszenia. Model markiza, z miseczkami w wachlarz, nagrodzony rok temu w Rzymie. Nie pozostał po byłej kustoszowej. Widziałam ją dawno temu, ale zapamiętałam jako B 80. Tu szło o dorodne 70 E.

Wyszłam z łazienki, niosąc biustonosz w dwóch palcach.

– Wiedziałem, że coś takiego znajdziesz – powiedział Pedro ani trochę nie stropiony. Akurat przygotowywał dla nas śniadanie na swoim biurku. To znaczy otwierał serek biały. – Kobiety

21

wykazują nieprawdopodobne zdolności do wynajdywania czegoś, co nie ma najmniejszego znaczenia.

– Żebyśmy się dobrze zrozumieli, Pedro. Nie mam pretensji o coś, co było przede mną. Przyniosłam go... – Zastanowiłam się. Za chwilę wyszłabym na zazdrosną idiotkę. – Przyniosłam go, ponieważ już wysechł. Niepotrzebnie wisi.

– Szczerze mówiąc, Do, nawet nie wiem, czyje to może być i czy miałem z tym jakikolwiek związek. A jeśli nawet, na pewno nie ma to nic do rzeczy dzisiaj.

– Dlaczego?

– Bo dzisiaj kocham ciebie, Do! – zadeklarował. – Liczy się dla mnie tylko twój stanik.

W konsekwencji pół godziny później znów nie mogłam się go doszukać. Okazało się, że zwisa z jeleniego poroża cztery metry nad naszymi głowami, pod stiukowym niebem pulchnych amorków i kiści dorodnych winogron. Tak wysoko nie pofrunęłam jeszcze nigdy w ekstazie miłości.

Kiedy siedliśmy wreszcie do serka i kawy, zadzwoniła Roberta. Koniecznie mam wrócić po południu do domu, bo odezwała się dziennikarka z pisma „My Fair Lady" w sprawie wywiadu. Roberta obiecała jej, że mnie nakłoni. Właściwie już jestem umówiona. Dziś na osiemnastą u mnie w domu, ponieważ ta dziennikarka przeprowadza wywiady uczestniczące czy obserwujące, jakieś takie. Spotyka się z daną osobą w środowisku naturalnym. W wiejskim domu tej osoby, na jej jachcie, w przydomowym oceanarium. Kawiarnia odpada.

– Ja mam tylko stryszek – przypomniałam Robercie z niepokojem.

– Może być. Byle nie typowe w bloku, z tego i geniusz nie zrobi wywiadu, ona mówi.

Pedro kusił, żebyśmy nie jechali. Mamy pałac i zatrzęsienie poroży do zarzucenia stanika. Prasą nie warto się przejmować. Taki Russell Crowe bije dziennikarzy na każdym kroku. Uma Thurman oblewa ich piwem. Mick Jagger wykorzystuje seksualnie obie płci. Kiedy Pedro wyliczał, pakowałam się na drogę. Nie sądzę, żeby Uma oblała dziennikarkę piwem podczas pierwszego wywiadu w życiu. Czy to na jachcie, czy wpław.

Po drugiej byliśmy w domu. Pedro wyskoczył po coś do kawy, ja posprzątałam. Z grubsza, żebym zdążyła się wyszykować. Jeśli dziennikarka obserwująca popstryka fotki, kurzu pod telewizorem nie będzie widać. Za to zły makijaż jest nie do wyretuszowania. Za piętnaście szósta Pedro zapytał, czy dam sobie sama radę. Gdyby co, w lodówce stoją piwa. Trzeba dobrze potrząsnąć i zamaszyście otworzyć puszkę. Umie Thurman się udało. On mógłby nie wytrzymać i powiedzieć dziennikarce coś mądrego. Lepiej pójdzie do kina na „Powrót króla". Fantasy nie jest dla kustoszy, bo przypomina muzeum z eksponatami ustawianymi po pijaku, ale seans trwa chyba ze cztery godziny. Do tego czasu dziennikarka węsząca powinna skończyć.

Spóźniła się o półtorej godziny, ponieważ solistce zespołu „Mormoni" urodziło się dziecko. Nie wiem, jaki to ma związek. Chętnie wypiła kawę, zjadła ciasteczka, dopiero kiedy zaproponowałam likier bananowy, skrzywiła się z obrzydzeniem.

– Nie znajdzie pani zwykłej czystej? Miałam koszmarną noc.

Też nie widziałam związku, ale sprawdziłam w barku. Nie miałam czystej, miałam czeską zieloną, którą Pedro dostał od Berniego. Wolała. Wypiła dwa kieliszki i poprosiła, żebym jej streściła książkę w dwóch zdaniach. Miała wyraźne upodobanie do dwójki.

– Nie czytała pani?

– Przekartkowałam, żeby się przygotować do tego wywiadu. Ale treści nie znam.

Gdy streszczałam, myszkowała po mieszkaniu. Czekałam, aż sprawdzi kosz z brudną bielizną, ale się powstrzymała. Jutro przyśle fotografa ze sprzętem, na razie rozgląda się, co mu kazać pstryknąć. Po czym zajrzała pod łóżko. Po trzecim kieliszku odważnie wskrabała się na gzyms kominka. Nie miałam zielonego pojęcia, czy mój stryszek oglądany z kominka przejawia jakiś sens. Z niepokoju zaczęłam się jąkać, jakbym sama nie wiedziała, o czym traktuje książka o miłości do Pedra. Nie wiedziałam dotąd, że nienawidzę wywiadów. Kiedy się je czyta, są jakieś roztropniejsze. A ja nie miałam romansu z Michaelem Douglasem, nie zdemolowałam Hiltona, nie wystąpiłam w „Barze" – kompletna pustka. Czułam, że dziennikarkę moje życie strasznie nudzi, choć profesjonalnie nie daje tego po sobie poznać.

Wierciła się na pupie, rozglądała po niebie przez moje okna w dachu, wypiła następne dwa kieliszki, które sama sobie nalała. Aż zrobiło jej się ciepło. Zdjęła serdak na podbiciu – pod nim nosiła prześwitującą bluzkę, a pod spodem markizę. Mówiąc, nie mogłam oderwać wzroku od jej bielizny, chociaż wiedziałam, że prasowa markiza nie może mieć najmniejszego związku z pałacową markizą.

W końcu dziennikarka zauważyła moje zainteresowanie i zareagowała. Przesiadła się bliżej, położyła dłoń na moim udzie. Ciepłą. Ciężką od sygnetów. Szepnęła mi czule w ucho, żebym przyznała się, że Pedro jest literacką maską. Ma zatkać twarz temu zdewociałemu społeczeństwu. Pachniała męską wodą Prostata.

– Zidiociałemu? – zapytałam niepewnie.

– Zdewociałemu. Od „dewot" – wyjaśniła. Przesuwała dłoń po moim udzie aż pod spódnicę. Zrobiło mi się gorąco. Nie niemiło, niemniej gorąco. – Pierwowzorem bohatera idealnego musiała być kobieta! Facet nie istnieje, zgadza się? Zdradź mi to, złotko, zrobię z tego hit numeru. Dostaniesz kopa w górę, daję ci słowo. Do świąt namber łan. Może do Nowego Roku. Chyba że mormońskiemu dziecku wszczepili coś zakaźnego w szpitalu. Wtedy cię przeskoczy, niestety.

– Pedro istnieje! – jęknęłam spazmatycznie. – Na „Powrocie króla"... istnieje...

Drugą dłonią chwyciła mnie nie wiem dokładnie za co, ponieważ zaczęłam się robić rozkojarzona. Było mi gorąco, chętnie bym coś zdjęła z siebie, ale nie mogłam niczego zdejmować. To nie był odpowiedni moment. Nie zanosiło się na wariant Umy Thurman. Raczej Micka Jaggera. Zawsze wolałam Okudżawę. Ma w sobie więcej romantyzmu i delikatności. Więc sprężyłam się wewnętrznie. Obciągnęłam spódnicę. Położyłam dłoń na dłoni tamtej, a kiedy zamruczała jak kot, przeniosłam jej dłoń na neutralne miejsce. Wcale mi nie zależało, żeby być namberem łan do świąt. Mój żołądek by tego nie wytrzymał. Wykończyłabym się.

Dziennikarka uwodząca popatrzyła na mnie drwiąco, nim przesiadła się na wcześniej zajmowane miejsce.

– Małe miasto, wielkie problemy. Jak chcesz – orzekła wyniośle. – Więc on jest z tych wiecznych chłopców, którzy oglądają bajki o królu?

Żarliwie zaprzeczyłam. Pedro jest supermanem. Kustoszem. Zajmuje się prawdziwymi królami. Znajdzie sponsora dla Wilkowyska. Zarzuci damski stanik w dowolne miejsce. Kocha mnie. Ja kocham jego. Do szaleństwa.

– A co to zmienia? – zapytała dziennikarka powątpiewająca.

Zatkało mnie. Nigdy w życiu nie zadałam sobie pytania, co wynika z miłości. Miłość to miłość. Nic z niej nie musi wynikać. Wystarczy, że jest. Choć rzeczywiście, z mojej miłości do Marka nic wielkiego nie wynikło. Oprócz krótkotrwałego małżeństwa. Ale to nie była ta miłość. To była pomyłka od pierwszego wejrzenia. Z Pedrem co innego.

Zbierałam chaotyczne myśli, żeby je w usystematyzowany sposób przekazać dziennikarce, ale ona nie czekała na moją odpowiedź. Wypiła resztę becherovki i poszła sobie. Nieprzekonana, niezaspokojona, nieułagodzona, jedno wielkie „nie". To „nie" plątało się między wierszami jej artykułu, kiedy za jakiś czas przeczytałam go w „My Fair Lady".

Byłam o krok od podłożenia bomby pod redakcję. Wydrukowali historię mitomanki, która trafiła na faceta pospolitego do bólu i lewą ręką z prawego ucha wyciągnęła love story, żeby zrekompensować sobie brak podwyżek w szkolnictwie. Ten swobodny bełkot na mój temat wydrukowano z fotką i – szczyt! – datą urodzenia. Nie zdemolowałam redakcji w nadziei, że Pedro zrobi to za mnie jako dżentelmen. Ale on wył ze śmiechu nad „My Fair Lady". Leżał i przebierał nogami. Czytał na głos co bzdurniejsze bzdury. Żadnej żądzy zemsty!

– Zaszkodziło ci, Pedro? – spytałam. – Spodziewałeś się pism Arystotelesa?

– To wasze dzieło! My z Arystotelesem nie mamy z tym nic wspólnego.

W końcu spadł z wersalki, śmiejąc się. Nie wierzyłam własnym oczom i uszom.

Pomyślałam, czy by nie zacząć się śmiać razem z nim, skoro takie śmieszne, ale śmiech nie przechodził mi przez gardło. Postukałam się w czoło i poszłam samotnie na spacer. Żeby odreagować.

To nie był dobry pomysł. Wiało, mżyło i w tych niesprzyjających warunkach pomyślałam, że tej dziennikarki nie przyjęliby do „My Fair Lady”, gdyby była idiotką. Może ona ma rację, patrząc z boku, a ja nie mam racji. Jestem mitomanką. Nie mam podwyżki. Pedro jest śmiejącym się chłopczykiem. A dziennikarka dostanie Nagrodę Pulitzera za jasnowidztwo. Na dowód sfotografują ją w gazetach z artykułem o mnie. Z datą urodzenia i ze zdjęciem z dzieciństwa, jak siedzę na nocniku.

To mają być wielkie wzloty miłości? Czy w dzisiejszym świecie możliwa jest jeszcze romantyczna miłość po grób albo i dalej? W dobie mass mediów, oglądalności i niepoczytalności? Kiedy Don Kichot zakochał się w Dulcynei, to trwało i trwało, aż oboje zdążyli poumierać. Ponieważ żadne kolorowe pismo nie wywlokło ich na okładkę. A kiedy Russell Crowe zakocha się w Meg Ryan, już w następnym numerze piszą, że to nieaktualne.

Ale gdy wróciłam do domu, Pedro czekał na mnie z szampanem czerwonym jak wzburzona krew. Nawet przeniósł mnie przez próg w nowe życie bohaterki pism dla kobiet. Bo nieważne, co piszą, Do, byle nie przekręcali nazwiska.

Więc pomyślałam, że romantyczna miłość jest jeszcze możliwa. Nie da się tego wykluczyć. Tylko czy na pewno z Pedrem? W sferze uczuć nie ma żadnych konieczności.

I pijąc szampana z Pedrem, gadając z Pedrem, wtulona w Pedra i jego pszeniczny zapach – wbrew niedawnemu postanowieniu – pomyślałam o Janku Machcie.

Pożegnanie z Pedrem

Janek Machta czekał na mnie z bukietem kwiatów na podeście Szeherezady. Mieliśmy świętować zakończenie naszej współpracy. Już przy pierwszym kieliszku wina zaczął mnie podrywać. Całe szczęście! Otaczała go sława uwodziciela, więc dotąd czułam się przy nim jak brzydkie kaczątko. Kiedy pracuje się razem, dżentelmen powinien dostrzec subtelną granicę między wrednym molestowaniem kobiety a jej niedowartościowaniem. W Szeherezadzie emocjonalny żar Janka rekompensował mi poprzednie niedostatki.

Rozmawialiśmy niby o niczym, jednak powietrze dookoła nas wibrowało. Aż dziw, że filiżanki nie brzęczały o podstawki. Janek wspomniał o kursie samby, który odbywał się wcześniej w kawiarni. Podręcznikowe! W sennikach, jakie miałam w ręku, taniec tłumaczono jako pożądanie. Czułam się w Szeherezadzie, jakbym śniła. W staroświeckiej szafie grającej grał na gitarze Django Reinhardt, za oknami trwał bezśnieżny grudniowy wieczór, wokół pachniało męską wodą kolońską Basetti. A ja byłam kobietą sukcesu. Literackiego. O ile książka odniesie sukces handlowy, rzecz jasna. Czegóż trzeba więcej, mając dwadzieścia pięć lat, za sobą szczęśliwy rozwód, przed sobą szczęśliwe zamążpójście? Paliły mnie koniuszki uszu. W kącie sali jakaś para całowała się namiętnie. Kelnerka miała głos i ruchy Marylin Monroe. Na filarze wisiało zdjęcie Huberta Urbańskiego z datą, kiedy tu był. Zaczęliśmy rozmawiać o tancerkach go-go, co już jest bez ogródek, nie zaprzeczycie! Wreszcie Janek wyznał mi, że kupił sobie nową maszynkę do golenia, bo stara zaczęła kopać go prądem. Tutaj chwilowo mnie zdezorientował, nie miałam pojęcia, do czego zmierza. Ale szybko zmienił temat na żeglugę jachtową. Miał stopień sternika. Klarowanie lin, kilwater, stanie w łopocie, te rzeczy. Słuchałam jak zaczarowana.

Pomyślałam, że z Jankiem Machtą potrafiłabym dogadać się na każdy temat. Przy książce pokłóciliśmy się bodaj raz. O tytuł. Ja upierałam się, że musi pasować do treści, on – że do akcji promocyjnej. Wtedy zdawało mi się, że Janek jest marketingowym potworem. Teraz, widząc go w półmroku kawiarni z kieliszkiem wina, byłam pewna, że gdyby kazał mi pozmieniać tytuły wszystkich książek na świecie, ręka by mi nie zadrżała. Nawet moją ukochaną „Annę Kareninę" przerobiłabym na ja-

kąś bardziej chodliwą „Grę o miłość" albo „Rosyjski pocałunek".

Za plecami Janka Machty przeszła długonoga dziewczyna,
w przelocie cmoknęła go w policzek. Była z facetem. Janek odwrócił się ku mnie z rozmarzeniem na twarzy.

– Marta – wyjaśnił. – Byliśmy razem w Inowrocławiu.

Damskie znajomości miał posortowane geograficznie, przy
czym zawsze wymieniał nazwy miast, dolin i pogórzy takim tonem, jakby chodziło o kobiecą geografię intymną. Twierdził, że
mapa cieków wodnych pod polskimi miastami różni się diame-
tralnie. A to ma zasadniczy wpływ na pobudzenie zmysłowe.

– Ładne cieki – zgodziłam się z wymuszonym uśmiechem. –
To znaczy miasto.

– Albo w Kutnie...? – Janek zamyślił się głęboko.

Poczułam ukłucie zazdrości. Tamta bada cieki wodne, gdzie
zapragnie, a ja się, psiakość, ustabilizowałam. Nie, żeby mi specjalnie zależało na tych ciekach. Ale ciekawiło mnie, jak Janek
je testuje. Taka ciekawość dowodzi, że kobieta nie jest szczęśliwa z tym, co ma. Czy to moja wina? Niekoniecznie. Tak jak nie
są moją zasługą seksowne Jankowe brwi. Mężczyźni bywają
różni. W jednym cudownie się zakochać, a z całkiem innym nie
nudzimy się na co dzień. Więc co mam począć? Miłość paskud-
nie wypacza perspektywę, zirytowałam się w duchu. Zwłaszcza
miłość do Pedra, który w pewnym sensie jest moim ideałem.
W rezultacie nawet obca dziennikarka wieszcząca widzi te rzeczy trzeźwiej. Choć po becherovce.

Poprosiłam Janka, żeby nalał mi wina. W ustach miałam Sa-
harę, mimo że nic nie mówiłam. Tylko myślałam. Albo potaki-
wałam temu, co mówił Janek. Nie wiedziałam, co mówił, ale
mężczyźnie wystarczy potakiwać. Randka rozwija się wtedy jak
najpomyślniej. Nie poruszało mnie, że kelnerka typu Marylin
Monroe zwraca się do Janka per „Jaśku" i z daleka wygląda,
jakby siedziała mu na kolanach. Nie poruszała mnie szczerząca
się ku niemu siksa, której mini i dekolt sięgały do pępka, tyle że
z przeciwnych stron. Nie poruszała mnie ta z Inowrocławia,
która dwa razy podchodziła po ogień, choć żadne z nas nie pa-
liło. Ona też. W ogóle nic mnie nie poruszało. Myślałam o na-

szej ewentualnej przyszłości. To znaczy mojej z Jankiem Machtą. Skoro przeznaczenie usadziło nas naprzeciw siebie w Szeherezadzie...

To będzie bolesne dla Pedra, kiedy powiem, że musimy się rozstać. Może spróbuje zrobić coś niemądrego? Tylko co niemądrego może zrobić Pedro? Nie przesadzajmy. Beze mnie Pedro jest szary jak film Bergmana na kanale bez reklam! W końcu każdy z nas musi zmierzyć się z bezlitosnym wyrokiem losu. Czy ktoś użalał się nade mną, jak sobie poradzę, kiedy zostawił mnie Marek? Mąż w końcu, nie przypadkowy facet, z którym się mieszka. Bajbaj, powiedział i ani się obejrzał. Resztę rzeczy kazał przesłać w paczce na adres Marzeny. A ja, głupia, pakowałam przez cały wieczór. Zalewałam się łzami nad każdą skarpetką i pakowałam. Pożyczyłam karton po telewizorze od pana Zenobiusza z trzeciego piętra. Gdybym miała dzisiejszy rozum, zapakowałabym w karton kowadło i wyrzuciłabym Markowi oknem na głowę. Skoro jesteś bezdusznym ciołkiem, zostawiasz osobę, która ci zaufała, kocha cię...

Sorry, co ja plotę?!

Nie mam kowadła. Poza tym Marek miał prawo odejść. Każdy człowiek ma prawo odejść od drugiego człowieka, kiedy spotka trzeciego człowieka. Marek miał to prawo, ja je mam, i Pedro ma to samo prawo, a czy z niego korzysta czy nie, to już nie moja broszka.

Odetchnęłam z ulgą, że tak mi się pomyślnie ułożyło w życiu. Aż zaczęłam znowu słuchać, co mówi Janek. Opowiadał, że alkoholu się nie trawi. Trawienie polega na rozkładaniu węglowodanów, tłuszczów i innych paskudztw na paskudztwa proste. Alkohol zaś po prostu wchłania się do krwi i uderza do głowy. Mózg się od tego kręci wokół swojej osi. Oczy nie mogą za nim nadążyć i człowiek się przewraca. Na półkuli północnej przewraca się lekko w lewo, a na południowej w prawo, co wynika z siły Coriolisa, czyli wirowania Ziemi. Byłam pełna podziwu dla Janka. Co za facet! Pedro potrafi może odróżnić barokowy gzyms od romańskiego nadproża, ale nie sądzę, żeby wiedział coś o sile Coriolisa. Pedro pije po prostu intuicyjnie, jak dziecko.

– Skąd ty wiesz te wszystkie mądrości? – zapytałam, uśmiechając się z podziwem.

– Do spotkania z piękną kobietą należy się szykować przez całe życie, powiada Jan Ewangelista!

Komplement był uroczy. Na pewno. Choć nie do końca go zrozumiałam. Przez cały wieczór Janek robił rzeczy urocze. Wiedziałam, że moje oczy błyszczą jak gwiazdy w noc Kupały. Najseksowniejszą w roku. Więc dość hipokryzji!

Wyciągnęłam dłoń, żeby położyć ją na najbardziej męskiej dłoni stąd do Inowrocławia. Niech się dzieje, co ma być!

Ale widocznie ponad stolikami krążył Pedro w roli zazdrosnej białej damy.

Zahaczyłam bransoletką o serwetę. Poleciały kieliszki z niedopitym winem. Potem filiżanki. Cola. Kryształowy wazon z kwiatami. Brzęk tłuczonego szkła, od którego podniosły się wszystkie głowy w Szeherezadzie, to jeszcze nic. Ze dwa litry różnokolorowej cieczy, w tym świeże parujące kawy z ekspresu, chlusnęły na spodnie Janka. Bardziej na lewą nogawkę – może z powodu tej cholernej siły Coriolisa.

Janek skoczył na nogi, przewracając krzesło. Ujrzałam, jak z centralnego punktu jego ciała buchają kłęby pary. Zgroza! Modliłam się, żeby to nie działo się naprawdę. Żeby się okazało, że z podwiniętymi nogami siedzę w domu pod lampką i czytam jakąś damską książkę. Tam dziewczyny tak robią. Ale celowo, przebiegle, z premedytacją, nie bez sensu jak ja!

Janek szarpnął zamek spodni i zsunął je do kostek, ujawniając pod spodem ekskluzywne bokserki Sirocco. Zmartwiałam. Moja psyche nie wytrzyma widoku Janka z opuszczonymi spodniami na środku Szeherezady. Czyż jest żałośniejszy widok? W najprymitywniejszej komedii, gdy chcą zmusić widzów do rechotu, pokazują faceta z opuszczonymi spodniami. Najlepiej, żeby się o nie potykał. Śmieszniejszy może być tylko Jaś Fasola, kiedy ma rozstrój żołądka na audiencji u królowej angielskiej.

I teraz sama zostałam wtrącona w kretyńską komedię. Żegnaj, uwodzicielski Machto! Może to kara boska za to, że chciałam porzucić Pedra? Może jak się w życiu spotka ideał, to już nie ma wyjścia? Można tylko prać ideałowi koszule i czekać, aż poprosi o pierwszą szklankę ziółek na wzdęcie. Tak myślałam w popłochu. Ale zrozumiałam, że dzieje się coś fascynującego. Janek ze spodniami u kostek nie stracił swojego uwodzicielskiego uroku. Stał w marynarce i w bokserkach uśmiechnięty, a ze wszystkich stron Szeherezady biegły mu na ratunek i ta z Inowrocławia, i Marylin Monroe, i ta nie wiadomo kto, i jeszcze czwarta, której dotychczas nie zauważyłam. Nie dziwiłam się ich entuzjazmowi. Pełen godności mężczyzna w mokrych majtkach to rzadkość w dzisiejszym świecie.

Wycierały go, otulały garsonkami, pocieszały. Cztery dobre wróżki kontra wredna wiedźma Dominika. Na domiar złego ta z Inowrocławia miała samochód, którym postanowiła odwieźć gołego Janka do domu.

Mnie zaproponował odwiezienie facet, z którym ona przyszła. Choć bez jej samochodu był tak samo pieszy jak ja. Po tonie wyczułam, że nie będzie miał za co wrócić do siebie w środku nocy. Jak nic zapomniał portfela. Przypomni sobie o tym pod moim domem. Cwaniaczek!

Odmówiłam stanowczo i ukradkiem zadzwoniłam po taksówkę.

Pedra nie było w domu. Postanowiłam poczekać, aż wróci. Nie chodziło mi o to, żeby już jutro przeprowadzić się do Janka. Poza tym lubię mój stryszek i wolałabym, żeby to Pedro się wyprowadził. A my z Jankiem uwijemy tu nowe gniazdko miłości.

Jako zadatek gniazdka ustawiłam w wazonie kwiaty od Janka i usiadłam naprzeciw nich. Pachniały odurzająco. Kawą, winem, orzechowym ciastkiem, fajkowym tytoniem, colą, wydeptaną wykładziną dywanową z Szeherezady, Jankiem Machtą, perfumami tej z Inowrocławia. Trochę kwiatami. Już wiedziałam, jaki będzie mój ulubiony bukiet zapachów na resztę życia.

Kiedy już sobie to życie ułożę po mojej myśli.

Dzisiaj powiem tylko Pedrowi: „Nudzisz się ze mną. Kiedy wracam do domu, ciebie nie ma". I zobaczę, co on na to. Za dwa dni westchnę: „Nigdy cię nie ma w domu, kiedy wracam... Widocznie masz ważniejsze sprawy". Gdybym od razu powiedziała, że musimy się rozstać, głupio by wyglądało. Jakbym kogoś miała. A przecież nie mam. Zrozumiałam tylko, że nie pasujemy do siebie z Pedrem. Tysiące ludzi mijających się codziennie na chodnikach tysięcy miast nie pasują do siebie i nikt nie robi z tego powodu tragedii.

Nawet gdyby nie wypadek w Szeherezadzie, nie powiedziane, że spędziłabym dzisiejszą noc u Janka. Nawet sądzę, że raczej nie. Pomimo że nalegałby. Nie mogłabym zostać z nim bezdusznie, kiedy tu czeka na mnie Pedro.

Z tym, że Pedro wcale nie czekał.

Gdzie go poniosło? Nie miał zwyczaju włóczyć się po nocach bez uprzedzenia. Może domyślił się wszystkiego? Zobaczył mnie czule objętą z Jankiem... Niemożliwe, na razie nie obejmowałam się czule z Jankiem. Jak to będzie, kiedy to się wreszcie stanie?

Albo ktoś doniósł o nas Pedrowi! Ta zołza z Inowrocławia? Chyba że to oni właśnie ze sobą kręcą, ta z Inowrocławia i mój Pedro.

Bredziłam. Kleiły mi się oczy. Była druga w nocy. Powinnam położyć się i przespać. Pogadam z Pedrem od rana, jutro sobota. Wygarnę mu: „Nie obchodzi cię, że czekając na ciebie, zasypiam ze zdenerwowania w środku nocy?".

O trzeciej piętnaście uznałam, że jednak rozstanę się z Pedrem, jak tylko wróci. Natychmiast. Nie pozwolę traktować się w taki sposób. Siedzę w fotelu przed wygaszonym kominkiem, owinięta kocem, za oknem grudniowa noc, wiatr wyje – i ani zasnąć, ani do kogo ust otworzyć. Dlaczego mam pozwolić, żeby Pedro pomiatał mną jak ślubną żoną?

O czwartej zrobiłam sobie herbatę, włączyłam telewizor i przyszło mi do głowy, że może on miał wypadek? Ale jaki? Akurat wtedy, kiedy miałam przeprowadzić z nim zasadniczą rozmowę? Musiałby chyba być niepoważny.

Obudziłam się w fotelu o piątej osiem, choć byłam przekonana, że nie zasnęłam. Bardzo dziwne. W telewizorze leciał obraz kontrolny Jedynki. Na TVN-ie leciał obraz kontrolny TVN-u, a na Dwójce – Dwójki. Zostawiłam obraz kontrolny z Polsatu. O tej porze nie miałam ochoty na nic ambitnego.

Wyjrzałam przez okno. Ciemność. Chyba padało.

Posłuchałam pod drzwiami. Cisza. Deszczu nie słychać.

Usiadłam na taborecie w kuchni, bawiąc się kluczami od mieszkania. Wchodząc do domu, powiesiłam je na wieszaku, jak zwykle. Teraz znów wpadły mi w ręce. Kiedy je zdjęłam? Czyżbym uzależniła się od Pedra do tego stopnia, że kiedy go nie ma, kursuję po mieszkaniu jak lunatyczka i wykonuję bezsensowne czynności? Których nie pamiętam?

Podeszłam do wieszaka przy drzwiach. Klucze wisiały na haku. Tak jak powiesiłam je, wchodząc. Co się dzieje?

Więc te w kuchni to klucze Pedra. Bo trzeci komplet, z małpką na breloczku, był u rodziców. Pedro wyszedł, zatrzaskując drzwi. Dlaczego nie wziął kluczy?

Zapaliłam górne światła na stryszku i bukiet od Janka rozbłysnął żywymi kolorami. Patrzyłam na niego z uśmiechem, chłonąc zapach mojego życia. Ale coś nie dawało mi spokoju. Rozejrzałam się dokładniej. Na gzymsie kominka jaśniała przylepiona kartka.

Do, kochanie, tak będzie lepiej. Wybacz. Zapomniałem o trudnych sprawach z mojej przeszłości. Jest coś groźnego, przed czym nie potrafię Cię obronić. Nie mogę ryzykować Twoim losem. Nie szukaj mnie, proszę. Kocham Cię zawsze i wszędzie. Twój Pedro.

Przeczytałam z niedowierzaniem raz, drugi, trzeci.

Tekst jak z telenoweli. Beznadziejne! Przeczytałam po raz czwarty. Piąty. Szósty.

I wtedy poczułam, że ta telenowela niczym nie różni się od meczu z Gołotą! Mam ciemno przed oczami i wszystko mnie boli!

Czarna sobota

Oczy podpuchnięte i szczypiące. W głowie bałagan i łomot. Zdrzemnęłam się najwyżej godzinę. Pierwsze, co zobaczyłam po przebudzeniu, to odkurzacz pod filarem stryszku. Gośka wykorzystała moją drzemkę na sprzątanie. Ciekawe, skąd wiedziała, że wycie mnie nie obudzi? Bardziej potrzebowałam snu niż wypucowanych kątów. Może nie miała pojęcia, że odkurzacz wyje? U niej w domu pani Lidka posługuje się czymś, co nie wyje, nie musi być wetknięte do prądu, informuje, kiedy ma pełny pojemnik i można to tak zaprogramować, żeby rozpylało pachnące wody w samodzielnie dobranych proporcjach. Pani Lidka bardziej się obawia, że toto ją wyrzuci z pracy niż Gośka albo Berni.

Gośka przyjechała zaraz po moim alarmującym porannym telefonie. Zaspana, rozczochrana, wystraszona. Poza porządkami wykorzystała mój sen na zrobienie makijażu. Teraz wyglądała na siebie, nie na moje tragiczne lustrzane odbicie.

Co to jest, że kiedy ludzie przyjdą kogoś pocieszyć, a ten ktoś zaśnie, robią mu sprzątanie albo zmywają naczynia? Z nudów czy też wydaje im się, że porządek ma jeszcze znaczenie dla pocieszanego? Gośka nawet mojego drogocennego Johna R. Melga na ścianie przetarła płynem do czyszczenia deski klozetowej. Tylko ramy, na szczęście.

– Nie wycieraj go – powiedziałam, choć właściwie było mi wszystko jedno. Nawet dziwiłam się, że nie umarłam we śnie. Ale kiedy w końcu umrę, ludzkość na pewno nie zacznie czyścić ram obrazów płynami do desek klozetowych.

– Obudziłaś się? – Gośka odwróciła się do mnie ze ściereczką w ręku. – O nic się nie martw. Wytrę go starannie. Że obraz, to nie może ładnie wyglądać? U mnie pani Lidka wyciera wszystko.

– Ale nie tym samym płynem. Poza tym chciałam z tobą pogadać, a nie żebyś mi sprzątała. Sama mogę posprzątać.

– Wiem o tym. Tylko że spałaś.

– Obudziłam się – powiadomiłam ją złowróżbnie.

Gośka przygotowała mi śniadanie. Tost i sok pomarańczowy. Powiedziałam, że nie będę jadła, a ona powiedziała, że powinnam się przymusić mimo braku apetytu. Moi wrogowie by się cieszyli, że straciłam apetyt, nie należy sprawiać im przyjemności. Popatrzyłam na Gośkę z pogardą, gdyż w mieszkaniu nie było nikogo więcej, na kogo mogłabym popatrzeć z pogardą. Jacy wrogowie? Jakie cieszyłyby się? Moje koleżanki ze szkoły ucieszyłyby się, gdybym miała apetyt jak smok. Wtedy to ja byłabym najgrubsza z grona pedagogicznego.

– Mam apetyt, tylko nie mam ochoty przymuszać się do jedzenia – wyjaśniłam. – Je się w jakimś celu, prawda? Ja nie mam celu.

– To może żeby nie umrzeć z głodu? – podpowiedziała Gośka.

Nie odpowiedziałam. Chyba dojrzałam od odejścia Marka. A może tylko postarzałam się? Wtedy chciałam umrzeć natychmiast. Żeby bezwzględny świat zapłakał, że mnie utracił. Nigdy już nie będzie miał takiej drugiej mnie. Dzisiaj inaczej. Nie miałam ochoty umierać od razu. Gdyby przydarzyło się, trudno, pogodziłabym się. Ale żeby samemu coś robić w tym kierunku, to nie. Odczuwałam raczej chęć, żeby rozprawić się z tym wrednym światem. Który najpierw dał mi Pedra, a potem mi go zabrał. Dokopać światu, aż jęknie z bólu. Następnie mogę sobie umrzeć, proszę bardzo, czemu nie.

– Wróci – orzekła zafrasowana Gośka. – Na pewno. Nie wyobrażam sobie, żeby nie wrócił. Ja bym nie mogła tak odejść, żeby się z tobą nigdy nie zobaczyć.

– Nie chrzań! Nie wróci, to od początku było jednym wielkim blefem. On nawet nie ma na imię Pedro, tylko Roman. A ja mówię na niego Pedro. Wszystko stało na głowie!

– Nieprawda – pocieszyła mnie Gośka bez przekonania. – To było prawdziwe uczucie. Patrzyłam z boku. Bez uprzedzeń. To była wspaniała miłość.

– Sama mówisz, że była. Bo już nie ma. Zdechła i cześć!

– Przejęzyczyłam się. Chciałam powiedzieć, że jest.

– Nie denerwuj mnie, Gośka, proszę! Co jest, gdzie jest? Masz zwidy!

– Zrobię gorącej herbaty – zaproponowała Gośka i czym prędzej wyszła do kuchni.

Poszłam za nią. Usiadłam na taborecie przy lodówce i czekałam, aż Gośka zbije szklankę albo kran się przekręci, albo wybuchnie kuchenka gazowa. Jak już się zacznie, to nieszczęścia sypią się jak z rogu obfitości. Na razie widocznie była przerwa.

– Popatrz proszę na ten niby jego list – powiedziałam, wyciągając go z rękawa, gdzie nosiłam wymiętą kartkę jak chusteczkę przy katarze. – Ani słowa prawdy. Czy nie zasłużyłam na to, żeby mnie potraktował poważnie? A nie kłamał jak uczeń przed kartkówką z gramatyki.

– Jest bez serca – zgodziła się Gośka. – Ale żeby kłamał? Raczej nie. Napisał, że odchodzi i odszedł, prawda?

Na świetlik nad kuchenką mżyło coś takiego, jakby z nieba spadała od razu rozdeptana maź, która niedługo zalegnie ulice. Żeby odejść od kogoś o tej porze roku, trzeba być degeneratem. Marek odszedł na przedwiośniu. W każdym razie kiedy w powietrzu unosiła się namiastka nadziei. Widocznie Marek bardziej mnie jednak kochał niż ten cały Roman. Którego niepotrzebnie nazywałam Pedrem. Głupia zakochana idiotka. Gdybym została na noc z Jankiem, nie miałabym problemu. Może tylko śpiąc z kim popadnie bez zwłoki, ma się szansę na udane życie? Świat jest beznadziejny!

– Owszem, Gośka. Odszedł. I niech lepiej nie wraca! – powiedziałam i poszłam położyć się w ubraniu na rozgrzebanym łóżku.

Gośka przyniosła herbatę z wciśniętą cytryną, tylko zapomniała włożyć do szklanek torebki. Ona też była przejęta moją marną przyszłością. Po spróbowaniu nie zauważyła, że w herbacie nie ma herbaty, a mnie nie chciało się zajmować takimi duperelami. Piłyśmy w zadumie osłodzoną wodę z cytryną.

– Jak można sobie przypomnieć, że się coś zapomniało? – zapytałam. – Pisze, że sobie przypomniał, że zapomniał. Co za bzdurny wykręt! Albo się pamięta, albo nie.

– Niekoniecznie – uspokoiła mnie Gośka. – Raz w Nidzicy przypomniałam sobie, że zapomniałam wyłączyć żelazko. Też miałam noc przekichaną. Dopiero rano zadzwoniłam do pani Lidki.

– No i co?

– No i było wyłączone, okazało się.

– To co to za przykład? – obruszyłam się.

– Pozytywny. Że czasem kończy się dobrze.

– Ja cię nie pytam, jak się skończy, Gośka, tylko mówię, że on nie mógł sobie przypomnieć tego, czego nie pamięta. Chyba logiczne? A pisze, że nie pamięta czegoś, co może być groźne. Skąd wie, jakie to może być, jeżeli nie pamięta?

– Domyślił się – powiedziała Gośka, ale widziałam, że mówi tak tylko przez życzliwość. Żeby mnie nie dobijać.

– Jest kustoszem, Gośka. Jakie niebezpieczeństwa mogą grozić kustoszowi?

– Trupi jad.

To jednak nie była życzliwość. To była desperacja.

– Co trupi jad?

– Nie wiem, co konkretnie. Ale codziennie ma do czynienia z tymi wszystkimi rzeczami po zmarłych, zgadza się?

– Teraz jest na chorobowym. Miał do czynienia wyłącznie ze mną. Widocznie ja wydzielam jakiś jad szkodliwy dla niego – odpowiedziałam i wreszcie rozpłakałam się bez zahamowań.

Gośka usiadła na pufie, zapaliła, oczy robiły jej się coraz bardziej szkliste, kiedy na mnie patrzyła. W końcu zapłakała cichutko dla towarzystwa. Za oknem nadal chlapał brudny, mokry śnieg. W tej sytuacji trudno być optymistką, choćby trzymał nas w ramionach mężczyzna życia... Zresztą, co mogę wiedzieć o mężczyźnie życia? Jestem sama. Umrę jako samotna, bezdzietna staruszka i moje zwłoki znajdzie w pustym mieszkaniu... Proszę, nie mam nawet pojęcia, kto! Listonosz albo ktoś taki. Chyba że znowu wtrącą się moi rodzice i znajdą moje zwłoki wcześniej. Właściwie już współczułam mamie i tacie, choć miałam jeszcze parę lat do zostania bezdzietną staruszką. Zleci, ani się człowiek obejrzy! Świat jest beznadziejny! Już to chyba mówiłam?

Na stryszku było szaro. Mówi się, że w sobotę słońce pokazuje się przynajmniej na chwilę. Widocznie taka sobota jak ta jeszcze się na świecie nie przydarzyła. Gośka miała cerę ziemistą od niewyspania. Ramy Johna R. Melga błyszczały jak deska klozetowa. Meble rzucały ponure cienie. Na ulicy wyła karetka pogotowia. Koszmar. Czy kiedykolwiek przeżyłam lato w tym mieszkaniu? Co to w ogóle jest lato?

Podeszłam do okna, żeby je odsłonić. Mam okna dachowe, widać przez nie niebo i maź. Tylko z małego lufcika przy podłodze widać ulicę i maź. Drzewa na skwerku, mur z graffiti oceniającym rząd Leszka Millera, plakat do filmu „Piraci z Karaibów". Na pierwszym planie kosz i drewniana ławka. Oprócz zasiedziałych elementów krajobrazu był jeden nowy: na żółtym plecaku obok ławki siedziała Żyrafa w swojej czerwonej sukni z wełny. Zdrętwiałam.

– Chodź tu, Gośka. Spójrz tam, po drugiej stronie.

Gośka spojrzała, a gdy odwróciła się do mnie, odniosłam wrażenie, że widok ją oszołomił. Z tym, że nie miała wzroku, jaki ma człowiek stojący oko w oko z zagrożeniem. Raczej taki wzrok ze szkoły, gdzie nie radziła sobie z matematyką.

– Właściwie racja – wymamrotała. – To ci dobrze zrobi. Nie miałam niczego w planach, ale Berni od dawna mnie namawia... Okej! Tylko ja stawiam bilety, zgoda? To będzie mój urodzinowy prezent dla ciebie.

Tym razem ja straciłam wątek. Zwłaszcza że urodziny mam w marcu.

– Jakie bilety?

Poszłam za jej wzrokiem. Johnny Deep w pirackim kostiumie miał kolczyk w uchu i ogniste spojrzenie Janka Machty. Które tym razem wpłynęło na mnie depresyjnie.

– Co to, Gośka, psychoterapia? Nie wybiorę się do żadnego kina w moim stanie!

– Do kina? – zdumiała się Gośka. – Myślałam, że chcemy na Karaiby?

Na tym polega różnica pomiędzy pesymizmem Gośki a moim optymizmem. Ona uważa, że świat jest wredny, pokopany, ponury i jedyne, co może nas uratować, to pływanie we własnym basenie lub wyjazd pod palmy kokosowe. A to kosztuje kupę forsy. Ja zaś uważam, że świat jest piękny, sympatyczny, życzliwy, choć od czasu do czasu psuje się pogoda, miłość odchodzi, psychopata wyskakuje ci zza pleców. I to się ma za darmo.

– Gośka, dziewczyna na ławce! Ta w czerwonej sukni.

– Ach, dziewczyna! – Gośka odetchnęła.

– To psychopatka! Damski Hannibal Lecter! Wszędzie ją spotykam, wyobrażasz sobie? Moja kobieca intuicja mówi mi, że ona ma z tym coś wspólnego. I nie mów, że nie ma, bo ma!

– Nie mówię – zapewniła Gośka. – Ale z czym ma?

– Ze zniknięciem Pedra. Może to z nią właśnie uciekł ode mnie?

– Jak mógł z nią uciec, skoro ona tu siedzi? Nie widzisz?

Zastanowiłam się. W moim rozumowaniu była luka, faktycznie. Ale moja kobieca intuicja nie mogła pobłądzić, gdy idzie o mężczyznę życia.

– W takim razie ona jest tym czymś paskudnym z przeszłości, co on sobie przypomniał.

– Czemu paskudnym? Chuda, ale ładna.

– Gośka! – wrzasnęłam. – Czyją jesteś przyjaciółką? Moją czy jej? Bez przerwy ją spotykam. Na wieczorze autorskim, wszędzie! Nie powiesz, że to przypadek!

– Może chce twój autograf.

– Nie chce. Pytałam. – Westchnęłam boleśnie. – To biała dama. Chryste, już w Paryżu ją sobie przepowiedziałam. Zmyliło mnie, że nosi czerwoną suknię. Ja wiem, czego ona chce ode mnie! Chce mi odebrać Pedra. Niepotrzebnie chwaliłam się miłością przed całym światem w tej durnej książce. Teraz mam za swoje.

Rozszlochałam się bez opamiętania.

– Nie płacz, Do. – Gośka rozszlochała się razem ze mną. – Nie ma powodu do płaczu. Damy sobie radę we dwie. To nie może być biała dama. Ja też ją widzę. Białe damy nie istnieją. Jest południe.

– No to co, że południe?

– One straszą o północy. W południe nie zrobią nic groźnego, najwyżej w nocy. Ale i tak nie istnieją, Do. Nie płacz.

Przykucnęłam przy lufciku, żeby jeszcze raz zerknąć na ulicę. Już samo to wołało o pomstę do nieba. Czy któreś z was musi kucać, żeby wyjrzeć przez okno?

– Nie bądź niemądra, Gośka – powiedziałam, wycierając nos z determinacją. – To nie taka biała dama jak myślisz. Takiej bym się nie bała. To taka, która chce się wkręcić do ślubu zamiast ciebie, rozumiesz? Stanąć w białej sukni koło twojego faceta. Idę do niej!

– Co ty wymyślasz? – zaprotestowała Gośka. – Nie puszczę cię samej.

Bez słowa otworzyłam drzwi wyjściowe.

– Pokopało cię? Na dworze jest zero! Włóż chociaż płaszcz!

Włożyłam płaszcz, który Gośka mi podała, i zeszłam na pół-piętro.

– Buty! – usłyszałam za sobą.

Gośka zbiegła za mną z parą butów. Założyłam je, przysiadł-szy na stopniu.

Potem bez słowa ruszyłam w dół.

– Poczekaj! – wrzasnęła za mną z góry Gośka. – Torebka! Klucze! Idę z tobą! Pozapinaj się, zanim wyjdziesz na ulicę! Jest zimno! Ty możesz dzisiaj dostać gorączki od samego myślenia!

Koszty pościgu

Gośka została pod domem, ja przeszłam na drugą stronę ulicy. Uważałam, żeby nie wywalić się na śnieżnej mazi, ponieważ idiotyzm sytuacji przekroczyłby wtedy dopuszczalne normy. Siedząca na swoim żółtym plecaczku Żyrafa oglądała przez chwilę moje buty, zanim przeniosła spojrzenie na twarz. Oczy błyszczały jej psychopatycznie.

– Jakieś wiadomości dla mnie? – zapytałam podchwytliwie.

Wzruszyła ramionami i wskazała podbródkiem na mój brzuch.

– Masz krzywo zapięty płaszcz.

Spojrzałam. Rzeczywiście, w pośpiechu pomyliłam dziurki i guziki. Ludzie porzuceni powinni używać zamków błyskawicz-nych. Dotychczas nie miałam pojęcia, że to tak jest.

– Nie szkodzi – orzekłam dumnie i usiadłam na ławce. – Cze-kasz na mnie?

– Nie.

– Więc co tu robisz?

– Siedzę. Widocznie lubię. Zapalisz?

Nie wspomniała o Pedrze, przebiegła gówniara. Jakby nic jej nie było wiadomo, że przyciąga idealnych facetów. Przyszła tu tylko zapalić. Myślałby kto!

Ale skoro siedzi tu, żeby wabić Pedra, nie może mieć nic wspólnego z jego zniknięciem. Wiedziałaby, że nie ma już kogo wabić. A może ja źle rozumuję w moim opłakanym stanie ducha? Czy to, co teraz dzieje się w mojej głowie, to rozumowanie?

– On odszedł – powiedziałam, żeby jakoś nawiązać rozmowę. Nie przychodził mi w tej chwili na myśl żaden inny temat, mimo że to może żałosne, żeby rozmawiać z rywalką o odejściu faceta. Czyżby to czerwone coś naprawdę było moją rywalką? Zastrzelę się!

– Pedro puścił cię w trąbę?

– Wiesz o tym?

– Nie jestem zaskoczona. Wiem, co bym zrobiła na jego miejscu.

Po drugiej stronie ulicy Gośka nie spuszczała ze mnie wzroku i przytupywała na zimnie z dłońmi schowanymi pod pachy. Orientowałam się, że to Gośka i orientowałam się, skąd się wzięła pod moją kamienicą. Zbiegła razem ze mną z góry, niosąc moje buty, mój płaszcz i moje klucze od mojego mieszkania. Mój mózg zarejestrował to bezbłędnie. Zatem nie było ze mną tak źle. Nie wiedziałam tylko, co ja tu robię. Czego chcę od tej psychopatki oprócz tego, że chętnie bym ją udusiła. Zasztyletowała. Otruła. Najlepiej wszystkiego po trochu.

– Więc wiesz, że on odszedł? – szepnęłam. – Nie zaprzeczaj, wygadałaś się. Dlaczego mi robicie takie świństwo?

Żyrafa wstała, zarzuciła na ramię swoją żółtą torbę. Przydepnęła niedopałek.

– Nic ci nie robię. Na jego miejscu dawno bym odeszła – powiadomiła. – Coś ty z nim zrobiła? Wykroiłaś z życia prawdziwego faceta romansidło, drętwego hárlequina.

– Robercie się podoba.

– To ciesz się, bo więcej radości już z niego mieć nie będziesz.

– Dlaczego? – zapytałam żałośnie i zrobiło mi się żal samej siebie.

– Twój czas minął. Teraz ja.

– Co ty?

Nie miałam pojęcia, o co chcę ją spytać, poza tym wydawało mi się, że zaraz zasnę. Pamiętałam z Konopnickiej – a może z Prusa? – że nie powinno się zasypiać na mrozie. Człowiek już nigdy się nie budzi. Zamarza na kamień i zjadają go wilki.

– Znajdę go – powiedział z daleka wilk w sukni Czerwonego Kapturka. – Nie jesteś go warta. On potrzebuje prawdziwej kobiety, której da szczęście i wspaniałe dzieci.

Ta wzmianka o szczęściu otrzeźwiła mnie. Nawet nie wzmianka. Samo brzmienie tego słowa. Przecież razem z Pedrem odeszło moje wymarzone szczęście! Nie pozwolę go sobie odebrać!

Zerwałam się z mokrej ławki na równe nogi. Wystająca spod kusej kurtki suknia Żyrafy czerwieniła się na skrzyżowaniu. Nad nią czerwieniła się sygnalizacja świetlna. Życie to ciągły pościg za czymś! Machnęłam ręką na Gośkę.

– Idziemy za białą damą? – upewniła się Gośka. – Czyli jest zamieszana w Pedra?

– Po tej rozmowie już na pewno – potwierdziłam z przekonaniem. – Wie, co on by zrobił. Chce mi go odebrać. I nie nazywaj jej damą, bo z niej taka dama jak z białej kozy!

Gośka poślizgnęła się na jezdni. Ledwie za mną nadążała.

– Mogłyśmy wziąć samochód. Głupio wygląda. Tak idziemy na nogach.

– Gonimy ją, Gośka! Jeżeli pojedziemy twoim samochodem, ona będzie nas goniła.

– Ale jest diabelnie zimno!

Przyśpieszyłam kroku.

– No to co? Koszty się nie liczą! Dla Pedra zrobię wszystko!

Temperatura spadła chyba poniżej zera, maź tu i ówdzie przymarzała do chodnika. Drobiąca obok mnie Gośka kichała, ślizgała się i wykazywała objawy rosnącej irytacji.

– Może on nie oczekuje od ciebie tyle? Odszedł, prosił, żebyś go nie szukała, nie odbiera telefonu, nie zostawił adresu. Może powinnaś uszanować jego...

– Niczego nie uszanuję! – wrzasnęłam. – To też jestem w stanie zrobić dla Pedra.

Gdyby nie brzmiało to niemądrze, powiedziałabym, że Żyrafa szła przez miasto złośliwie. Skręciła w Kiepskich, gdzie był postój taksówek, na którym całowaliśmy się z Pedrem przed Paryżem. Potem minęła skwer z Posągiem Biznesmena. Bez biznesmena, którego ktoś odłupał po nocy. Tam też się całowaliśmy. Wzruszyłam się tymi pocałunkami dopiero teraz, wtedy byłam wyłącznie podniecona. Basen miejski. Kino Palladium. Pizzeria Q. Automat do zdjęć. Wszędzie całowaliśmy się z Pedrem, a w automacie i na basenie nie tylko. Chryste, czy myśmy niczym innym się nie zajmowali? A ta mi mówi, że zrobiłam z tego romans. Co miałam zrobić? Epopeję erotyczną? Sama wygląda, jakby się urwała z amerykańskiego dreszczowca, jakiegoś „Zabiję cię w przyszły piątek maczetą" czy czegoś w tym guście, a do innych ma pretensje o niewybredny gatunek. Kretynka!

Skręciła pod arkady Szkoły Modelek, gdzie całowaliśmy się z Pedrem podczas oberwania chmury. Czterdzieści minut niewyobrażalnie podniecającej ulewy. Gdyby taka przytrafiła się Noemu, nie miałby czasu załadować zwierząt na rozmnożenie. W ogóle nie zawracałby sobie głowy arką. Świat miałby naprawdę przepiękny koniec. Nie musiałabym dzisiaj łazić za Żyrafą nie wiadomo dokąd.

Na ulicy Rynkowskiego zniknęła mi z oczu jak sucha ziemia po potopie.

Kichająca Gośka wywaliła się na zamarzniętej mazi, drąc rajstopy.

W mojej kieszeni odezwała się komórka, w komórce Janek Machta.

– Nie można powiedzieć, żeby wczorajszy wieczór zakończył się rewelacyjnie.

Gośka pozbierała się, ale zajmowała się wyłącznie rajstopami. Nie reagowała na moje pantomimiczne ponaglenia, żeby szukała Żyrafy, zanim ta zniknie na amen. Zatrzymałam się przy Gośce, bo kręciła się wokół własnej osi z taką miną, jakby jej się silikon ulewał, tylko nie wiadomo którędy.

– Nie można – zgodziłam się z Jankiem.

– Ja też ponoszę trochę winy – przyznał się wspaniałomyślnie.

Więc jednak, pomyślałam. Ktoś doniósł o nas Pedrowi, ktoś ze strony Janka. Gośka zawsze powtarza, że wierność polega na

43

tym, żeby zadawać się z dyskretnymi mężczyznami. Do tej pory zdawało mi się, że mnie to nie dotyczy.

– Mów, skoro mówisz! – zachęciłam.

– Było bardzo sympatycznie. Dawno nie przeżyłem takiego wieczoru. Ale na końcu trochę pogubiłem się w tym zamieszaniu. Gdzie zniknęłaś?

Czary mary! Tylko że nie z mojej winy. Jeszcze miałam przed oczami podniecone czarownice, obtańcowujące Janka i jego bokserki Sirocco. Jak na sabacie.

– Nie ma sprawy – zapewniłam. – Wybaczam ci.

– Chciałbym ci zrekompensować nadmiar wrażeń. Czy nie wybrałabyś się ze mną do Swarzędza, Dominiko? Tym razem gwarantuję, że nic nas nie rozłączy!

Wczorajszego wieczoru nikt nie był w stanie mi zrekompensować. Może jeden Pedro. Ale na pewno nie Janek Machta. Nawet denerwowało mnie, że dzwoni akurat, kiedy pogubiłam się w samym środku tłumu, który gnał gdzieś opanowany gorączką przedświątecznych zakupów.

– Nie mogę jechać do Swarzędza – powiedziałam, rozglądając się nerwowo.

Ani śladu czerwonej sukni. Mijający nas ludzie patrzyli podejrzliwie na Gośkę, która usiłowała naciągnąć spódnicę na dziurawe kolana w rajstopach. Niewykonalne. Kupiła ją właśnie dlatego, że seksownie odsłaniała kolana.

– Jest jakiś powód?

Chciałam uczciwie powiedzieć Jankowi, że gonię Żyrafę, ale ugryzłam się w język.

– Nie jestem w nastroju – odpowiedziałam ogólnie.

– Nie proponuję, żebyś poszła za mną na koniec świata. To tylko Swarzędz.

Wczoraj koniec świata wchodził w grę. Dziś nawet Swarzędz odpadał. Każda rzecz ma swój czas, a mój czas z Jankiem przeminął na razie bezpowrotnie. Choć nasza wspólna przyszłość zdawała się zapowiadać fascynująco. Być może Pedro to wyczuł i zniknął w proteście? Nie chciał się mną z nikim dzielić. Dlaczego tak cię skrzywdziłam, mój biedny, kochany Pedro! A właściwie – dlaczego on skrzywdził mnie!? Odbiło mu? Nic złego jeszcze nie zrobiłam! Dlaczego nie zadzwoni, kiedy czekam? Dlaczego bez potrzeby dzwoni Janek? Nienawidzę facetów i ich idiotycznych telefonów!

– Nie mogę, Janku, nie dręcz mnie. Rozstałam się z Pederem. To nie nastraja do zabaw i podróży.

– Ach tak... Wyobrażam sobie. – Janek westchnął współczująco. – Przykro mi.

Schowałam komórkę, zostawiłam Gośkę i pobiegłam w stronę, gdzie zniknęła Żyrafa. Gośka dogoniła mnie zaraz tylko po to, żeby znów się wyłożyć jak długa pod moimi nogami. A u mnie odezwał się telefon i w telefonie Janek. Przypomniałam sobie, że istnieje coś takiego jak pętla czasu. Kiedy człowiek w tym utknie, to do widzenia. Dookoła wciąż powtarzają się te same wydarzenia, aż umrze z rozpaczy i z nudów. Dopiero to będzie jakąś odmianą, choć trudno powiedzieć, że na lepsze.

– Nie, nie wyobrażam sobie – poprawił się Janek. Przynajmniej u niego zmiany następowały błyskawicznie. – Skoro rozstałaś się z Pedrem, to właśnie możesz jechać ze mną do Swarzędza. Nie lubisz Swarzędza? A co powiesz na Turoszów? Liczy się dobra zabawa, a nie widok za oknem hotelu.

– Janku – zdenerwowałam się – weź jakikolwiek atlas i zajrzyj do indeksu. Tam masz wypisane wszystkie miasta, do których nie mogę z tobą jechać. A teraz wybacz mi, jestem piekielnie zajęta. Rozstałam się z Pedrem, ale to nic pewnego. Właśnie się zastanawiam.

Janek coś odpowiedział, ale nie wiem, co. Rozłączyłam się. Nie dlatego, że jestem źle wychowana, tylko zorientowałam się wreszcie, dlaczego Gośka bez przerwy się przewraca. Ledwie utrzymując równowagę, zakładała chodak, który jej spadł. Miała na nogach moje drewniane chodaki dla gości założone do sprzątania! Mało tego – jako wierzchnie okrycie nosiła fartuch w kwiatki. Wyszła z domu jak stała, goniąc za mną z butami i płaszczem. Chryste, przecież to ode mnie odszedł Pedro, nie od niej. Mogłaby wykazać odrobinę przytomności, nim wylądujemy w szpitalu poodmrażane. W bramie, gdzie przynajmniej nie wiało, owinęłam Gośkę moim szalikiem. Jest największą idiotką, jaką znam, wyjaśniłam jej, i niech wraca do domu, póki nie ma zapalenia płuc. Jeżeli jeszcze nie ma.

– Ja pierniczę, wiedziałam, że nie może być aż tak zimno i ślisko! – ucieszyła się Gośka pomiędzy atakami kichania.

Ja z kolei uświadomiłam sobie, że to mną się tak przecież przejęła. Moją tragedią życiową. Czyż kobieta, która z powodu nieszczęścia przyjaciółki nie ma pojęcia, w co się ubrała, nie jest prawdziwą przyjaciółką? Toteż uwiesiłam się Gośce na szyi ze łzami w oczach i tym bardziej kazałam jej wracać do domu. Jako najlepszej jedynej przyjaciółce, jaką mam. Złapię jej taksówkę. Poszukam Pedra sama, ona niech się grzeje pod kołdrą.

– W życiu! – uparła się mężnie Gośka. – Zostanę z tobą do końca.

Stała przede mną w stylonowym fartuchu i w chodakach. Przemarznięta do szpiku kości. Ponieważ robiło się coraz zimniej, a ona była zmarzlakiem, rozumiałam, że uznaje wspomniany koniec za kwestię najbliższych minut.

– Pojedź do mnie, weź z barku, na co masz ochotę, tam jest resztka rumu, strzel sobie na rozgrzewkę, wejdź pod koc, a ja do ciebie jak najszybciej dołączę.

– Mam coś lepszego. Poczekaj tu!

Pokuśtykała do sklepu, bo stałyśmy w pasażu handlowym. U mnie zaś tradycyjnie odezwała się komórka. Wyjęłam, żeby nie odebrać, jeśli wyświetli się Machta, ale to była księżna Reńska. Jej pokojówka. Zaproszenie dla mnie i Pedra na jutrzejszy obiad. Powiedziałam w popłochu, że oddzwonię. Co powiem księżnej? Co powiem wszystkim? Łzy przymarzały mi na policzkach. Jak przez mgłę widziałam ludzi i choinkowe lampki na wystawach, które właśnie zapalano. Miałam niedługo kupować gwiazdkowy prezent dla Pedra, a teraz co?

Mgła przed moimi oczami rozwiała się, gdy zobaczyłam Gośkę. Wracała uśmiechnięta, zwycięska, wielkopańska. Znów ta sama Gośka. Miała na grzbiecie futro za dziesięć tysięcy co najmniej. W jej garderobie wisiało już takich kilkanaście. No, może tańszych.

– Chryste, kupiłaś je? – jęknęłam z niedowierzaniem.

– Nie rób afery, Do. Wystarczy, że Berni zrobi, jak wrócę do domu. To tylko na teraz, żebym się nie przeziębiła. Nie mogłam się zdobyć, żeby je odwiesić.

Na nogach wciąż miała moje drewniane chodaki dla gości. Dobrany zestaw, bez dwóch zdań. Pokazałam na nie palcem, ponieważ nie mogłam wykrztusić słowa.

– Bez przesadyzmu – odpowiedziała Gośka. – Butów już by mi Berni nie darował.

Więc kolejny raz przejechała się na tyłku, gdy skręciłyśmy na brukowane podwórko, gdzie zniknęła Żyrafa. Było tam z pięć wejść do kamienic plus wyjście na równoległą ulicę. Kręciłyśmy się z zadartymi głowami, Gośka posykiwała, ponieważ tym razem porządnie obiła biodro. Ja natomiast krzyknęłam ze strachu. W rogu podwórka ujrzałam szyld „Sprzedaż trumien i akcesoriów". I małą reklamową trumienkę na patyku.

Gośka przytuliła mnie do nowego futra. Czekałam, aż powie, że to nic, że zakład trumniarski to nie kostnica, żebym nie histeryzowała. Pedro odszedł, a nie umarł. Żyrafa szła w ogóle gdzie indziej. I tym podobne dyrdymały. Zawsze mnie pocieszała jak blondynkę. Ale tym razem nie powiedziała nic, tylko syknęła, gdy dotknęłam ciałem jej biodra. Nawet okłamywać mnie już się nie opłacało. Kompletny dół.

Skarpetki z owczej wełny

Przez resztę soboty i niedzielę czekałam na Pedra. Może głupie, ale prawdziwe. Korzystając z toalety, nie zamykałam się, żeby usłyszeć w razie czego. Telewizor oglądałam na niemo, nawet płytę nastawiłam sobie bez dźwięku, zanim się zorientowałam, że to nie ma sensu. Nie pomyłam szklanek, bo się bałam, że nie usłyszę pukania, kiedy woda będzie się lała do zlewu. Napełniając wannę, stałam z uchem przy drzwiach. Zrobiłam pięćdziesiąt rzeczy niepotrzebnych i ani jednej potrzebnej. Zresztą, czego potrzeba, żeby beznadziejnie czekać?

Jasne, że Żyrafa mogła pójść na podwórko, żeby zamówić trumnę dla Pedra. Tfu, odpukać! Ale kiedy wsadziłam kichającą Gośkę do jej samochodu, zmieniłam zdanie. Jasne, że nie mogła! Kogoś, kto pali byle siano, nie stać finansowo na pochowanie swojej ofiary po bożemu. Przyczepiłaby cegły do nóg i utopiła zwłoki w gliniance. Czy u nas są glinianki? Nie wiem, nie szkodzi – znalazłaby, gdyby jej zależało. Pojechałaby do Swarzędza albo Turoszowa i znalazłaby. Gdyby Pedra zabiła. Tylko po co miałaby to robić? Bezlitośnie uwieść, to tak, ale zabijać? Kobieca intuicja podpowiadała mi, że „Sprzedaż trumien i akcesoriów" znalazła się na mej drodze przypadkiem. Nie ma znaczenia, chyba że symboliczne. Ukatrupiono miłość. To niekaralne, choć szkoda, szczerze mówiąc.

Komu zawadzała na świecie miłość na całe życie? Byłoby pięknie. Siedziałabym teraz z Pedrem przed płonącym kominkiem, trzymałabym go za rękę, snułabym plany. Czy wymagam za dużo? Czulibyśmy wieczną miłość w sobie i ciepło świata za grudniowym oknem. A myśmy nie dotrwali nawet do pierwszej rocznicy. Nie przeżyliśmy wspólnych świąt, chrzcin, złotych godów, nic. Pojedyncze Zaduszki i rocznica wprowadzenia stanu wojennego – tyle było nam pisane. A przecież to takie proste. Wystarczyłoby, żeby ludzie szanowali własne uczucia. Żeby potrafili zakochać się raz na zawsze, odpowiedzialnie!

Stop, wróć!

Gdyby ludzie zakochiwali się na stałe, byłabym z chudym Fryckiem z VI a, w którym zakochałam się na fizyce. Załamanie światła przez pryzmat, pamiętam jak dziś. To było takie nudne, że nie miałam innego wyjścia, jak tylko się zakochać. A gdyby liczyła się jedynie miłość z pieczątką, siedziałabym przed kominkiem z Markiem, moim byłym. Też średnia przyjemność. Wynika z tego, że mogłam być z Pedrem dlatego właśnie, że miłość nie trwa wiecznie. I z tego samego powodu nie mogę być z Pedrem. Od rana przeczuwałam, że to się wszystko kupy nie trzyma.

Oddzwoniłam do księżnej, że Pedro wyjechał do Swarzędza. Innego miasta nie chciało mi się wymyślać. Księżna jest zbyt światową damą, żeby wypytywać o szczegóły. Gdybym powiedziała, że Pedro wyjechał do Pampeluny na gonitwę byków, także przyjęłaby to bez komentarza. Powiedziała, że żałuje, na obiad będzie prosię z kaszą. Oraz pieprzówka bodajże. Też powiedziałam, że żałuję i szybko się rozłączyłam. Mdliło mnie na myśl o kaszy i o prosięciu, i o Pedrze. O pieprzówce mniej, ale resztkę rumu z barku wypiłam po powrocie. Leczniczo.

Zauważyłam, że zadarł mi się paznokieć, jakoś kretyńsko się zadarł, jak nigdy dotąd. To prawdopodobnie pierwszy symptom zaniżonego poczucia własnej wartości. Nie że mi się zadarł, tylko że przypisuję mu złośliwe intencje. Spiłowałam go bez przekonania.

Dla poprawy samopoczucia pozapalałam wszystkie światła, a i tak zdawało mi się, że jest ciemno. Dla większej jasności mogłam jeszcze otworzyć lodówkę, tylko że wtedy zaczęłoby mnie mdlić od zapachu jedzenia. Pomyślałam, że Pedro jest sadystą, nienawidzę go, pójdę do łóżka z Jankiem w Swarzędzu albo w Nowym Sączu, albo w Starym Targu, wszystko mi jedno. Nie zwlekając, najwyżej tyle, żeby kupić bilet i dojechać.

Z tą kojącą myślą zasnęłam o wpół do trzeciej w nocy.

Obudziłam się przed czwartą i już nie zmrużyłam oka. Nic się nie działo. Godzinami. Zadzwoniłam do Gośki. Berni powiedział mi, że śpi. Jest zakatarzona i poobijana, jakby po futro przeciskała się podkopem. Poprosiłam go, żeby nie wymawiał jej zakupu, a on wyjaśnił, że Gośka nie daje mu na to szansy. Śpi od powrotu ode mnie.

– Od wczoraj? Chryste, może umarła? – Poddałam się pesymizmowi na całej linii. – Zmarzła na kość. Sprawdź, Berni, proszę. To moja wina. Może wydzielina z płuc zatkała jej drogi oddechowe?

– Jaka wydzielina? Dlaczego tak mówisz? – obruszył się Berni.

– Bez złej myśli – zapewniłam go. – Lepiej dmuchać na zimne, uwierz mi.

– Ona jest gorąca, ma trzydzieści dziewięć z kreskami.

– Chryste! Może jej się białko ścięło. Sprawdź, Berni, proszę cię. Nie wybaczę sobie, jeżeli Gośce coś się stanie. Tylko ona mi została na świecie.

Nie załamywać się, pomyślałam, odkładając telefon. Nie panikować. Patrzeć na świat z optymizmem. To i tak nic nie pomoże, a przyjemniej. Kiedy Marek odszedł, dałam sobie radę. Długo trwało, ale udało się. Teraz potrwa krócej, mam wprawę. Może już jutro stanę na nogi? Czemu nie? I wpiszą mnie do Księgi Rekordów Guinessa w rozdziale „Najszybsze tragedie miłosne świata".

Z tym, że poprzednim razem pojawił się przy mnie Pedro jako lekarstwo na starą miłość. Teraz go nie mam. Czy ktoś ulituje się nade mną?

Wystukałam numer Janka.

– Co ze Swarzędzem? – zapytałam. – Aktualny?

– Jak najbardziej. Właśnie jestem w Swarzędzu. A co się stało?

Miałam wrażenie, że słyszę w słuchawce jakiś daleki, głośno oddychający ciek wodny. Powiedziałam, że dzwonię przez ciekawość. Sprawdzam, jak długo jedzie się do Swarzędza. Gdybym kiedyś się wybrała. Albo do Pampeluny, gonić się z bykami po ulicach. Jeszcze nie zdecydowałam, gdzie i po co.

O wpół do szóstej pojechałam do rodziców. Nie mogłam usiedzieć w domu. Byłam pewna, że po kolejnej samotnej godzinie zwariuję. I choć nie mogłam ustalić, czym zwariowanie różniłoby się od mojego obecnego stanu, postanowiłam przeciwdziałać.

To była zła decyzja. Od progu mama pokazała mi jakieś beznadziejne skarpetki w pasy – prezent dla Pedra pod choinkę. Ciepłe, lecznicze, z prawdziwej owczej wełny.

Co oczywiście przypomniało mi nie tylko o Pedrze, ale i o psychopatce w wełnianej sukni.

– Owcze gryzą w skórę – oświadczyłam.

– Jak to gryzą? – obruszyła się mama. – Skąd możesz wiedzieć? Nie wydaje mi się, żebyś kiedykolwiek nosiła coś z owczej wełny.

– W powstaniu styczniowym też nie byłam, a wiem, że przegraliśmy.

– Ona ma rację – poparł mnie tata.

Siedział w fotelu przed telewizorem i skakał po kanałach. Może z tego powodu przyszło mi jeszcze na myśl powstanie warszawskie. Ale co za różnica, też przegraliśmy.

Mama zwinęła skarpetki z grobową miną.

– W czym ma rację?

– Że... przegraliśmy – spuścił z tonu tata. – Ale na przykład byliśmy pod Grunwaldem, Do. Pamiętasz? W rocznicę zwycięstwa. Miałaś osiem latek. Albo dziewięć.

– Grunwald się nie liczy! A owcze i tak gryzą w skórę! Pedro uważa tak samo.

– On nie może tak uważać. To jest roztropny człowiek.

Mamy zdaniem. Matki zawsze są o jedno ważne wydarzenie do tyłu. Kiedy rozchodziliśmy się z Markiem, mama kupiła nam śpioszki. Naszemu ewentualnemu dziecku. Trafiła superokazyjnie na antypoślizgowe. Przez całe małżeństwo nie trafiła, a kiedy papiery były już w sądzie – trafiła. W rezultacie musiałam jej zapłakanej tłumaczyć się z dwóch rzeczy: że rozchodzę się z Markiem i że na diabła mi śpioszki. A mogłam z jednej, gdyby nie była uparta.

– Zadzwoń do Pedra i zapytaj, trudno – powiedziała chmurnie. – Przecież nie dam mu czegoś, czego nie chce. Od razu w pierwsze święta. Jest w domu?

– A gdzie ma być? – odpowiedziałam, zanim się zastanowiłam. – To znaczy... ma komórkę... Gdziekolwiek jest... A jest w domu! Tylko że...

– Tylko że co? Może sobie wyobrażasz, że stać mnie, żeby mu kupić samochód?

– Przecież nie o to chodzi, mamo. Dobrze, podaruj mu te skarpetki. Ładne są, kolorowe. Podrapie się od czasu do czasu i wytrzyma, nie przesadzajmy.

– Nie, zadzwoń. Nie chcę, żeby miał mnie za teściową z głupich dowcipów.

Popatrzyłam na mamę spode łba. Rozsiadła się na kanapie ze skarpetkami na kolanach i czekała na mój telefon.

– Za jaką teściową, mamo? Kto ci powiedział, że się pobierzemy?

– Jak to się nie pobierzecie? Mieszkacie razem i się nie pobierzecie?

– Z mieszkania razem wynika, że możemy wspólnie opłacać czynsz. A nie że wspólnie spędzimy życie.

– Boże drogi, Do, ty się robisz cyniczna! – przeraziła się mama.

– Ona ma rację – poparł ją tata i nawet przestał skakać po kanałach. – Czy coś się między wami psuje, córeczko? Nam możesz powiedzieć prawdę.

– Okej, okej, w porządku. Zadzwonię, jeżeli ma to wam spędzać sen z powiek. Zawsze szukacie dziury w całym.

Wyjęłam komórkę, wyświetliłam Pedra, połączyłam się z jego nieodbierającym telefonem, rozłączyłam się ukradkiem i przyłożyłam komórkę do ucha. Gdybym wyszła zadzwonić z holu, podejrzliwość rodziców by wzrosła.

– Cześć, kochanie – powiedziałam do głuchej ciszy po tamtej stronie i ścisnęło mi się serce. – Co robisz?... Wiesz, dzwonię do ciebie, Pedro, w takiej sprawie, że...

„Tylko oględnie", pokazała mi na migi mama.

– Czy ty sądzisz, kochany Pedro, że owce gryzą? Bo właśnie zastanawiamy się z rodzicami...

Mama postukała się nerwowo w czoło.

– To znaczy z koleżanką się zastanawiamy... To nic ważnego. Przy okazji pytam.

Mama akceptująco kiwała głową.

– Tak, słucham cię, Pedro? Mówisz, że mnie kochasz?

Mama zapatrzyła się dyskretnie w telewizor, więc mogłam sobie chwilowo pozwolić, żeby oczy zaszły mi łzami.

– Ja też cię kocham. Bardzo cię kocham. Kiedy sobie pomyślę, że mogliśmy się nie spotkać, nie mogę oddychać. Nie wiem, co bym poczęła bez ciebie.

Tata wyjrzał nie wiadomo po co za okno i wyszedł do drugiego pokoju. Nie trawił moich rozmów intymnych. Chwilę po nim wyszła mama, widocznie ją wywołał na migi.

Zostałam sama, więc wreszcie mogłam dać szczery upust uczuciu.

– Kocham cię, Pedro. Tak bardzo cię kocham, jak nikogo na świecie. Nie zrób mi krzywdy, błagam cię. Bądź ze mną. Ja z tego zrobię długie, wspaniałe życie dla nas obojga, daję ci słowo. Tylko mnie kochaj, Pedro. Proszę.

Obłęd!

Siedziałam na fotelu naprzeciw telewizora opadła z sił, gdy zajrzała mama.

– No i co powiedział?

– Pedro? Że na kolację pizza, napalił w kominku, jest minus dwa na dworze, to znaczy że nie wie, ile jest, bo siedzi w domu... Aha, no i że mnie kocha.

– Ale o skarpetkach?

– Co o skarpetkach? Ach, o skarpetkach – przypomniałam sobie. – Że mogą być.

– Do, ty jesteś nieprzytomna – rozzłościła się mama. – Przecież pytałaś go o skarpetki, słyszałam. I mówisz mi, że się nie pobierzecie? Dziecko, wystarczy, jak Pedro powie, że cię kocha, a tracisz głowę. To jeden z powodów, dla których ludzie się pobierają. Sama zadzwonię i zapytam go wprost!

– Nie! – poderwałam się z fotela. – Chryste, nie wolno ci tego zrobić.

– Jak to nie wolno?

– Nie w tej chwili – poprawiłam się. – No bo... Pedro siedzi akurat w wannie. Do gołego chcesz dzwonić?

– Też pomysł, Do! Skąd miałam wiedzieć, że w wannie? – Mama spłoniła się jak pensjonarka. – Umówmy się, że sama spytaj, tylko na pewno.

Ta nieszczęsna miłość robi ze mnie niedojrzałą emocjonalnie gimnazjalistkę, głupszą od moich własnych uczennic, pomyślałam fatalistycznie, kiedy tata odwoził mnie do domu. Przekształca mnie w infantylne stworzenie. Bo chyba w rzeczywistości jestem dorosła? A co ja robię? Wypłakuję się do słuchawki, w której nikogo nie ma. Czekam na faceta, który uprzedził, żebym na niego nie czekała. Gonię po mrozie za dziewczyną, o której niczego nie wiem. Analizuję wyroby trumienne. Przeziębiam najlepszą przyjaciółkę do 39 stopni. Czy można być tak zdziecinniałą w wieku 25 lat? Kiedy wreszcie dojrzeję i zakocham się jak zrównoważona kobieta, której nie w głowie fiu-bździu? Ma na przykład czterdziestkę, trzynastoletnią córkę i buduje dom, jak inni dorośli ludzie. Dojrzale nadzoruje wylewanie fundamentów, krycie dachu, montaż instalacji co i WC... Tylko kiedy ja dorosnę do czterdziestu lat, z kim mam mieć trzynastoletnią córkę, jakim cudem postawię dom z nauczycielskiej pensji? O ile wydawnictwo nie każe mi dopłacać do książki o miłości do Pedra, kiedy nakład się nie sprzeda.

– Popatrz, Do, miasto przed świętami pięknie wygląda – odezwał się lirycznie tata zza kierownicy. – Lampki, wystawy, choinki w oknach, światełka. Święty Mikołaj pewnie już wyruszył saniami z Laponii.

Pewnie tak. Może już wpadł pod tira na naszych drogach. Który wiózł tony świątecznych karpi do zarżnięcia. Renifery nie żyją, Mikołaja ze złamaną nogą trzeba będzie dobić. Tak pomyślałam, ale odpowiedziałam z bożonarodzeniową nadzieją:

– Cudownie, masz rację, tato. I ta przedświąteczna cisza, którą uwielbiam.

Tata uciszył się z bożonarodzeniową domyślnością.

Może nie ma wyjścia, niezależnie od wieku, pomyślałam. Z tym zdziecinnieniem. Obojętne, czy ma się piętnaście lat czy osiemdziesiąt. Wystarczy, że człowiek się zakocha i zaraz dostaje małpiego rozumu. Infantylność wyłazi z niego niczym słoma z dziurawego siennika. Tak musi być i już. Przecież żeby się zakochać, trzeba wierzyć w miłość. Inaczej się nie da. A ci, którzy wierzą w miłość, są jak dzieci. Normalnie jak dzieci.

Pedro, którego nie ma

Przedświąteczny tydzień rozpoczęłam w pieskim nastroju. Ile można się oszukiwać? Jeżeli facet wraz z rzeczami wyparowuje bez przyczyny, to przyczyna jest jasna. Albo mu się odwidziało, albo kogoś ma. Tej zagadki nie sposób rozwiązać, wgapiając się w puste miejsce pod łazienkowym lustrem, gdzie jeszcze parę dni temu stała druga szczoteczka do zębów. Mimo to człowiekowi niczego innego się nie chce. Oprócz wgapiania się w różne puste miejsca, których nagle narobiło się tyle, jakby to nie był dom, tylko sławne pueblo, z którego wszyscy chłopcy odeszli po opuncje gnane suchym wiatrem. Czy nie pamiętam po co. Co to w ogóle takiego opuncje? I co to mnie obchodzi?

W holu szkolnym stanęła opuncja... tfu! choinka pod sufit, więc nasza pani dyrektor podwoiła dyżury w czasie przerw. Łączna liczba uczniów oraz bombek przekroczyła stan krytyczny. Dyżurowałam i dyżurowałam, mimo to musiałam niekiedy usiąść w pokoju nauczycielskim. Robiąc dobrą minę do złej gry. W szkole nie mówiło się o literaturze i ideałach, za co byłam gronu wdzięczna. Mówiło się o markowej bieliźnie, o kosztach domków jednorodzinnych, o perfumach, piklach, przepisach na świąteczny makowiec, o możliwości podwyżek, braku podwyżek, nadziejach na podwyżki, okradaniu nas z podwyżek. Czyli o życiu, które zasadniczo różni się od literatury. O czym ja, naiwna, przekonywałam się dopiero na własnej skórze. Pani dyrektor jako jedyna osoba z ciała pedagogicznego podjęła wątek mojej twórczości. A właściwie mojego bezkrytycyzmu.

– Wreszcie zmęczyłam książkę, pani Dominiko – odezwała się ogólnikowo, licząc na moją domyślność. Więc domyśliłam się, że nie będzie się wyżywać na „Fauście" Goethego. – Skąd u pani taka fantazja, doprawdy? Wymyślić wielką miłość, kiedy jest się rozwódką. Ale sympatyczne, że stara się pani rozsławiać imię naszej szkoły. Zastanawiam się, proszę koleżeństwa, czy nie powinniśmy pójść za przykładem koleżanki? Oczywiście nie każdy ma czas na klecenie wydumanych historyjek, ale gdyby zorganizować wyjazd do teatru? Jakie jest państwa zdanie? Na coś wartościowego dla odmiany.

Grono zaczęło jej słuchać, ja przestałam. W ramach autoterapii. Choć była to autoterapia dołująca. Zapatrzyłam się w okno, za którym uczniowie naszego gimnazjum wracali do domu w parach mieszanych. Odwrotnie niż ich nauczycielki, zwłaszcza jedna. Rapcuchowicz z mojej klasy prowadził się wpół z rudą Roksaną z klasy Sylwii. Było widać, że nie mają w planach rozbierania zdań pod względem gramatycznym. Gdy chodziłam do szkoły jako uczennica, tak prowadzali się nauczyciele. Doczekać się nie mogłyśmy z koleżankami, kiedy nadejdzie nasza pora. Minęło parę lat, pora nadeszła, a ja patrzę jak Rapcuchowicz prowadza się z rudą Roksaną. Wszystko nie tak. Gdy byłam mała, liczyła się dorosłość, kiedy jestem dorosła, stawia się na małolatów. W ten sposób można w życiu nie trafić na swoją porę. W sumie szczęście, że poślubiłam Marka, zanim się z nim rozwiodłam, bo dożyłabym swoich dni jako zgorzkniała stara panna. Obłudny, niewierny Marku, okazujesz się losem na loterii, gdy cię porównać z resztą męskiej menażerii. Ty przynajmniej łudziłeś się przez jakiś czas, że jestem wymarzoną księżniczką. Inni nawet tak niedaleko nie doszli.

W pokoju nauczycielskim rozgorzała dyskusja, czy jeśli już koniecznie coś ambitnego, to mniej nudno byłoby na „Hamlecie" czy na „Antygonie"? Przeważała opcja, że nie ma różnicy. Na pytanie o autora „Antygony" podpowiedziałam dyrektorce złośliwie, że Molier. Kupiła bez wahania. Niestety, nikt z grona nie zorientował się, że się zemściłam, więc wyłączyłam się ponownie. Nie tak łatwo dokopać światu.

Cały wysiłek skupiłam na ustaleniu drogi powrotnej do domu. Przez które sklepy powiedzie. Dużo tłoku, dużo zamieszania, mało rozważań. Żadnych rozważań. Mój wrodzony optymizm streszczał się na razie w nadziei, że wpadnę pod samochód na pasach i będę miała z głowy.

W pierwszym sklepie kupiłam mamie pod choinkę czarną apaszkę. W drugim kupiłam tacie spinkę do krawata, która wyglądała jak srebrne okucie na trumnie. Gośce kupiłam w sex shopie podwiązki z żałobnie fioletowej koronki. I okazało się nagle, że kupowanie też mnie nie kręci. Przerwałam, zanim udało mi się skompletować w miarę elegancki kondukt. W domu wlazłam pod kołdrę bez rozbierania. Była druga po południu. Uznałam, że dzisiejszy dzień skończył się dla mnie o drugiej. Może umrę jutro, na razie się nie udało.

Jednak na żywo nie ma lekko.

Zadzwoniła Gośka, czemu nie dzwonię, gdy jest chora. Nie dzwonię, bo jest chora. Nie chcę jej truć moją depresją. Uznałam, że kiedy lepiej się poczuje, da znać. Wtedy zadzwonię. Nie pomyliłam się, bo dzwoni. Owszem, odpowiedziała Gośka, dzwoni, bo już jest zdrowa. Kiedy była chora, nie zadzwoniłam ani razu. Nieprawda, sprostowałam, rozmawiałam z Bernim parę razy. Berni był zdrowy, Gośka na to, więc się nie liczy. Do niej nie zadzwoniłam. To nie depresja, tylko zwykłe świństwo.

Potem zadzwoniła mama, o której ma czekać w Wigilię na mnie i Pedra. Powiedziałam, że o siedemnastej trzydzieści, choć pomyślałam, że przesadzam. Wprawdzie do Wigilii jeszcze parę dni, niemniej nie przyjdę przecież z Pedrem o żadnej godzinie. W tym o siedemnastej trzydzieści. Po co sama sobie stwarzam sytuacje, z których nie ma dobrego wyjścia? Ale gdybym nic nie odpowiedziała mamie, sytuacja też byłaby bez wyjścia. Czy nie wszystko jedno, w którym punkcie muru zaczniemy w niego walić głową?

Odłożyłam słuchawkę i w tym momencie zastukało z dołu. Jakby metafizyczne czynniki potraktowały dosłownie moje rozważania o waleniu w mur. Tylko że w stanie, w jakim byłam, nie ma co liczyć na metafizykę. Walił pan Zenobiusz z trzeciego piętra. Może wspólnie z żoną, ponieważ pojedynczy emeryt nie jest w stanie osiągnąć takiego łomotu w kamienicy o ścianach z solidnej cegły. Wytrzymałam kwadrans, po czym zerwałam się z łóżka. Dość tego! Pognębiła mnie dyrektorka, pognębiła rodzona matka, pognębiła najlepsza przyjaciółka, a ja kładę uszy po sobie. Jeżeli mam dokopać światu, trzeba zacząć. Dlaczego by nie od pana Zenobiusza?!

Otworzył mi z młotkiem w dłoni, z podwiniętymi rękawami, zza jego pleców szczekał jamnik. Oraz buchał zapach wypieków. Oznaczający, że wszyscy ludzie dobrej woli szykują się, żeby świętować serce przy sercu. Ścisnęło mnie w gardle – i było jeden zero dla gospodarzy. Nie poddałam się. Zagrałam na zwłokę dla wzmocnienia mijającej mi wściekłości. Wygarnęłam, że nie życzę sobie, żeby wtedy, kiedy świat w ciszy i skupieniu, do wtóru kolęd takich jak „Cicha noc", „Przybieżeli do Betlejem", „W żłobie leży"...

– Sekundę, sąsiadko, najmocniej przepraszam – przerwał mi pan Zenobiusz przy trzeciej kolędzie. – Tak pani nie podejmę.

Pojawił się wkrótce w marynarce i pod krawatem. Stara szkoła. Jego żona zdążyła mi w tym czasie zaproponować herbatę z konfiturami, nadziewane babeczki, nalewkę przeciwstresową, kubek rosołu i pieczone jabłko z cynamonem. Odmówiłam po kolei, ale duch walki opuszczał mnie coraz szybciej. Dwa zero.

Zaprowadzili mnie do pokoju, gdzie stała choinka w skomplikowanej uprzęży z żyłek. Pan Zenobiusz zaplanował święta ekologiczne. Żywe drzewko u innego by zmarniało, on przesadzi je zdrowo na skwer. Po świętach. Sam skonstruował donicę, żeby nie oklapło. Stąd żyłki poprzybijane do ścian. Choinka się kolebie. Albo naczynie niestabilne, albo ściany krzywe, albo podłoga pochyła. Pan Zenobiusz napoczął drugi motek żyłki wędkarskiej. Razem z żoną podziękowali, że zainteresowałam się ich kłopotem, zeszłam, chciało mi się. To rzadkie w dzisiejszych czasach. Trzy zero.

Jako samodzielna kobieta poprosiłam o drugi młotek, żeby pomagać panu Zenobiuszowi. Jego żona informowała nas z boku, w którą stronę drzewko aktualnie się krzywi. Nie słyszeliśmy, bo stukało. Niezależnie szczekał jamnik.

Na to wdarła się Napiórkowska z przeciwka. W dni robocze ma na przechowaniu wnuczkę, która albo nie chce jeść, albo spać. Dzisiaj nie chciała spać. Niby normalne o trzeciej po południu, ale Napiórkowską wzburzyło. Ponieważ gospodarze zachowywali się z uprzedzającą grzecznością, zrobiła awanturę mnie. Dlaczego stukam, walę, nie daję spać jej wnuczce, zachowuję się aspołecznie. Cztery zero. Na szczęście szybko jej przeszło, bo w przeciwieństwie do mnie skusiła się na jabłko z cynamonem.

Reszcie zebranych, łącznie z jamnikiem, pani Zenobiuszowa podała kruche ciasteczka. Z herbatą, choć tu już jamnika pominęła. Usiedliśmy wokół okrągłego stołu naprzeciw obrazu z majestatycznym łabędziem w szuwarach. Łabędzie mają coś wspólnego z miłosną symboliką, prawda? Nie jestem pewna, w każdym razie na wprost tego niejasno tłumaczącego się ptaszydła padło pytanie, które musiało paść. Co u pana Pedra? Nie pokazuje się ostatnio.

Ma się świetnie, zapewniłam. Złapał ciężką grypę i nie wypuszczam go z domu. A także nikogo nie dopuszczam, bo zaraża. Toteż trochę się spieszę, opiekuję się nim. Może potrzebować aspiryny. Albo chusteczki do nosa.

Pani Zenobiuszowa poleciła mi wyrzucić apteczne leki. Tylko trują i kosztują. Dała w zamian czosnkowe tabletki, po których grypa mija jak ręką odjął. Podziękowałam. Dla równowagi Napiórkowska opowiedziała o swojej znajomej, która dostała takich powikłań po grypie, że już piąty rok jak nie żyje. Też podziękowałam. Rozpoczęło się omawianie innych przypadków śmiertelnych, co wprawiło mnie w podły nastrój. Bo ja wciąż żyłam. W zamyśleniu obracałam w dłoniach fiolkę z czosnkowymi tabletkami.

Po co mi Pedro z krwi i kości, myślałam. Taki, który może odejść, miewa kaprysy, nie uzgodnione plany. Czy ten, którego nie ma, ustępuje temu, który był? Ten, którego nie ma, odbiera moje telefony, wyznaje mi miłość, lubi gryzące owcze skarpetki, planuje spędzić ze mną Wigilię u rodziców, pozwala opiekować się sobą przy użyciu czosnkowych tabletek. Ten jest idealny, nie tamten. W zasadzie mogę wieść spełnione życie z Pedrem, którego nie ma. W razie nieodpartej potrzeby mogę się z nim nawet pokłócić. Stać mnie na to, żeby mieć własne zdanie, z którym się nie zgadzam. Choćby teraz – sądzę, że wpadłam na kapitalny pomysł życia z fikcyjnym Pedrem i zarazem sądzę, że jestem kompletną idiotką razem z tym debilnym pomysłem.

Pożegnałam się ze wszystkimi, łącznie z jamnikiem, a Napiórkowska skwapliwie poszła w moje ślady. Wyskoczyła za mną na korytarz z zaaferowaną miną.

– Nie wiem, czy mówić, ale nie wiedziałam, że pan Pedro był bez przerwy w domu.

– Tak jakby – przytaknęłam enigmatycznie. – Był, jest i... i jest.

– A ona tu bywa u niego, kiedy pani jest w pracy. Nie wiem, czy mówić.

– Kto?

– To pani nie wie, pani Dominiko? Naprawdę? Taka w czerwonej sukni, wysoka.

Zjechałam o stopień w dół ze sztywnymi kolanami.

Sto do zera! Nokaut! Kremacja zwłok. Co tylko chcecie. Okazuje się, że Pedro, którego nie ma, nawet zdradzać mnie potrafi.

Na stryszku rzuciłam się na łóżko, nie zapalając światła. O co chodzi? Odtrąbiłam koniec romansu stulecia, a tu nadal dzieją się rzeczy, których nie rozumiem. O których nie wiem. Pojawiają się postacie bez sensu – razem z tą całą Napiórkowską! Dlaczego Pedro miałby zdradzać mnie z Żyrafą, skoro ode mnie odszedł? Czy ta dziewczyna jest moim przekleństwem? Jakże jej teraz zazdrościłam. Twierdziła, że wie, co zrobiłaby na miejscu Pedra, a ja nie miałam pojęcia, co zrobić na moim własnym miejscu. Może kłamała? Ale co z tego? Kłamała tak wiarygodnie, że też pozazdrościć.

Zdrzemnęłam się, wycieńczona tym myśleniem. Śniły mi się „Trumny i akcesoria" w narożniku ponurego podwórka, a kiedy obudziłam się zlana potem, budzik pokazywał dwudziestą pierwszą siedem. Nigdzie nic nie stukało. Byłam podniecona. Z powodu kobiecej intuicji, która odezwała się do mnie we śnie.

W miłości nie ma przypadków. Nie włazi się tak sobie na trumny i akcesoria.

Wybrałam numer Gośki jak w filmie sensacyjnym. Drżącą ręką.

– Jesteś już zdrowa?

– Mów jak człowiek przynajmniej przed Wigilią – zirytowała się. – Już cię raz o tym dziś powiadamiałam. Nie zaczynaj od początku, bo i tak nie uwierzę, że przejęłaś się moją chorobą! Nie zadzwoniłaś!

– Czyli zdrowa – odpowiedziałam sobie sama. – W takim razie weź samochód i podjedź do mnie. Rozgryzłam paskudną aferę.

– Jaką aferę? Jestem zdrowa, ale jeszcze nie wychodziłam. Dopiero mam zamiar.

– Świetnie. Zrealizuj go, czekam – popędziłam ją.

Nie doczekałam się jej na górze. Za bardzo mnie nosiło. Ubrałam się i zbiegłam przed dom. Mimo że to nic przyjemnego czekać na ulicy o wpół do dziesiątej. Można się komuś bardzo nie spodobać albo bardzo spodobać – i jednakowo przerąbane. Dla samotnej kobiety polskie miasto po zmroku kojarzy się źle. Ja na przykład zastanawiam się wtedy, dlaczego dotąd nie zapisałam się na kurs kopania obronnego. Na każdym rogu wisi ogłoszenie, już parokrotnie miałam zamiar. W ostatniej chwili przychodziło mi do głowy, że chyba w końcu znajdę sobie faceta, po co mi kopać się osobiście z byle bandziorem.

Należało stawiać na kopanie. Daje niezależność, a także sporo przyjemności.

– Jedź! – zadysponowałam, siadając obok Gośki dwadzieścia minut później. – Tam gdzie byłyśmy poprzednio. Do tych trumien.

– Jezus Maria! Do jakich trumien?

Wyraźnie nią wstrząsnęło. Aż zgasł jej samochód. Z tych, co nie gasną.

– Pokażę ci, jedź. Będziesz moim świadkiem.

– Świadkiem czego?

– Nie wiem jeszcze, czego. Ale będziesz.

Damski fryzjer

Nad ulicą Rynkowskiego świecił napis „Wesołych Świąt" i dyndał wielki gumowy Mikołaj. Poza tym jak wszędzie o tej porze. Bezludzie, mglista ciemność, przymarznięta maź na chodnikach. Gośka zaparkowała przed bramą podwórza z trumnami i akcesoriami.

Wysiadłyśmy z samochodu i natychmiast zdarzyło się to, co tradycyjnie zdarzało mi się na Rynkowskiego: w mojej torebce odezwała się komórka.

Tym razem ani Janek Machta, ani księżna. Roberta. Z doskonałymi wiadomościami, jeśli je porównać do moich ostatnich doznań. Książka o miłości do Pedra sprzedaje się nie gorzej niż „Z uśmiechem przez bolesny okres", poprzedni hit. Ukazała się pozytywna recenzja w kobiecym dodatku. Jedna, ale bardzo-bardzo. Wydawnictwo chce ze mną podpisać umowę na następną książkę. Trzeba kuć nabywcę, póki gorący.

Odpowiedziałam Robercie, że nie ma sprawy, przysiędę fałdów w nowym roku, cieszę się, wpadnę do niej zaraz po świętach. I gdzie ta recenzja dokładnie jest?

Schowałam słuchawkę, dumnie powtórzyłam rozmowę Gośce, a ta zbaraniała.

– Horror! – jęknęła. – I o czym teraz napiszesz?

Psiakość! Na moment zapomniałam, że pewne rzeczy wyglądają już inaczej. O czym napiszę drugą książkę o miłości do Pedra? Czyżby moje życie bez niego waliło się w gruzy generalnie? Nie wierzę. Odnajdziemy się na tym paskudnym padole, padniemy sobie w wytęsknione ramiona i czytelnikom dech zaprze od takiego happy endu. Sama skicham się ze szczęścia!

– Coś się wymyśli – pocieszyłam Gośkę. – Pilch przestał pić, a pisze. Radzi sobie. Bez kropli alkoholu.

– Poważnie? – zdziwiła się. – Nie wiedziałam.

– Mówił w wywiadzie. Dawno z tym skończył.

– Nie, ale nie wiedziałam, że pisze – doprecyzowała Gośka. – Czytałam o nim w „Światowym Szyku", że już nie jest z tą blondynką, przeprowadził się, ale że pisze...?

Obiecałam, że później jej wyjaśnię, na razie nie mamy czasu.

Weszłyśmy na podwórze po cichu, żeby nie wypłoszyć szczurów, kotów, pijaków, dozorców, bulterierów, krokodyli, Kuby Rozpruwacza, tego wszystkiego, co może czaić się w nocnym polskim mieście za niezamykaną bramą. Gośka szła pierwsza. Lubię chodzić z Gośką. Ma zakodowane, żeby nie dać się wyprzedzić. Gdyby była hrabiną za francuskiej rewolucji, wepchnęłaby się pierwsza pod gilotynę. Kiedy człowiek wybiera się w nieznane zakamarki, taka skłonność u osoby towarzyszącej jest na wagę złota. Owocna współpraca dwóch egoizmów.

Po tej stronie bramy było ciemniej niż po tamtej, ale reklamową trumnę na patyku trudno było przeoczyć. Polerowane okucia lśniły w mroku jak światłość wiekuista.

Wskazałam dłonią wylot drugiej bramy.

– Brama – orzekła domyślnie Gośka. – Druga. Na inną ulicę.

Pociągnęłam ją za rękaw, ustawiłam w lepszym miejscu.

– A teraz? – zapytałam. – Widzisz teraz?

– Tak, teraz tak – potwierdziła Gośka. – Brama. Trochę bliżej.

– I za bramą zakład fryzjerski – podpowiedziałam, bo najwyraźniej nie miała zadatków na Sherlocka Holmesa. – Tędy się idzie do niego na skróty. Fryzjer damski Margot. Ona tu się czesze, rozumiesz? Przy jakiejś okazji się tego dowiedziałam. Tu szła, dam głowę.

– Kto?

– Żyrafa. Ta chuda w czerwonej sukni.

– Aha, ta – przytaknęła Gośka zza podniesionego kołnierza.

– Skąd wiesz, że tu się czesze? Myślałam, że jej nie znasz.

– Kogo?

– Tej Żyrafy w czerwonej sukni.

– Zwariowałaś? – syknęłam wściekle. – Kto ci powiedział, że ona tu się czesze? W eleganckim zakładzie? Przyjrzałaś się jej? Wątpię, czy ona gdziekolwiek się czesze. Chyba że w ciemnym przedpokoju.

– Do, powiedziałaś przed chwilą sama, że ona tu się czesze – uparła się Gośka.

– Powiedziałam, że tu szła. Gdybyś mnie słuchała, usłyszałabyś.

– Szła, aha, to co innego, sorry... Więc kto tutaj się czesze?

– Ona! – szepnęłam Gośce prosto w ucho. – Rozumiesz? Była żona Pedra!

Gośka zbladła z wrażenia. Na pewno zbladła, choć nie widziałam tego dokładnie, bo było ciemno jak w piekle. Jeśli nie liczyć paru mglistych światełek w górze, od których nastrój robił się jeszcze bardziej przygnębiający niż od byłej żony Pedra.

– Nie mów? Tu się czesze? Przecież ona mieszka ze sto kilometrów stąd.

– Siedemdziesiąt sześć. I co z tego? Ty przed ślubem czesałaś się w Rzymie.

– Tysiąc dwieście osiemdziesiąt cztery kilometry – uściśliła z kolei Gośka. – Licząc od rodziców Berniego. Ale ona, mówiłaś, już jest po ślubie ze swoim drugim.

– Dawno. Już mógł jej się znudzić. Mogła przypomnieć sobie, że z Pedrem weselej.

– Czyli że one knują razem czy jak? Spisek?

Zastanowiłam się. Wsłuchałam się w moją kobiecą intuicję. Ona nie podpowie ci, kto wygrał mecz piłkarski, którego końcówkę obejrzałaś w telewizji, ale w sprawach męsko-damskich sprawdza się bez zarzutu.

63

– Czemu nie? – odpowiedziałam Gośce. – Czytałam książkę, gdzie parę byłych żon zawiązało spisek przeciw aktualnej. Jedna była jeszcze łatwiej może zawiązać spisek. Nie musi się przynajmniej dogadywać z żadnymi obcymi babami!

Mimo ciemności zauważyłam, że Gośka też się wsłuchuje. Tyle że nie w swoją kobiecą intuicję ani w moje słowa. Zrobiła słupka, jakiego robią zające na odgłos polowania. Albo kierowcy zaparkowanych w pobliżu samochodów na dźwięk autoalarmu.

Zza bramy słychać było modulowany pisk.

– Ja pierniczę, mój! – wrzasnęła Gośka. – Kradną mi!

W bramie wpadłam na nią, bo przyhamowała raptownie. Stąd widziałyśmy już ulicę. Obok Gośkowego samochodu stał przygarbiony facet i manipulował przy zamku, nie reagując na wyjący alarm. Wielki jak góra. Miałyśmy pięć sekund, żeby coś zrobić. Wyglądało, że jest w połowie roboty, a dowolny samochód dowolny złodziej otwiera w jedenaście sekund.

Kątem oka widziałam, jak Gośka grzebie w torebce i wyciąga... nie uwierzycie! ...mały damski pistolet! W kolanach czułam watę. Parę lat temu kupiła gazowy, żeby coś mieć zamiast Berniego, kiedy zostaje sama w domu. Ale potem musiała widocznie wymienić na prawdziwy, z nabojami. Połyskujący oksydowaną stalą w świetle latarń! Starałam się w ogóle nie patrzeć w tamtą stronę, ale i tak miałam przed oczami pistolet Gośki. Widziałam kiedyś film o buncie robotów, w którym Schwarzennegger nosił pod pachą istną armatę o paru lufach. Pistolet Gośki przed oczami mojej wyobraźni był co najmniej dwa razy większy. Mógłby złodziejowi zrobić z głowy fruwające kawałki arbuza.

Pomyślałam, że uklęknę. Nie, żebym sądziła, że jak nie strzelanina, to cud – choć w ciągu pięciu sekund faktycznie można wybrać tylko jedno albo drugie – tylko że miękkie kolana ledwie mnie utrzymywały.

Gośka nie pozwoliła na klękanie. Wzięła mnie pod mankiet, że idziemy. Jakby nigdy nic. Przechodzące przypadkowo niegroźne kobiety.

Facet obejrzał się na nas i wrócił do swojego zajęcia.

Dotrzymywałam Gośce kroku na ugiętych kolanach. Ona też wydawała się niższa niż zwykle. Ale mężnie szła naprzód.

Człowiek w obronie swojego samochodu nie zawaha się przed niczym. Samochodu i miłości.

Przyłożyła złodziejowi pistolet do pleców.

– Weź łapy od drzwi, w mordę! – odezwała się groźnie.

Wypadło, jakby Linda się odezwał. Całkiem przekonująco. W tym miejscu powinna przerwać, ale napięcie nerwowe pomieszało jej szyki.

– Podnieś mordę, w łapy, i nie odwracaj się.

Pierwsze, co zrobił tamten, to się odwrócił. Niewiele myśląc, palnął z półobrotu w lufę wytkniętego pistoletu. Nie zauważyłam zamachu, tylko efekty. Gośka pofrunęła w powietrze. Ja razem z nią, gdyż trzymała mnie kurczowo za rękaw. Wylądowałyśmy z żałosnym grzechotem naszych kości na pryzmie mazi. W zasadzie miałyśmy dość.

Z tym, że człowiek-góra, o dziwo, też miał dość. Nie kradł dalej samochodu. Bluzgając, trzymał się za dłoń, z której tryskała krew. Wściekle kopnął w naszym kierunku kawałkiem mazi i przepadł w mroku ulicy, pod bujającymi się w czarnym niebie „Wesołymi Świętami" z kolorowych żarówek. Na oblodzonych płytkach zostały krople krwi.

Nie słyszałam, kiedy Gośka strzeliła. Pewnie wtedy, kiedy ten bandzior uderzył ją w lufę. Albo kiedy już frunęłyśmy przez tę przerażającą noc. Gdyby w tamtym momencie wybuchł wulkan, też bym nie usłyszała.

– Ja pierniczę, widziałaś? – zdumiała się leżąca Gośka, siadając na chodniku. – Chciał mi ukraść samochód, skurczysyn!

– Chryste, mogłaś go zabić – odpowiedziałam, siadając obok, bo już stałam. – Wsadziliby cię za przekroczenie granic samoobrony, zanim byś się wytłumaczyła.

– W rękę? Jeszcze nie słyszałam, żeby kogoś zabili w rękę.

– Mogłaś trafić w serce. To w pobliżu ręki.

Gośka wyłączyła alarm, sprawdziła, czy bandzior nie porysował jej lakieru. Bolała ją ręka, nie ta, w którą dostała od niego, tylko lewa, na którą upadła. Najpierw ona na nią upadła, a potem ja. Zamknięte od środka w samochodzie odreagowywałyśmy, nie ruszając.

Pochwaliłam Gośkę, że nosi przy sobie pistolet. Ale nie powinna nosić.

– Zawsze noszę – odpowiedziała głosem pełnym zawodu. – Patrz, co za pech, że dzisiaj nie wzięłam. Akurat by się przydał!

– Jak to nie wzięłaś? A co to było, z czego strzeliłaś?

Gośka popatrzyła na mnie podejrzliwie. Jej oczy zamrugały w ciemnościach kabiny.

– Pokopało cię? To był pilnik. Do paznokci. Tylko to miałam z niebezpiecznych narzędzi. No jeszcze lusterko, ale trzeba by stłuc, a to siedem lat nieszczęścia. Pilnik jest ostry fabrycznie, bez tłuczenia. Wbił go sobie w rękę na wylot, idiota!

Teraz bym uklękła, tylko że siedziałam i przychodziłam do siebie. Gdybym wiedziała, że Gośka atakuje wyrośniętego bandytę z nienabitym pilnikiem do paznokci...

– Pojedźmy do mnie. Mam świetne pastylki na uspokojenie.

– Pastylki trzeba mieć przy sobie, jak się wychodzi po nocy – pouczyła Gośka. – Albo pistolet, albo pastylki. Jak kretynki się wybrałyśmy!

– Grunt, że dobrze się skończyło.

– Jak dla kogo. Łokieć mnie boli od barku do nadgarstka. A ten uciekł z pilnikiem wbitym na wylot.

– Nie martw się. Wyliże się – zapewniłam.

– Wyliże się, wyliże! – przedrzeźniła mnie Gośka. – Ale to był mój ulubiony pilnik. Z miłosną dedykacją. Podarował mi go pierwszy chłopak.

– Waldek?

– A kto? Pewnie, że nie Berni. On by mi akurat kupił coś takiego!

– Nie opowiadaj – pocieszyłam ją. – Już w pierwszą rocznicę ślubu kupił ci samochód.

– Samochód może, ale pilnika nigdy. A co to za wielkie halo, samochód? Ciekawe, gdzie by mi wygrawerował miłosną dedykację, jakby przyszło co do czego. Na podwoziu czy na lakierze?

Była wyraźnie rozdrażniona, trudno się dziwić. Przyszło mi do głowy, że bez Pedra jestem pechowa. Zwłaszcza dla niej. Siniaki na biodrze, przeziębienie, rozbity łokieć, kradziony samochód, parę tysięcy do tyłu za futro. No, z futrem to akurat byłam bardziej pechowa dla Berniego. Może jestem pechowa wtedy, kiedy szukam Pedra? Gdybym pogodziła się z losem, nie szkodziłabym nikomu.

Nie licząc samej sobie. Spojrzenie w lustro wpędzałoby mnie w czarną rozpacz. Oto kobieta, która nikomu nie szkodzi i nikomu nie jest potrzebna.

Wciągnęłam Gośkę na stryszek, wysmarowałam jej łokieć maścią z węża, zrobiłam gorącej herbaty z cytryną. Nawet rozpaliłam w kominku dla nastroju. Nie miałam alkoholu, za to ustawiłam stroik ze świeczkami, który rodzice dali mi na święta. I włączyłam piosenkę Edith Piaf „Nie, nie żałuję niczego". W tej podniosłej atmosferze przyrzekłam Gośce, że nie cofnę się. Nie musi mi towarzyszyć, jeśli nie czuje się na siłach, ale ja się nie cofnę.

Choćbym miała nie zostawić wokół siebie kamienia na kamieniu.

Wzruszona Gośka obiecała, że do śmierci nie ustanie ze mną w poszukiwaniach. Ucałowałam ją z wdzięcznością, choć miałam nadzieję odnaleźć Pedra wcześniej. Zadzwoniła do Berniego, że zanocuje u mnie. Musimy jeszcze omówić całe nasze życie. Cudowne koleje losu, które połączyły nas dwie pośród miliardów ludzi.

Zasnęłyśmy na etapie wspólnego huśtania się na trzepaku przed blokiem. Nie mogłyśmy wybrać lepszego momentu. To były naprawdę piękne lata.

Wizyta u dentystki

Późną jesienią miałam sen, że na Ziemi nastąpił kataklizm. W jego efekcie został mi jeden ząb i ten ząb zaczął mnie boleć. Nie to było najgorsze. Na Ziemi pozostał również tylko jeden dentysta – była żona Pedra. Jest z zawodu stomatologiem. Nastrój ze snu gnębił mnie na jawie, gdyśmy jechały z Gośką do tej kobiety.

Odbębniłam cztery lekcje, około pierwszej dotarłyśmy na miejsce. Zaciszna uliczka willowa, domy w bezlistnych ogrodach, półkoliste ściany frontowe z tarasami i w tych ścianach półkoliste okna, a wszystko przyprószył śnieg, żeby wyglądało cudnie jak u Disneya. Dom znalazłyśmy bez trudu, przy furtce wisiała tabliczka, że dentysta i że godziny te i te. Na tym nasze wielkie sukcesy się skończyły. Następne były mniejsze. Na przykład Gośka musiała skorzystać z toalety i choć nie trafiła na nią w promieniu kilometra, poradziła sobie. Ja zaś wyskoczyłam po hamburgery, bo zgłodniałyśmy, i nie dopytałam się o budkę z czymś jadalnym – ale przyniosłam pół kilo marchwi z warzywniaka. Obmyłyśmy ją śniegiem i chrupałyśmy w zadumie w samochodzie. Lodowata, aż zęby cierpły. Jakby ta wiedźma wabiła nas na swój fotel tortur. Na bocznej ulicy ruch był żaden, zwłaszcza u niej. Godziny przyjęć dotyczyły innego dnia tygodnia.

– Chyba nie ma jej w domu – powiedziała Gośka.

– Chyba jest – powiedziałam ja.

Na tej wymianie zdań zeszła nam kolejna godzina.

Mogłyśmy się niczego nie doczekać. Ale mogłyśmy doczekać się czegoś, o czym nam się nie śniło. Pedra wychodzącego z podniesionym kołnierzem i opuszczonym rondem kapelusza, powiedzmy. Tkwiłyśmy w samochodzie z widokiem na podejrzany dom niczym para policjantów z kryminalnego filmu. Tyle że oni jedzą hamburgery i piją kawę ze styropianowych kubków, a nie przegryzają surowymi marchewkami. Chyba że to kreskówka o króliku Bugsie. Proszę bardzo, mogłam być królikiem Bugsem, byle z tamtą w zasięgu wzroku. Sami wiecie, czego można się spodziewać po byłej żonie. To zgorzkniała, sfrustrowana baba, której nie tylko życie się rozsypało. Rozsypały się jej marzenia. Kiedy walą ci się na głowę rozkoszne bobaski, których już nie ma z kim począć, planowane we dwoje wojaże, które trzeba wykreślić z grafiku, pogodna jesień życia pod wspólnym pledem w kratkę – to boli. Potem była żona łapie nowego męża, ale tych samych marzeń nie złapie. Więc to wciąż boli. Jak tu się dziwić takiej, że jest zdolna popełnić czyn przerażający? Wyrwać komuś ząb albo co.

68

– Myśl, myśl – odezwała się Gośka. – Nie zabrałam z domu piżamy.

– Nie pójdziesz spać o czwartej w południe. Też możesz ruszyć głową.

– Tobie łatwiej się wczuć. Sama jesteś byłą żoną.

Teoretycznie miała rację, ale najlepszych przyjaciółek nie ma się od teorii, tylko od praktyki. Jak można w praktyce porównać mnie i tamtą? Owszem, byłe są różne, zgorzkniałe i radosne, białe, czarne i mulatki, w pantoflach i boso. Ale co to za wiekopomne spostrzeżenie?! Gdybym tak to ujęła w książce, każda Żyrafa wygarnęłaby mi banalność. Dlatego nie skomentowałam. Swędziało mnie wszędzie i motylki fruwały mi w żołądku. Tam przenosi się moje serce, kiedy jestem porzucona. Mimo że nikt nie przechodził, uliczka wydawała mi się najniebezpieczniejsza pod słońcem.

– Masz pistolet?

– Nie myśl o głupstwach – obruszyła się Gośka. – Mało ci kłopotów?

Nie o tym myślałam, ale teraz pomyślałam. Tylko że to na nic. Mogła być uzbrojona najwyżej w ten swój stary pistolet. Zapukam do byłej z gazowym, była mi otworzy, ja strzelę, była zacznie łzawić, rzygać i chodzić po ścianach. Chryste, to ma być dramat o głębszym wydźwięku? Gdyby Gośka dysponowała pistoletem na ostre naboje, strzeliłabym niebanalnie. Huk, krew, tragedia, istny Szekspir. Żaden krytyk nie mógłby się przyczepić, gdybym wydała po ciężkich przejściach drugą książkę o miłości do Pedra.

– Nie bój się. Przecież nawet porządnego sztyletu nie masz – westchnęłam.

– Mam. Zawsze noszę przy sobie. I dwa granaty.

Popatrzyłam na nią z wyrzutem. Uśmiechnęła się przepraszająco, że niby żart.

– Zadzwonisz do niej – zadecydowałam.

– Ja? Dlaczego?

– Mój głos raz w życiu słyszała. A nuż pamięta?

– Ale dlaczego w ogóle mamy do niej dzwonić?

– Tak się robi – zapewniłam. – Widziałam film. Oparty na faktach.

– Ja też widziałam film oparty na faktach, że faceta porwali Marsjanie – przerwała mi Gośka. – I wszczepili mu radio do głowy. Grało rock and rolla.

– Mój był według prawdziwych akt policyjnych – zapewniłam. – Detektyw zadzwonił do mordercy żony, zmienionym głosem zapytał: „Gdzie schowałeś zwłoki?". On się pogubił z zaskoczenia i wpadli na trop. Zapytasz ją: „Gdzie Pedro?" Nie, nie! Ona nie wie, że Pedra nazywam Pedrem. „Gdzie Roman", zapytasz.

– Zmienionym głosem?

– Jak chcesz. Możesz zmienionym.

– Wolę własnym – postanowiła Gośka. – Ale nie zadzwonię. To idiotyczne.

Zadzwoniła. Nie miała lepszej przyjaciółki ode mnie. Tylko nie nadawała się do swojej roli. Kiedy w komórce odezwał się damski głos, zapytała, gdzie jest pochowany Pedro. Mnie powtórzyła, że pani doktor nie przyjmuje. Powiedziałam ze złością, żeby zadzwoniła jeszcze raz i nie rozmawiała z gosposią, tylko poprosiła byłą do telefonu. I żeby nauczyła się pytania. Za drugim razem gosposia nie dopuściła jej do słowa. Gośka zdążyła odpowiedzieć „wzajemnie". Na życzenia wesołych świąt. Pani doktor nie przyjmuje, może nas zapisać najwcześniej na marzec. Chyba gdybyśmy były z bólem.

Otworzyłam drzwi samochodu i kiwnęłam na Gośkę.

– Jasne, że z bólem – powiedziałam. – Jeszcze z jakim! Idziemy.

Gosposia nie protestowała, bo ledwie zobaczyłam szparę w drzwiach, uprzedziłam ją:

– Z bólem. Strasznym. Cała szczęka nas boli.

Zaraz w holu wpadłyśmy na byłą uszykowaną do wyjścia. Prawdopodobnie na bal u prezydentowej Kwaśniewskiej. Bo do sklepu po bułki chyba się tak nie wybierała. Białe futro na grzbiecie, nie mam pojęcia, czy z fok, czy z gronostajów, czy ze srebrnych lisów, bo jeszcze na dole postrzępione w ogony. Widziałam podobne raz w życiu – na dokumentalnym filmie o Marlenie Dietrich. Z tego okresu, kiedy prawdziwe były już w niej tylko brylanty. Nawet Gośka otworzyła usta ze zdumienia na widok byłej. Spojrzała na mnie w niemym podziwie. Dopiero doceniła, że Pedro wybrał mnie, kiedy mógł wybrać takie futro. Mimo że jego wybór był już chwilowo nieaktualny.

Była dała się uprosić, wprowadziła mnie do gabinetu. Tam przebrała się w biały kitel, w którym, niestety, nie wyglądała mniej seksownie. Spytałam ostrożnie, czy mnie pamięta?

– Kiedy pani była ostatnio? – odpowiedziała pytaniem i już wiedziałam, że los gra w mojej drużynie.

Jestem zbyt drobną płotką, żeby pamiętała. Usiadłam na fotelu dentystycznym, bo nie dało się z nią zamienić słowa, stojąc. Nie umiała rozmawiać z kimś, komu nie zagląda w usta. Ale nie pozwoliłam sobie wetknąć między zęby szpikulca od dłubania w plombach.

– Zęby mam zdrowe – uprzedziłam. – Jestem w sprawie siostry.

– Jak to siostry? Twierdziła pani, że z bólem.

– Z bólem... ponieważ siostra umarła – wytłumaczyłam. – Przed śmiercią prosiła, żebym się z panią doktor skontaktowała. Pamięta ją pani? Taka... Żyrafa w czerwonej sukni. Młoda. To był wypadek na szczęś... niestety.

Mogłabym opowiadać i opowiadać o zgonie Żyrafy, ale pod wężowym wzrokiem byłej plątał mi się język. Opis nie zrobił na niej wrażenia. Czyżby jednak nie należała do spisku? Może powinnam zmienić taktykę? I tak improwizuję.

– Byłoby to medyczną sensacją, gdyby siostrę nadal bolały zęby po śmierci – orzekła zgryźliwie.

– Tak nie powiedziałam. Siostra czuje się po śmierci bardzo dobrze. To ja jestem u pani z bólem. Ale nie zęba, tylko po śmierci siostry. Boli mnie, że odeszła!

– Nie znam pani siostry, to pomyłka. Musiała leczyć się u kogo innego.

Lekarze mają fioła z patrzeniem na ludzi poprzez pryzmat chorób. Mój ojciec to samo. „Ach, Kubiak – mówi. – Dyskopatia, trzeba tak było od razu. Wiem, który. Ma żonę z nerwicą żołądka". Czy pacjentka powie o ginekologu: „Ach, Papużek, wiem który, ten szpakowaty zespół napięć"? Albo: „Ta gadatliwa trójeczka do ekstrakcji" o dentystce?

71

– Moja siostra była kochanką pani byłego męża! – zawzięłam się wbrew sobie, żeby doceniła powagę sytuacji.

Odłożyła dłutko delikatnie, jakby było z kruchego szkła, popatrzyła na mnie wzrokiem kobry królewskiej.

– Co pani powie? No i?

– Muszę mu przekazać ostatnie życzenie mojej siostry. Chodzi o wybór modlitwy nad grobem, kiedy ją odwiedzi.

– Wzruszające. No i?

– No i chcę, żeby mi pani powiedziała, gdzie go znaleźć – wyjaśniłam wprost.

– Nie utrzymuję kontaktów z moim byłym mężem. Musi pani zasięgnąć informacji gdzie indziej.

– Powie mi pani, gdzie indziej?

– Nie mam zamiaru. Pani wtargnęła do mojego domu podstępem. Do widzenia.

Na zapleczu zadzwonił telefon. Kobra królewska przesuwała się w stronę drzwi jak żółw, czekając, aż wyjdę z gabinetu. Udawała, że zdejmowanie kitla ją tak spowalnia.

– Nie wtargnęłam! Zapłacę pani za wizytę – powiadomiłam z godnością.

– Obejdzie się. Do widzenia.

Telefon dzwonił i dzwonił.

– Zostawię pani pieniądze na szafce. Pięćdziesiąt wystarczy za nic? – zapytałam ironicznie i ruszyłam pewnym krokiem ku drzwiom. – Żegnam!

Była dała się nabrać. Powiedziała, że nie życzy sobie ode mnie pieniędzy i dumnie przyspieszyła. Z ręką na klamce usłyszałam, jak podnosi słuchawkę, odzywa się. Mówi gosposi, że dobrze i żeby przełączyła. Rozmawiała z Kamilą. Nie usłyszałam o czym, ponieważ krew waliła mi w skroniach.

Kiedy wyszła z zaplecza, nadal przebywałam nieprawnie w gabinecie. Stałam obok fotela dentystycznego z wiertłem w garści. W oczach miałam zimną śmierć od blasku włączonej lampy zabiegowej. Wszystko jak należy, tylko zamiast pacjenta na fotelu spoczywało białe futro z ogonami.

Twarz byłej zbielała do tego samego odcienia.

– Boże, co pani robi?! Wie pani, ile to kosztuje?

– Nie – przyznałam się szczerze. – Wiem, ile będzie kosztowało za chwilę. Niewiele.

Przydepnęłam nogą pedał obok fotela. Wiertarka zawyła. Zbliżyłam ją do futra, aż w tym miejscu nastroszyły się włoski od podmuchu.

– Dzwonię na policję! – zagroziła kobra.

– Zanim przyjadą, futro będzie w takim stanie, że go nie kupią.

Zdaje się, że mówiłam bez sensu, ale to dobrze. Wypadałam na twardziela. Albo też motylki z mojego brzucha wypadały na twardziela, bo prawdopodobnie miały swój udział w moim gadaniu.

– Czego ty chcesz ode mnie, dziewczyno? – histerycznie przeszła do konkretów była. – Nie szalej!

Chciałam Pedra. Aktualnego adresu Pedra. Wieści o losie Pedra. Czegokolwiek. Moja wspólniczka wiertarka wyła z tęsknoty za Pedrem.

Były mieszka z jakąś polonistką, wyjaśniła mi kobra. Tak jej się zdaje. Może już nie mieszka, ona nie wie, czy to coś poważnego między nimi. I żebym wyłączyła wiertarkę, bo więcej nic nie powie! I więcej nie wie. A ja pożałuję tego, co robię. Rozpatrzyłam w duchu za i przeciw i nie wyłączyłam wiertarki. Wtedy była przypomniała sobie, że rozmawiała tydzień temu z Romanem. Dzwonił. Pytał, czy ona zna nowy adres jego narzeczonej. Co za narzeczonej? Polonistki? Polonistka się nie przeprowadzała, wiedziałabym o tym!

– Mówiłam pani, że nie chodzi o polonistkę. Moim zdaniem ona jest epizodem w życiu Romana. Prędzej czy później ją...

Co za wredzizna! Nie doczekałam do końca zdania. Byłam pewna, że jego koniec mnie nie interesuje. Wkurza mnie! Nie, nie miałabym serca, żeby wyborować dziurkę w takim pięknym futrze. Wszystko jedno, do kogo należy. Znacznie rozsądniej byłoby wyborować dziurkę w samej dentystce. Zorientowałam się jednak, że nie starczy mi na to kabla.

Późno się zorientowałam. Kiedy już skoczyłam ku byłej, z uporem zamierzającej dokończyć to nieszczęsne zdanie. Poczułam szarpnięcie, wizg ucichł, a mnie pod nogami zaplątał się wyrwany przewód od wiertła.

Dentystka wrzasnęła, jakby kabla starczyło. Z poczekalni wpadła wystraszona Gośka. Gdy chodzi o interesy, podejmuje decyzje błyskawicznie. Ma to po Bernim.

– Spokojnie! Wyrównam pani straty! Nie ma o czym mówić! – zapewniła, wyplątując mnie z tego, co pozostało po wiertarce. A potem wyprowadziła mnie na świeże powietrze jak niedotlenioną.

– Nie życzę sobie, żebyś za mnie płaciła! – wygarnęłam jej, gdyśmy siedziały już w samochodzie. – Kto zaczął? Czy to ja przyszłam do niej z wiertłem? Zraniona kobieta jest groźniejsza od lwicy. Jestem zranioną kobietą!

– Póki co jesteś pieprzniętą kobietą – wyjaśniła mi Gośka. – Ani myślę płacić, udzielę ci pożyczki. Nieoprocentowanej. Żebyś wiedziała, że doceniam cię w roli lwicy. Bądź rozsądna, Do. Myśmy z Bernim chcieli kupić do ogrodu stado górskich goryli, ale nie mogliśmy sobie na to pozwolić finansowo. Zastanów się, czy stać cię na utrzymywanie lwicy.

Zastanowiłam się. Wyszło mi, że mnie nie stać.

– Nie pouczaj mnie, co mam robić – powiedziałam. – Kto w czasie kłótni z Bernim rozbił saski kredens za kupę szmalu?

– Sewrski – poprawiła mnie Gośka.

– Co za różnica?

– Sewrski był porcelanowy serwis, nie żaden durny kredens. Poza tym Berni nie miał racji! Jakbyś nie wiedziała!

– Co za różnica – uparłam się. – Kredens był saski, serwis stał na kredensie. Głupia drobiazgowość! Patrz, jak jedziesz.

– Co ci się nie podoba w mojej jeździe?

– To że pouczasz mnie, jak mam postępować z żoną. To twoja była czy moja?

Samochodowe światła mnożyły się w ciemnościach. Uświadomiłam sobie, że dojeżdżamy – minęłyśmy już most przed skarpą, za kwadrans będziemy w mieście. I co ze sobą pocznę do rana? Bo rano mogę się zastanawiać, co ze sobą pocznę przez resztę dnia. Ale do rana? Upiję się, poderwę najbliższego faceta w pubie, a potem pozostanie mi nadzieja, że on jest seryjnym mordercą.

Chryste, dlaczego zrobiłam z siebie taką idiotkę. Kto by pomyślał, że tak trudno zachować zdrowe zmysły przy byłej żonie faceta. Nigdy więcej, przyrzekam! Odtąd będę szukać Pedra rozsądnie. Bardzo rozsądnie. Najrozsądniej jak można. Dość kompromitowania się. Będę subtelna i roztropna. Dopiero jak go znajdę – zobaczę.

Popatrzyłam na Gośkę przez łzy. Jej oczy też szkliły się w światłach samochodów.

– To niechcący, Gośka – przyznałam się. – Zapomniałam, że trzymam to głupie wiertło. Po coś od razu wparowała?!

– Akurat wiertło nie było takie głupie. Nie rozumiem, jak można zapomnieć, że coś się robi – odpowiedziała Gośka naburmuszonym głosem.

Chwilę pomilczałyśmy, ale nigdy nie umiałyśmy z Gośką gniewać się długo na siebie. Ja zerknęłam spod oka na nią, ona zerknęła na mnie i padłyśmy w swoje ramiona z wybaczającym westchnieniem.

W tej samej chwili Gośka przypomniała sobie, że prowadzi i wyprzedza ciężarówkę pędzącą z rozłopotaną plandeką. Ale to już nic nie pomogło. W kabinie zrobiło się widno jak w dzień, poczułam, że samochód unosi się jak dziób startującego samolotu, jednocześnie jakaś siła ściągała mnie na dół, jakbyśmy w trakcie startu lądowały. Przed oczami zrobiło mi się czarno. Właściwie biało. Samonadmuchująca się poduszka wbiła mnie w fotel.

Grudniowy świt

Telefon złapał Berniego w drodze na Ukrainę, pod Czehryń czy inny Ołomuniec, gdzie sprzedawał & kupował śmieci w imieniu firmy Berni-Trash. W środku nocy pędził do Gośki przez stepy niczym Skrzetuski. Nie wiem, jak to zrobił, ale zdążył nas odebrać ze szpitala zaraz po prześwietleniach, opatrunkach, zeznaniach. Miał ekskluzywny terenowy wóz z napędem na cztery koła i bodajże dodatkowo na zapasowe, a znajomości we wszystkich urzędach po wyspę Hokkaido. Połknął Dzikie Pola naraz. Gośka rzuciła mu się w ramiona nie gorzej niż Kurcewiczówna, choć wyglądała raczej na Bohuna. Opatrzono jej głowę, spomiędzy bandaży sterczał na czubku kozacki oseledec.

– Berni, kochany – wyszeptała przez łzy – skasowałam nasz samochód.

Berni zareagował jak Skrzetuski pod Zbarażem.

– Nic to, turkaweczko – szepnął jej w ucho, przytulając czule do piersi. – Tyś jest cała, niebogo, za to dziękujmy Panience Przenajświętszej! Co tam złom żelazny, co sceptr, co mi wszystkie wonności Arabii!

Nie użył dokładnie takich słów, ale przysięgam wam, że sens był identyczny. Miałam łzy w oczach, widząc ich objętych. Mnie też przytulił, ale wcale nie poczułam się podniesiona na duchu. Pomyślałam, że przytulił mnie z litości, kiedy zorientował się, że nie ma kto mnie przytulić. Poświęcił się, żeby nie było mi smutno. Więc zrobiło mi się podwójnie smutno. Do tego wydało mi się, że przytulił mnie niechętnie. Jakby z odrazą. Rwał mnie bark, ale nie nosiłam na sobie widocznych objawów wypadku – świeżej krwi, wystających z ciała odłamków żelaza, zaropiałych bandaży, nic w tym guście. Nawet bark to był podobno nerwoból, skutek stresu, który minie lada dzień. Dla Berniego musiałam być odpychająca psychologicznie. Jako osoba, która naraża jego żonę i jego dorobek życiowy na śmiertelne niebezpieczeństwo. Szczerze mówiąc, ani trochę mu się nie dziwiłam. Zrobiło mi się potrójnie smutno, poczwórnie. Gdyby nie to, że ogłupiały mnie zastrzyki przeciwbólowe, rzuciłabym się z okna szpitala i skruszona padła przed Bernim na kolana. W odwrotnej kolejności oczywiście.

Kiedy poszedł dzwonić i załatwiać, Gośka wpadła na pomysł, że będę nocowała u nich. Nie mogę wrócić samotnie na stryszek po traumatycznych przejściach.

– Gośka, tego już Berni nie zniesie – uprzedziłam uczciwie.

Ale środki przeciwbólowe sprawiły, że było mi wszystko jedno i poszłam za nią bez ceregieli. Powinnam posłuchać kobiecej intuicji, która radziła zaszyć się we własnym legowisku jak ranny niedźwiedź. Wystarczy poczytać pożegnalny list Pedra, żebym zapomniała o bolącym barku i pozostałych problemach.

Czy znacie bardziej przygnębiające miejsce niż basen, z którego spuszczono wodę na zimę? Pusty i oblodzony. Taki widok miałam z okien Gośki. Siedzieliśmy we trójkę nad alkoholem, żeby się pozbierać. We czwórkę, licząc dokładnie, tyle że Alf, ich pies, nie pił. Choć był tak samo przygnębiony. Na pewno siedzieliśmy nad dobrym alkoholem, bo Berni ma ambicje bycia koneserem, natomiast Alf wyje, gdy wywącha byle co w kieliszkach. Ale gdyby postawiono przede mną denaturat, nie dosmakowałabym się różnicy tej nocy. Berni troskliwie wypytywał Gośkę o samopoczucie, od czasu do czasu mnie też, ale w końcu nie wytrzymał napięcia, jakie wiąże się z omijaniem drażliwego tematu. Spytał, jak to się stało.

Gośka wyjaśniła mu, że był ruch. Jak to przed świętami. Wystarczy się zagapić.

– Jechali z przeciwka jak wariaci, a ja wyprzedzałam. Rzuciłam się raptownie w lewo, o, tak – Gośka zademonstrowała raptowny rzut powolnym ruchem, aby nie zakłócić kruchej równowagi w swojej obandażowanej głowie – i pociągnęłam kierownicę do dołu. Dzięki Bogu! Na skarpę. Obróciło nas do góry kołami. Horror!

– Tam jest zakaz wyprzedzania – przypomniał delikatnie Berni.

– Nie widziałam, zasłaniała mi wielka ciężarówka. Wyprzedzałam, przecież mówię.

– I co, nie pamiętałaś, że on tam stoi od lat? Zakaz.

– Jasne, że pamiętałam, Berni. Jeżdżę tamtędy trzy razy w tygodniu. Trudno, żebym nie pamiętała zakazu, zastanów się!

Berni zbladł i nalał tylko sobie, zapominając o obowiązkach gospodarza. Wypił.

– Więc co z tego, że go nie widziałaś? Był tam.

Gośka nalała sobie i mnie.

– Kto mnie uczył, Berni, żeby nie jeździć na pamięć? „Co z tego, że wczoraj nie było tu zakazu? Dzisiaj jest! Nie jeździ się na pamięć! Cmentarze pełne są takich, którzy świetnie pamiętali wczorajsze znaki!” Kto tak mówił? Ja czy ty?

– Przecież kompletnie co innego miałem na myśli! – zirytował się Berni.

– Czy to moja wina, że masz na myśli co innego, niż mówisz? Ja mówię to, co myślę. Był znak, ale zza ciężarówki nie widziałam go. Miałam jechać na pamięć?

– Jechała prawidłowo, Berni – poparłam Gośkę. – Nie zmieniaj frontu pod wpływem chwili. Podobno konsekwencja to męska cecha.

Berni nalał tylko Gośce. Najwyraźniej mu się myliło.

– Przykro mi, że was zawiodłem – oświadczył. – Wy za to jesteście w tej chwili stuprocentowo kobiece! Zero logiki! Chodźmy spać. Tak będzie rozsądniej.

– Sam idź spać, Berni! – Gośka nastroszyła kozacki czub. – Życzę ci rozsądnych snów! Ja jestem dziś w takiej formie, w jakiej byłam zawsze!

– To prawda, niestety – zgodził się Berni. – Tyle że dzisiaj z powodu olimpijskiej formy skasowałaś nasz samochód!

– Wiedziałam, że nie wytrzymasz i w końcu się przyssiesz do tego złomu jak pijawka! O co ci chodzi? Nie byłeś ubezpieczony? Byś się wstydził przy Do!

Chętnie przyznałabym rację Berniemu co do snu. Oczy mi się zamykały od zmęczenia i ogłupiających zastrzyków. Ale musiałam wesprzeć Gośkę, nie miałam wyjścia.

– W sumie, Berni, to tylko samochód. Po co sobie skakać do oczu? Już widzę, jakie byś robił Gośce wymówki, gdybyśmy na domiar złego zginęły w tym samochodzie! Mężczyźni i kobiety różnią się w poglądach na świat, ale czy warto się kłócić? Weź pierwszą lepszą książkę psychologiczną i sprawdź. Wy jesteście z Marsa, my jesteśmy...

– Wy jesteście z wariatkowa! – wtrącił mi się gwałtownie Berni.

On, niestety, miał coraz mniej ze Skrzetuskiego, Gośka miała coraz więcej z Bohuna. Zerwała się od stołu, macając przy boku, jakby szukała szabli. Ale tylko rozmasowywała obolałe udo.

– Berni, zachowujesz się jak prostak! Jak śmieciarz bez ogłady!

Czyli że szło już na noże. Kiedy żyli w zgodzie, Berni nazywał się *garbage collector*, nie śmieciarz. Choć na jedno wychodzi.

Postanowiłam wypowiedzieć Gośce lojalność i iść do łóżka. Byłam półprzytomna. Oni wypracują czułe zawieszenie broni sam na sam. Usłyszawszy, że wychodzę, Gośka przytuliła mnie ze zgrozą w oczach.

– Czyś ty oszalał, Berni?! – wrzasnęła. Też zaliczyła parę zastrzyków, musicie ją zrozumieć. – Wyrzucasz moją przyjaciółkę z mojego domu w środku nocy?!

– Już świta – zauważył Berni przytomnie, choć niepotrzebnie.

– Pokopało cię?! Jak świta, to można wyrzucić człowieka na bruk?!

– Jakiego człowieka? Mówisz o Do?

– Uspokój się, Gosiu, nikt mnie nie wyrzuca – zapewniłam.

Chciałam ją pieszczotliwie pogłaskać, ale nie miałam po czym. Wszystko miała obandażowane albo obolałe.

– Słyszałeś, Berni? – wykrztusiła przez łzy. – Słyszałeś, co mówi Do? Jak ci nie wstyd zastanawiać się złośliwie, czy moja przyjaciółka jest człowiekiem?! Mylisz się, Berni! Może ty sam jesteś człowiekiem! Obrażasz nas obie! Słyszałeś, co ci mówi Do? Nie wyrzucasz jej z mojego domu! Wychodzi z własnej woli! Jesteś zbyt żałosny, Berni, żeby wyrzucić którąkolwiek z nas. Ja wychodzę z nią, chyba nie wyobrażałeś sobie, że zostanę z tobą po tym wszystkim?

A tak marzyłam o łóżku Gośki. Mięciutkim, cieplutkim. Nic z tego!

Z trudem udało mi się namówić ją do pozostania. Pod pretekstem karmienia Alfa. Ledwie stała na nogach od nadmiaru wrażeń i coraz gorzej kontaktowała. „Nie próbuj mnie przepraszać!", powiedziała ze złością do wieszaka, o który zaczepiła, odprowadzając mnie do taksówki. Może dobrze się stało, pomyślałam po drodze. Dość namieszałam w życiu Gośki. Na razie będzie jej lepiej z dala ode mnie.

Ledwie zasnęłam, obudził mnie telefon. Dzwonił dobrą godzinę, zanim go odnalazłam z zamkniętymi oczami, potykając się o wszystko. Nawet do łazienki zajrzałam i potknęłam się o sedes, nie mam zielonego pojęcia po co, bo w życiu nie trzymałam telefonu w sedesie. W końcu znalazłam go w torebce. Tam gdzie zawsze. Nigdy bym się nie spodziewała.

Dlaczego nie jestem w szkole? W pierwszej chwili chciałam odpowiedzieć do słuchawki: „Bo już wyrosłam". Ale olśniło mnie, że to głos dyrektorki, a ja jestem nauczycielką. Pierwszy raz o tym zapomniałam, co bynajmniej nie było przykre. Bardziej mi dokuczało to, co pamiętałam. O jakiejś przeprowadzonej narzeczonej Pedra. O rozbitym samochodzie Gośki. O dyrektorce po drugiej stronie słuchawki. Wytłumaczyłam się w krótkich żołnierskich słowach. Jak kapralowi. Zwolnienie lekarskie. Powypadkowe. Do świątecznych ferii. Ku chwale gimnazjum.

– Boże drogi, aż do świąt? Skąd ja wezmę zastępstwo, pani Dominiko?

– To tylko dwa dni, pani dyrektor.

– Ale już od dzisiaj. Razem prawie trzy. I co ja mam z tym zrobić?

– Nie wiem – odpowiedziałam. – Nie byłam przygotowana na to pytanie. Przygotowałam się tylko na pytanie, jak się czuję po wypadku.

Dyrektorka zamilkła, po czym roześmiała się nieszczerze.

– Jasnowidzka! Właśnie miałam o to spytać. Jak się pani czuje, pani Dominiko?

– Świetnie – zapewniłam z satysfakcją. – Aż się dziwię, że zabronili mi iść do pracy.

W trakcie tej rozmowy rozwidniło się na dobre i już nie mogłam zasnąć. Co zmrużyłam oczy, w mojej głowie przewracał się z boku na bok wrak Gośkowego samochodu.

Obudził mnie telefon. Wciąż było widno, więc odebrałam z zamkniętymi oczami.

– Tak, pani dyrektor?

– To ja, Gośka. Obudziłam cię?

– Nie – wymamrotałam zgodnie z prawdą. – Ale próbuj.

Udało jej się bardzo szybko. Po dwóch zdaniach. Przyjedzie zaraz do mnie, powiedziała. Będziemy razem mieszkać i razem szukać Pedra. Jej życie z Bernim nie ma sensu. Nie znała go ani trochę, okazuje się. Jak mógł tak postąpić? Z jej najlepszą jedyną przyjaciółką z dzieciństwa. Potwór. Odchodzi od niego, wyszlochała mi w słuchawkę. Przeprasza mnie, nie wie, co w nią wstąpiło. Dlaczego tak się podle zachowała. Dlaczego nie wyrzuciła z domu Berniego, tylko pozwoliła mi odejść. Czy przebaczę jej kiedykolwiek? Czy jeszcze kiedykolwiek będzie mogła przyjechać do mnie? To znaczy zaraz.

– Gośka, możesz, kiedy chcesz – zapewniłam. – Ale to mania. Nic się nie stało, daję ci słowo. Nie czuję się wyrzucona. Bernie nawet przytulił mnie w szpitalu.

– Nie broń go – żachnęła się Gośka. – Nie broń tej bestii. To już postanowione. Nie chcę mieszkać pod jednym dachem z degeneratem. Przyjmiesz mnie, czy mam brać hotel?

– Przyjedź – zgodziłam się zrezygnowana.

Wyjęłam z pawlacza dodatkową poduszkę i wstawiłam wodę na kawę. Pięknie. Efektem mojej pogoni za Pedrem jest rozbity samochód Gośki i jej rozbite małżeństwo. Jeśli nie liczyć siniaków, pilnika z dedykacją, czterdziestu stopni gorączki, nieoprocentowanej pożyczki na wiertarkę. Powinnam się związać, zakneblować i zamknąć w skrzyni na pościel, zanim Gośka tu dojedzie. Inaczej nie wiadomo, jak skończy moja najlepsza jedyna przyjaciółka.

Zenek

Obudziłam się, gdy weszła. Po godzinie oczekiwania na nią nad zimną kawą zostawiłam niezamknięty zamek i kartkę na drzwiach: WŁAŹ. Sama poszłam spać po raz czwarty. Gośka telefonowała około dziewiątej rano. Kiedy zobaczyłam ją nad moim łóżkiem, za oknami był wieczór. Z drzwi otwartych na korytarz elektryczne światło mżyło jak świecąca mgła. Na kilkanaście schadzek Gośka była spóźniona do dzisiaj, więc nie powinnam się dziwić. Otworzyłam oko, stwierdziłam z ulgą, że bark boli mniej, choć nie wzięłam tabletek, bo spałam, i zamknęłam oko. Naturalnie otworzyłam oko dla Gośki, nie dla bolącego barku.

– Zamknij drzwi i właź pod kołdrę – zamruczałam sennie. – Pogadamy później.

Gośka odpowiedziała, że wolałaby pogadać od razu, jeśli można. Była speszona i mówiła nieswoim głosem. Starczo schrypniętym. Aż o tyle nie mogła się spóźnić.

Co to za głos? Męski głos, zidentyfikowałam go w półśnie. Znajomy. I naraz uświadomiłam sobie, że na świecie istnieje jeden jedyny mężczyzna, na którego czekam. Wyskoczyłam z łóżka jak oparzona. Pstryknęłam nocną lampkę, omal nie łamiąc sobie paznokci.

– Pedro?! To ty?

Lampka raziła w oczy, widziałam jeszcze mniej niż przy zgaszonej.

– Nie, to nie ja – odpowiedział Pedro. – To znaczy to ja, nie Pedro.

Z poświęceniem uniosłam opuchnięte powieki. Przede mną stał pan Zenobiusz z balią w obu rękach. On dla odmiany raptownie opuścił powieki. Chyba szło o to, że stałam przed nim w mojej pajęczej paryskiej koszulce. Mogłabym stać bez niej. Niewiele to zmieniało. Pan Zenobiusz był jak zwykle w garniturze, choć do klapy filuternie wpiął choinkową bombkę w śnieżne gwiazdeczki.

– Sorry, panie Zenobiuszu, wzięłam pana za kogo innego – wydukałam.

– Och... nie śmiałbym mniemać inaczej – wydukał ze swojej strony pan Zenobiusz. – Może zajrzę innym razem, sąsiadko? Niech pani łaskawie pokieruje mnie do drzwi wyjściowych, gdyż nie trafię na ślepo.

– Nie, nie, proszę, panie Zenobiuszu, proszę otworzyć oczy – zachęciłam gościnnie, chowając się za drzwi szafy. Musiałam założyć płaszcz, bo jak na złość szlafroka nie było w zasięgu wzroku. – Czekam na przyjaciółkę, zdawało mi się w pierwszej chwili, że pan to ona.

– No cóż, było ciemno... – powiedział pan Zenobiusz z lekką pretensją w głosie.

Widocznie dotychczas nie pomylono go z kobietą. Podobno tuż po wojnie był znanym w dzielnicy uwodzicielem. Zamierzał pisać o tym jakieś pamiętniki, ale żona się nie zgodziła.

– Na przyjaciółkę czekam, na Małgorzatę – uzupełniłam, żeby go ułagodzić. – Zna ją pan. Prawda, że obrotna, dzielna, przedsiębiorcza? Męski charakter.

– Doprawdy? Wydawała mi się delikatną, eteryczną osóbką...

Rozmowa się nie kleiła. Zwłaszcza że stałam na środku stryszku w płaszczu z kolekcji Wiosna 2001, eleganckim, ale z lekka démodé, pan Zenobiusz zaś trzymał oburącz balię z kolekcji Gospodarstwo Domowe 1957. Ocynkowana blacha, krój prosty, brzeg ozdobnie zaklepany, aplikacje z rdzy.

– Właściwie też przyszedłem z przyjacielem, sąsiadko – wskazał brodą na swój bagaż. – To Zenek. Mamy do pani serdeczną prośbę, jeżeli pani nie odmówi.

Zajrzałam za ozdobnie zaklepany brzeg. W wodzie pływał Zenek. Wigilijny karp. Dobre trzy kilo. Plus balia i woda. Pan Zenobiusz stał przede mną mężnie w kwiecie swoich siedemdziesięciu dwóch lat, ale na czoło występowały mu kropelki potu.

– Proszę gdzieś to postawić – zachęciłam go. – Napije się pan czegoś?

– Wiedziałem, że na sąsiadkę można liczyć – ucieszył się pan Zenobiusz, jakbym wyraziła na coś zgodę. – Proszę sobie nie robić fatygi z poczęstunkiem. Chyba że małą kawkę.

Domyśliłam się, gdy postawił balię na podłodze, pogłaskał karpia, wytarł ręce w chusteczkę i zapewnił, że pani im pomoże. Czyli ja. Rybie i sąsiadowi. Nie będą się męczyć, to nie na ich charakter. Wtedy domyśliłam się, czego chcą ode mnie!

Zabić karpia! Chryste, bez przesady! Jestem kobietą! Jeśli pan Zenobiusz uważał, że moja płeć nie wykazuje litości jako taka, to miał żonę pod bokiem. Też kobietę. Dlaczego zakładał, że ona nie podoła, a ja tak? Oboje przesadzali na starość z życzliwością dla świata. Do tej pory nie chrzcili karpi przed Wigilią ludzkimi imionami. Jasne, że nie będzie się miało sumienia ukatrupić kogoś, do kogo mówi się Zenek! Ale czemu ja mam za to cierpieć? U nas w domu ryby kupowało się gotowe do smażenia. Martwe. Raz dostaliśmy żywego karpia, to ojciec musiał z nim jechać do znajomego chirurga, bo sam nie miał serca. Wrócił w Wigilię rano na rauszu, bez czapki i bez ryby. Uciekła po drodze. Co ciekawe, uciekła mu ta już wypatroszona, nie żywa. Przez całe święta nie odzywali się do siebie z mamą. Od tamtej pory wiem, że zabijanie karpi przynosi pecha.

– Sąsiedzie – odezwałam się uroczyście – lubię pana, z miłą chęcią służę pomocą... Ale pan mnie bierze za kogoś bezwzględniejszego niż jestem!

– Doprawdy, sąsiadko! – Pan Zenobiusz zmieszał się. – Nie wziąłem tego do siebie, harcerskie słowo honoru!

– Czego?

– No z kołdrą... Oboje wiemy, że już nie te lata. Nie wlazłbym.

Ja też się zarumieniłam. Nie przydarzyło mi się to od studniówki.

– No skądże! – zaprzeczyłam. – Nie miałam wcale na myśli, żeby pan nie właził. Mówię, że jeśli chodzi o zabicie... Raczej nie. Jestem kobietą.

– Bez obaw. Mnie nie tak łatwo zabić – pochwalił się pan Zenobiusz. – Serce jeszcze jak dzwon. Przedwojenne! Choć kolega, sąsiadko, przypłacił takie igraszki zawałem! Dwa lata młodszy ode mnie.

– Ryb nie chcę zabijać – sprecyzowałam.

Pan Zenobiusz zająknął się speszony.

– Ach, ryb... – Pokiwał smętnie głową. – Też miałem takiego kolegę, dokładnie mój rocznik. Udławił się ością za Stalina.

– Za Stalina było ciężko – zgodziłam się.

– Za Stalina, Jaruzelskiego, za Leszka Millera...

Pokiwałam głową z przekonaniem. Szczelniej owinęłam się płaszczem Wiosna 2001. Uśmiechnęłam się wdzięcznie. Ale pan Zenobiusz zdawał się czekać na moje słowa.

– Za Gomułki też – uzupełniłam.

– O, właśnie, z ust mi to pani wyjęła, sąsiadko. „Za Gomułki puste półki!" – rzucił aforystycznie.

Zgadzaliśmy się w ogólnych opiniach o losach polskich na przestrzeni dziejów, ale w szczegółach rozmowa konsekwentnie się nie kleiła. Tak jest, jak się zaczyna od łóżka.

– Co ze mnie za gospodyni! – wykrzyknęłam dla ratowania dobrosąsiedzkich stosunków. – Niczym pana nie poczęstowałam. Napije się pan czegoś, panie Zenobiuszu?

– Proszę sobie nie robić fatygi. Chyba że małą kawkę.

– Małą kawkę, świetnie! – uradowałam się. – Uwielbiam zaparzać kawkę.

– Za Gomułki nie do zdobycia – westchnął nostalgicznie pan Zenobiusz, ale już nie podjęłam tematu.

– Może sąsiad Mietek panu zabije karpia, sąsiedzie – podpowiedziałam. – Słyszałam, że po pijaku zadusił bulteriera.

– Tak, to bezwzględny człowiek! – zgodził się ze mną pan Zenobiusz. – Będę uważał, dziękuję za ostrzeżenie. Nie dopuszczę go ani do ryby, ani do jamnika.

Zrozumiałam po chwili. Sąsiad nie odwiedził mnie w celu zamordowania Zenka, lecz przeciwnie – jego ocalenia. Przed jamnikiem, który dobierał się do ryby od dwóch dni. Pan Zenobiusz miał ekologiczne plany, żeby ocalić karpia tak samo jak choinkę i po świętach wypuścić żywego do sadzawki. Więc czybym nie przechowała Zenka przez Boże Narodzenie? Byliby z żoną zobowiązani. To już jakby rodzina, nawet imię dostał po nich, od Zenobiusz i Elka. Tylko wychodziło Zenelk – Zenek brzmi lepiej. Tyle wigilijnych karpi skonsumowało się w ciągu życia, niechże w końcu człowiek przestanie łaknąć krwi i smażonego. Niech przynajmniej starość ma przyzwoitą. Karp przy okazji też.

– Nie ma sprawy, panie Zenobiuszu – zgodziłam się. – Zenek w niczym mi nie przeszkadza. Będę miała miłego towarzysza na święta.

– Nie jestem przekonany, czy miłego, sąsiadko. On chlapie, lojalnie uprzedzam.

– Wytrę. Żeby pan widział, jak Pedro chlapie, kiedy się kąpie.

– O, i to następna kwestia – zasępił się pan Zenobiusz.

– Przecieka do państwa?

– Nie, tylko czy pan Pedro nie będzie miał nic przeciwko Zenkowi?

– Nie będzie – wyjaśniłam chłodno. – Nie jest zazdrosny ostatnio. Jest tylko problem, że ja nie umiem hodować karpi. Nawet nie wiem, czym się je karmi.

Pan Zenobiusz zapewnił, że hodowanie karpi to pestka. Nie trzeba ich kąpać, szczotkować, a co do karmy – podrzuci mi specjalną. Całą torbę. Od znajomego, który zawodowo zarybia stawy hodowlane.

Spytałam, czy nie wygodniej przetransportować karpia do karmy niż odwrotnie, ale pan Zenobiusz zapewnił, że nie. Ryby w hodowlach przeżywają przed świętami Noc Świętego Bartłomieja. Nawet gdy któraś przetrwa nieodłowiona, to z uszkodzoną psychiką. W najlepszym razie Zenek byłby po świętach neurotykiem. Przeczeka Wigilię w konspiracji, o ile się zgodzę.

Żaden kłopot, mogę wziąć Zenka na wychowanie choćby do pełnoletności, zapewniłam. Nie umiem hodować karpi, ale bardzo to lubię. Przypomniałam sobie, że nie zrobiłam obiecanej kawy, więc spytałam, czy pan Zenobiusz czegoś się napije, a on odpowiedział, żebym sobie nie robiła fatygi, jeśli już, to małą kawkę. A ponadto czy nie miałabym nic przeciwko słuchaniu w święta muzyki klasycznej, gdyż karpie nie lubią jazzu. Ja zaś, jak słyszy na dole, lubię. Zaobserwował, że kiedy w radiu dawali Beethovena, Zenek robił wyjątkowo regularne kółka, jakby odprężony.

Zaniepokoiłam się, że nie mam odpowiedniego repertuaru, toteż zaczęliśmy przeglądać moje płyty. Pan Zenobiusz zaakceptował Mozarta, Straussa, Cesarię Evorę, pieśni legionowe i soundtrack z „Czekolady". Zdecydowanie odrzucił „Muzykę relaksacyjną – śpiew wielorybów". Mniejsze ryby boją się większych, takie są prawa natury wśród zwierząt. Z wielorybami Zenek miałby zmarnowane święta. Zapewniłam pana Zenobiusza, że nie używam wielorybów. Dostałam od kogoś na urodziny. Przeważnie dostaję nikomu niepotrzebne prezenty, takie są prawa natury wśród ludzi.

Przy wyjściu jeszcze raz zapytałam pana Zenobiusza, czy się czegoś napije. Odpowiedział, że chętnie wypiłby małą kawkę, ale musi już iść. Żona się niepokoi, co z Zenkiem.

I zostałam w pustym mieszkaniu sam na sam z rybą.

Ponieważ karp zastygł tuż przy powierzchni wody, zrobiłam przed nim striptiz przy legionowych pieśniach. Przebrałam się w dres, gdyby chlapał bardziej, niż się spodziewam. Pozapalałam światła, posprzątałam, włączyłam telewizor na Discovery (pan Zenobiusz odradzał TVN24, bo tam się kłócą politycy, to gorzej niż wieloryby). Pokropiłam wokół balii aromatycznym olejkiem do pieczenia. Żeby Zenek nie miał poczucia dyskomfortu, że z domu tętniącego przedświątecznym rytmem przeniósł się w zimne, nieczułe otoczenie. Pan Zenobiusz podrzucił mi torbę z karmą, pokazał, jak ją zadawać karpiowi. Sobie też zrobiłam kolację i usiadłam z rybą przed telewizorem, gdzie pokazywali współczesne metody mumifikowania zwłok w Południowej Karolinie.

Nie dziwi was, że w tych okolicznościach Gośka wyleciała mi z głowy. I wtedy zadzwoniła. Przeprasza, nie przyszła, ale musimy na razie przerwać szukanie Pedra. Bardzo jej przykro. Nie może mi chwilowo pomagać.

Zrobiło mi się smutno, ale się nie zdziwiłam. Przy tylu kosztach własnych musiała pęknąć. Berni zagroził rozwodem albo nawet że nie kupi jej nowego samochodu. Odpuściła. Po co komplikować sobie życie, bo skomplikowało się przyjaciółce...

Usiadłam z telefonem przy balii, choć Zenek zdążył nachlapać na podłogę, jak poczułam przez dres. Nie szkodzi. Był kochany. Teraz miałam już tylko jego.

– Trudno, Gosiu – rzekłam słodko a boleściwie. – Komu by się chciało o tej porze roku, jeśli nie musi. Zimno, ślisko...

– Wiedziałam, że zrozumiesz – ucieszyła się Gośka.

Zbiła mnie z pantałyku. Sądziłam, że zaprzeczy, powie, że co to za powody, zmieni zdanie ze wstydu. Ale żeby potwierdzała oczywiste nonsensy?!

– Że co zrozumiem?

– Że ślisko.

– A jak ma być? W grudniu jest zima. To ślisko. Co ci to nagle przeszkadza?

– Już nic, ale... – Gośka stęknęła w słuchawkę. – Wybrałam się do ciebie po naszej rozmowie, a tu przed moim garażem... Nie chciałam wołać Berniego, bo nie rozmawiam z nim od wtedy, i horror!... Tak mi głupio, Do, naprawdę!

– Nie rozmawiasz z Bernim i co?

– Noga – chlipnęła Gośka. – W dwóch miejscach. Brama się zacięła.

– Czyja noga? – przestraszyłam się.

Wyobraziłam sobie, że opowiada o gangsterskich porachunkach, których szczątkowe ślady znalazła przed własnym garażem. Może tych mafiosów z Ukrainy, gdzie Berni nie dojechał na czas przez nasz wypadek.

– Moja noga – wyjaśniła Gośka. – Złamana! Poślizgnęłam się, jak się szarpałam z tą pieprzoną bramą! W dwóch miejscach! Z przebiciem, z przemieszczeniem, ze wszystkim, Do, ze wszystkim co najgorsze, kurczę! Nawet obcas mi się połamał w jasną cholerę! Od tych włoskich na futerku!

Liścik od Gośki

Gośka leżała na swoim okrągłym łóżku i kleiła tipsy, wyciągając dłoń przed siebie dla oceny efektu. Jej grubą białą nogę podpierały spiętrzone poduchy w optymistycznie różowe kotki. Właściwie tipsy kleiła kosmetyczka. Wcześniej umyła Gośce głowę, uczesała ją, ukrywając kozacki czub, zrobiła makijaż, żeby Gośka nie wyglądała na zaniedbaną. Gosia jest zdania, że wygląd chorego ma terapeutyczny wpływ na przebieg choroby, objaśnił mi Berni. Czyli że prawdopodobnie bez brokatowych tipsów kość wolniej się zrasta. Gośce zaaplikowali następne środki przeciwbólowe, tym razem końską dawkę, więc mogła spokojnie wygłosić dowolną teorię i zaakceptować klejenie tipsów na powiekach.

Oprócz kosmetyczki przy Gośce czuwała pielęgniarka, która w najmniej odpowiednich momentach poprawiała jej różowe kotki. Zawezwano też panią Lidkę, która nic nie robiła. To znaczy siedziała w rogu pokoju i kartkowała z Alfem kolorowe pismo. Ponieważ co się dało, robił Berni. Podsuwał Gośce sok ze słomką, obcierał jej usta, zmieniał kanały w telewizorze, obdzwaniał znajomych z hiobową wieścią, kroił szynkę w kosteczkę, choć Gośka nie jadła, poprawiał jej koszulę nocną, nogę, głowę, gdyby mógł, mrugałby za nią. Wspominając, jak na siebie patrzyli, gdy stąd wychodziłam, nie wierzyłam własnym oczom! To jakiś romantyczny przesąd, że miłość mieści się w sercu. Skądże. Zdecydowanie w prawej nodze.

Ponieważ nikt nie zwracał na mnie uwagi, przycupnęłam obok Gośki. Pogłaskałam ją ostrożnie, żeby nie zniszczyć terapeutycznej fryzury, dałam książkę, którą przyniosłam na poprawienie humoru. Gdyż nie wiedziałam, że ma niezły. W każdym razie nie zdaje sobie sprawy, że ma zły.

– Twoja książka? – ucieszyła się. – Już druga? Jak szybko.

– Nie moja, Gosiu. Jak może być moja? Widzisz, że na okładce jest napisane Grochola.

Gośka uśmiechnęła się do mnie szczerym uśmiechem człowieka, który od wczoraj jest na prochach.

– To znaczy, że nie twoja? Jak u znajomych widzę książkę, zawsze na okładce pisze Grochola. Myślałam, że tak się pisze na okładkach.

– Jak piszą Grochola, to znaczy, że nie moja, Gosiu – zapewniłam. – I jak piszą Homer albo Konopnicka, to też nie moja.

– Dużo jest nie twoich – orzekła z zadumą Gośka i zasnęła z dziesięcioma przyklejonymi tipsami. Nie na długo, gdyż pielęgniarka przyszła pomacać gips, czy nie zmiękł. Berni tyle zapłacił za opiekę, że biedna kobieta nie wiedziała, co robić, żeby się wywiązać.

– Czy sądzisz, że wycieczka do Egiptu jest tańsza niż do Kenii? – zapytała Gośka, otwierając oczy. – Biorąc pod uwagę równorzędne hotele.

– Nie mam pojęcia. Nie wybierałam się nigdy. Można sprawdzić.

– Naturalnie, że można sprawdzić. Pytam, jak sądzisz bez sprawdzania.

– Dlaczego?

– Bo ja sądzę, że tak – odpowiedziała Gośka i usnęła znowu.

Nie nadążałam za jej tokiem rozumowania, moje leki przestały działać parę godzin temu. Syty nie zrozumie głodnego. Berni zaproponował, że wykorzystamy drzemkę Gośki i on raz dwa mnie odwiezie. Nie miałam jeszcze zamiaru wracać na stryszek, ale pojęłam, że Berni woli mnie poza swym domem. Pewnie obawiał się, że w moim towarzystwie jego ukochana ponownie żona zapadnie na czarną ospę. Albo poduszka w różowe kotki odgryzie jej znienacka rękę. Dotychczasowe doświadczenie uczyło, że na łagodny przebieg przyjaźni ze mną nie ma co liczyć.

Nie chciałam psuć ich kolejnej idylli, więc bez protestu wsiadłam do samochodu. Co miałam tu do roboty, kiedy Gośka spała? Pozostali mnie ignorowali. To był dom ludzi bogatych i szczęśliwych, ja byłam biedna i nieszczęśliwa. Nie pasowałam do otoczenia. Nie, żebym narzekała. Znam swoją wartość. Zresztą, na biedę i nieszczęście zawsze można liczyć. A bogaci i szczęśliwi są jak pyłek na wietrze! Wystarczy, żeby los złożył dłoń w trąbkę i dmuchnął!... Aż mnie zatkała głębia tego spostrzeżenia! Zerknęłam spod oka na Berniego, który prowadził, nie odzywając się wcale. Czy zauważył, że tuż obok niego tak filozoficznie myślę. Na pewnym poziomie refleksji to już powinno rzucać się w oczy.

Widocznie nie osiągnęłam jeszcze tego poziomu. Berni patrzył przed siebie, w jego oczach bezmyślnie odbijały się świąteczne iluminacje ulic. Żywił teraz wobec mnie uczucia, które wykluczały docenienie zalet. Podobno w nieszczęściu człowiek zaczyna rozumieć świat. Po co mam pisać Robercie powieść o miłości. Albo inny babski poradnik kulinarny „Sto przypraw dla Romea i Julii". W tym natchnieniu własnym nieszczęściem zdołałabym machnąć Biblię! Bestseller wszech czasów! „Wiara dla zakochanych. Krótki spis osób, którym życie miłosne kiełbasiło się od Adama i Ewy".

Berni odchrząknął dostojnie (dotychczas nie miałam pojęcia, że umie chrząkać dostojnie), wyciągnął z kieszeni zwiniętą karteczkę i wręczył mi ją, nie patrząc.

– Gosia prosiła, żebym ci oddał, Dominiko.

– Co to?

– Nie wiem, prosiła, żebym oddał, więc oddaję.

Przyjrzałam się liścikowi. Nie szło go odczytać w światłach zza okien. Dwa krótkie zdania. W tym parę tajemniczych cyferek. Ostatnio miałam złe doświadczenia z liścikami, więc także ten wpłynął fatalnie na mój nastrój. Już nie chciało mi się pisać Biblii. Czemu miałabym zbawiać ten wredny świat? Czy on kiwnął palcem w mojej sprawie? Pedrowi dał schronienie, a przede mną mnoży idiotyczne niejasności!

– Dlaczego sama mi nie dała?

– Spała – wyjaśnił Berni, jakby on też był na lekach ogłupiających. – Szczerze mówiąc, wcześniej mi dała. Jak ją zabierali na chirurgię. Żebym ci zawiózł. Właściwie sam powiedziałem, że ci zawiozę... – zaplątał się. – Żeby nie dzwoniła do ciebie. Ale uparła się i... przyjechałaś. W każdym razie oddaję, bo miałem oddać.

Ach, więc kochany Berni robił, co mógł, żebym tylko nie odwiedziła jego żony. Ofiarował się za listonosza, byle uchronić ją przed katastrofą, jaką jest kontakt ze mną. Czyżby szykowało się nieszczęście do pary? Pedro odszedł, teraz stracę przyjaciółkę? Nie, Gośka do tego nie dopuści. Choćby przeczuwała, że zrównam z ziemią jej rodzoną willę, desperacko szukając Pedra.

W mojej torebce odezwał się telefon, w telefonie Janek Machta. On też był przeciwko mnie, choć przewrotnie. Nie chciał mnie odseparować, tylko zbliżyć. Widać nasze książkowe korekty weszły mu w krew. Nie potrafi bez nich żyć. Nocami marzy o mnie, wędrując palcem po mapie przez Kotliny Kłodzkie, Lądki Zdroje i inne perwersyjne siatki cieków wodnych.

Odbierałam z komórki uwodzicielskie fale, lecz u boku Berniego wolałam reagować na nie oschle i konkretnie.

– Co z twoim Pedrem? Wróciliście na swoje łona?

Zaprzeczyłam oschle i konkretnie.

– Zdawało mi się. Widziałem Pedra z kobietą na ulicy. Z daleka. To nie byłaś ty?

– Myślałam, że mnie rozpoznajesz? Dzwonisz jak do znajomej.

Janek roześmiał się. Sztucznie. Czyżby obawa odmowy z mojej strony? Czy znów odmówię czarującemu Jankowi Machcie?! Chryste, gdyby Pedro mógł to zobaczyć!

– Rozmawiajmy jak dorośli, proszę – zaproponowałam. – Tak naprawdę dzwonisz, żeby mnie zaprosić do Swarzędza, zgadłam?

– Co to, to nie – zaprzeczył zdecydowanie. – Do Ełku.

– Pedra z tą babą zmyśliłeś. Żeby ułatwić mi decyzję, zgadłam?

– Uważasz, że łgam?

– Tak. Jeżeli się przyznasz, zostaniesz wynagrodzony. Wybiorę się z tobą do Ełku czy gdzie tam trzeba.

Berni spojrzał na mnie karcąco, ruszając na zielonym. Ja spojrzałam na niego lekceważąco. Był w męskiej spółce z Machtą. Obaj przeciwko mnie.

– Prawda jest taka, że nagiąłem fakty dla dobra sprawy. – Janek roześmiał się znowu, tym razem szczerze. – Widziałem jakąś kobietę. Bez Pedra. Zadowolona? Może jutro, bo przez święta jestem zajęty?

– Przed świętami odpada.

– A po?

– Po też.

– No to kiedy? Obiecałaś.

– Nie obiecałam – wyjaśniłam. – Nagięłam fakty dla dobra sprawy.

Berni zaparkował przed moją kamienicą i czekał, aż skończę. Postukiwał palcami po kierownicy, pogwizdywał, minę miał taką, jakbym to z nim nie chciała jechać do Ełku. Więc skończyłam, choć Janek wyraźnie miał nadzieję, że będziemy się droczyć do skutku. Póki co nie zależało mi na skutkach ani na przyczynach z Jankiem.

– Sorry, Berni, ważna rozmowa – wytłumaczyłam, wysiadając. – Ktoś spotkał Pedra. Ale to nie on i nie Pedra, wyjaśniło się. Dziękuję ci za podwiezienie.

– Ja spotkałem Pedra – odezwał się Berni takim tonem, jakby miał mi za złe, że dotąd się nie domyśliłam. – Dziś w południe z nim rozmawiałem.

Zrobiło mi się zimno w palce u nóg i w uszy. Wyłącznie, choć na dworze mróz panował całościowo. Wsiadłam na powrót do samochodu, domknęłam drzwi na tyle, żeby lampka nie zgasła. Wolałam mieć Berniego na oku. Bark rwał mnie nieprzytomnie.

– Pedra? Ty? Gdzie?

– Nie miałem czasu. – Jakimś cudem Berni znalazł pytanie, którego nie zadałam, i na nie odpowiedział. – Trudno mówić o spotkaniu. Rozmawiałem z nim jedynie przez telefon. Zadzwonił.

Pedro zadzwonił do Berniego, to dopiero. Znali się, ale nie uprawiali zwierzeń od serca. Ja też mogłabym zadzwonić do Placido Domingo, dajmy na to, tylko po co?

– W pewnym sensie chodziło o ciebie.

– Mógłbyś nie być tajemniczy, skoro sam zacząłeś?

– Pytał, jak sobie radzisz bez niego. Czy wszystko w porządku.

– Świetnie sobie radzę, Berni! Co za szlachetne pytanie! Wzruszyłam się zawartą w nim troską! Po prostu doskonale sobie radzę!...

– To on się pytał, nie ja – przerwał mi Berni. – Po co się unosisz?

Rzeczywiście, nie miało sensu naskakiwanie na Berniego, skoro nie on pytał. Faceci zawsze się wspólnymi siłami wymigają od odpowiedzialności. Paskudna solidarność plemników... Nie, to jakoś inaczej się nazywa. Nie jajników... Aż tak daleko ich ewolucja nie zaszła! Co za różnica, niech będzie gang!

– Skąd dzwonił?

– Od jakiejś... – Berni przerwał. – Nie wiem.

– Poznałam cię, gdy hołdowałeś zwyczajowi kończenia zdań, Berni – wycedziłam przez zęby. – Miałam cię wtedy za bystrego gościa.

– Nie wiem, skąd dzwonił. Była z nim jakaś kobieta. Odezwała się. Chyba.

– Strasznie jesteś niepewny dzisiaj. Co powiedziała?

– Z kuchni, coś pichciła. Tak myślę.

– Nie pytam, czego się domyślasz, tylko co usłyszałeś, proszę?

– Usłyszałem jak... że z... kuchni... – Berni utknął, ale nie spuszczałam z niego karcącego spojrzenia. – Odezwała się głosem... Z kuchni, tak... się zapytała... mniej więcej, że... „ty pieprzysz, Romku, czy nie?" – Końcówkę wygarnął jak kulomiot.

Na moment zapadła cisza.

– Chyba zgłupiałeś, Berni! – orzekłam bezlitośnie. – Czego się jąkasz? Chodzi o to, że doprawiała mu jajecznicę albo zupę ogórkową. A tobie się wydaje, że co?

– Że nic! – naburmuszył się Berni. – Chodzi o pieprz. Bałem się, że nie zrozumiesz tego właściwie. Zdenerwujesz się.

– Zrozumiałam właściwie, Berni! Jakaś lafirynda pichci dla niego ogórkową, a ja mam się nie denerwować?! Naprawdę zgłupiałeś!

Gdy otworzyłam drzwi na stryszek, Zenek podskoczył w balii. Nie chciał okazać radości z mojego powrotu, tylko nachlapać na półkę z książkami. U Gośki miałam bogate plany na wieczór z karpiem. Napalę w kominku, zjemy coś, włączę „O mój rozmarynie, rozwijaj się", obejrzymy drugi odcinek mumifikowania zwłok, tym razem w Georgii. Odechciało mi się. Wytarłam podłogę, wysuszyłam Trylogię, włączyłam talk-show w telewizji. Zenkowi dolałam ciepłej wody do balii zamiast kominka. Dobrzy ludzie ostrzegają, żeby uważać na marzenia, bo jeszcze się spełnią. Siedziałam na gruzach spełnionych marzeń. Czy pragnęłam zbyt wiele? Mieć obok mężczyznę do towarzystwa i rybkę w szklanej kuli. Ziściło się! Rybka waży trzy kilo i ma chamskie narowy, a mężczyzna idealny... Jeśli tak wygląda miłość, to proszę, Boże, o coś innego. Mogą być lody z bakaliami, katar sienny, wszystko mi jedno!

Życie dzieli się na nic niewartą miłość i resztę nic niewartą bez miłości.

I jeszcze na liścik od Gośki, przypomniałam sobie na pociechę. Przeczytałam go. Gośka dzwoniła do byłej w sprawie kosztów za wiertarkę. Przy okazji dostała od niej adres tej narzeczonej. Z ludźmi trzeba grzecznie, a nie demolować im gabinety. To nieaktualna narzeczona, ta po byłej, a przede mną. Agnieszka Rucka. Kiedyś Pedro o niej wspominał, już wtedy jej nie lubiłam. Tajemnicze cyferki na kartce okazały się numerem mieszkania tej szantrapy.

Uznałam z rozczuleniem, że Gośka jest najmądrzejsza na świecie. Nie z powodu tego adresu. Z powodu słowa „szantrapa", którego użyła. Przyjaciółka potrzebna jest kobiecie po to, żeby pomogła trafnie nazywać świat i ludzi.

Szantrapa z Kubusia Puchatka

Mieszkała w wynajętym pokoju przy Idoli Polsatu, ale nie zastałam jej. Musiałam wybrać się do przedszkola Kubuś Puchatek. Pracowała tam jako przedszkolanka. Nie znałam jej miasta, ale poradziłam sobie szybko. Parterowy budynek stał przy bocznej ulicy, zza furtki usłyszałam „Jingle Bells" śpiewane dziecięcymi głosami. Grupa szantrapy ubierała się w szatni, żeby przystrajać choinkę w przedszkolnym ogródku.

– Dzień dobry – przywitałam się uprzejmie. – Czy Agnieszka Rucka?

– Mateusz, na co zakładamy rękawiczki? – odpowiedziała pytaniem szantrapa, kiwając mi głową, że dzień dobry i że Rucka. – Na rączki zakładamy! Nie na nóżki. A już na pewno nie na nóżki Kamilki! Zostaw ją, bądź grzeczny! Czekam!... Kamilka, oddaj mu rękawiczki! Więc jedną, skoro drugą zjedliście! Buty na nóżki, Mateusz! Każdy na inną!

Nie wiem, jak wyobrażaliście sobie Rucką, ale ja wyobrażałam ją sobie inaczej. Gorzej. Ładna blondynka o dużych ustach. Nieprzyzwoicie dużych – jak u tych lalek, wiecie których. Aż się zdziwiłam, że przepisy zezwalają jej pracować z dziećmi. Wyglądała, jakby miała przerwę w nagraniu do „Przytul mnie". Przedstawiłam się, że z urzędu miejskiego w sprawie polepszenia warunków bytu wychowawczyń przedszkolnych. Komputer ją wytypował.

– Ja mam polepszyć warunki wychowawczyniom? – przestraszyła się.

– Nie, my pani polepszymy. Jest bieda, nie możemy polepszyć wszystkim, więc polepszamy losowo. Wypadło na panią. Muszę przeprowadzić z panią krótką rozmowę kwalifikacyjną. Tutaj, od razu.

Rucka popatrzyła na mnie podejrzliwie i powiedziała:

– Robercik, widzę cię. W tej chwili przestań! Czekam!

Rozejrzałam się, ale nie rozpoznałam Robercika. Na moje oko wszystkie dzieci robiły coś, co powinny przestać robić, jeśli chciały ukończyć przedszkole. Widać Robercik robił to szczególnie.

– Nie składałam podania – spłoszyła się Rucka.

– Nie szkodzi. Podań nie rozpatrujemy. Z braku funduszy typujemy.

– Wczoraj w supermarkecie wytypowali mnie do gratisowej margaryny – pochwaliła się. – Pierwsze w życiu. Kiedyś mnie typowali do odtwarzacza DVD, ale musiałabym kupić dwie mikrofalówki i grilla. Nie było mnie stać na taki prezent. Do margaryny wystarczyło zaśpiewać kolędę. Za darmo. Pomyliłam się ze zdenerwowania, ale mi uznali.

– Sama pani widzi. Rozpoczęła się dobra passa.

– Oby! Jest wigilijna promocja u mojego fryzjera... Krzysiu, dlaczego masz guziki na plecach? Jak się pozapinasz? Jacusiu, nie pomagaj, ma być samodzielny!... Może porozmawiamy na zewnątrz? Dzieci będą stroiły choinkę. Narzucę płaszcz, sprawdzę szaliki i do pani wracam! Zapraszam w tym czasie na wystawkę „Za oknem naszego przedszkola". Nie, nie! – zawróciła mnie, gdy skierowałam się ku oknu. – Tu wisi, w korytarzu. Temat ma „Za oknem...". Dzieci narysowały nasz widok. Roksanka pójdzie na konkurs wojewódzki. Jej tatuś jest bardzo przebojowym radnym. Pani z urzędu, to chyba wie?

Nie znam się na twórczości dzieci do lat pięciu. Po co się znać, skoro zawsze trzeba pochwalić, że ładne. Aby dziecko nie wpadło w kompleksy. Odbijają się one w dorosłości na życiu uczuciowym i seksualnym. Może Pedrowi-przedszkolakowi chwalili tylko co drugi obrazek. Na życie seksualne mu wystarczyło, ale z uczuciowym klapa.

Obrazki wychowanków szantrapy przypięto na korytarzu do długiej listewki. Szłam wzdłuż nich, podczas gdy szantrapa splatała dzieciom ręce w pary. Nie rozpoznałam Roksanki. Na każdej kartce widniała ramka – okno, kratka – ogrodzenie z siatki i różne konfiguracje kresek – nagich drzew wzdłuż ulicy. Pejzaż katastroficzny w swojej szarości, nic dziwnego, że dzieci skupiły się na kolorowym kształcie za siatką. Wypracowały go kredkami w jadowitej gamie barw. Żółto-czerwonej. Wyjrzałam za okno, ale niczego takiego nie zobaczyłam. Co to mogło być? Kosz na śmieci? Hydrant? Angielska budka telefoniczna? Nie na darmo przeczytałam za młodu pół twórczości Agathy Christie. Ludzka postać! Stała kiedyś za przedszkolnym płotem, zaglądając przez siatkę. Zanim odeszła dokądś. Na moją zgubę. Bo to była ona! Żyrafa jak żywa. W czerwonej wełnianej sukni i z plecaczkiem!

Spytałam Rucką, kto to. Nie wiedziała. Pewnie skrzynka na listy, skoro czerwona. Dzieci mają bardzo rozwinięty zmysł obserwacji. Co zaobserwują, narysują. Skaner w oku. Zwróciłam jej uwagę, że na parkanie skrzynka na listy nie wisi. Zerknęła przez okno dla upewnienia, stwierdziła, że w takim razie nie skrzynka. I pobiegła rozłączać Kamilkę z Pawełkiem, którzy sczepili się rzepami w pozycji „czapka do buta".

Dla ukojenia nerwów założyłam, że Żyrafa tropi Pedra jako swojego ulubionego bohatera literackiego. Można śladami Stasia i Nel, to można też i śladami Pedra. Spotykam ją, gdyż wędruję tym samym tropem. Chociaż dla mnie Pedro nie jest ulubionym bohaterem. Wolę Wrońskiego z „Anny Kareniny". Też ma różne męskie wady, ale u boku ukochanej, nie tajnie jak Konrad Wallenrod!

W ogródku przysiadłyśmy na barierkach wkopanych w ziemię wokół świerczka. Dzieci łaziły jak małpki po szczebelkach oraz po nas, żeby dosięgnąć do gałęzi. Wieszały na nich własnoręcznie wykonane ozdoby świąteczne. Zgniecione w kulkę papiery na sznurkach, splątane tasiemki pasmanteryjne w roli choinkowych łańcuchów, anielskie włosy z pociętych nitek, przedziwne różności. Miałam wrażenie, że w czasie klejenia ozdóbek wyrzuciły, co miały zostawić, a zostawiły, co miały wyrzucić. Wykazywały za to wiele zapału.

Dla niepoznaki odpytałam Rucką ze spraw obojętnych i przeszłam do meritum. Czy ma męża, narzeczonego? Gdyż wychowawczyniom rozwojowym podwyższamy stopę rozwojowo. Co do kwoty.

– Taka piękna dziewczyna sama, mmm? – mruknęłam przebiegle, gdy odpowiedziała, że jest singlem. – Żadnych planów?

– Miałam, owszem. Nie tak dawno. Ale to nieaktualne.

– Zna pani przysłowie o starej rdzy...? Sorry, to moja trzydziesta rozmowa kwalifikacyjna dzisiaj. O starej miłości i rdzy.

Dobrze, że nie powiedziałam o pochyłej kozie, na którą każda miłość skacze. Z powodu tych jej przerażających ust kręciły mi się przysłowia, których nawet Rapcuchowicz by nie pokręcił.

– Nigdy! – zapewniła mnie porywczo szantrapa. – Nienawidzę go!... Maciuś, jeśli w tej chwili nie zawiesisz bombki prosto, wstanę i dam ci po pupie!

Pomogłam Maciusiowi z gazetową kulką na nitce. Elizie pomogłam z gumą do żucia, której nie dawała rady wyrzucić.

Wracała jak bumerang. Na rękawie, na podeszwie, na warkoczu, obrzydliwie lepka. Odciążona w obowiązkach szantrapa zwierzyła mi się, że jej narzeczony Roman nie tylko odszedł, ale zapomniał o niej. Mało tego, ma lekarskie zaświadczenie, że zapomniał! Amnezja powypadkowa! Czy słyszałam o podobnej podłości męskiej? Znalazł sobie inną szantrapę. Tak szantrapa nazwała mnie. Znalazł, kiedy nie pamiętał. Bo nie pamiętał. Miał czyste sumienie. Teraz nie chce tamtej zostawić, bo już pamięta. Ma zobowiązania. Tylko że wobec tamtej.

– Nienawidzę go! – powtórzyła zimno. – A czy to znaczna różnica?

– Z czym?

– Co do kwoty. Gdybyście mi polepszyli z narzeczonym a bez. Nie jestem zaślepiona w uczuciach. Odrzucić, weźmy, trzysta złotych z głupiej nienawiści. Lekkomyślne, co? Byłabym ewentualnie w stanie wybaczać mu w dni wypłat.

Obudziła się we mnie podejrzliwość. Czy szantrapa leci na pieniądze, czy, nie daj Boże, wciąż na Pedra? Po takiej wszystkiego można się spodziewać! Miłości też.

– To nie lekkomyślność! – zapewniłam. – Prędzej wierność sobie, zasadom.

– Tak pani myśli? Odrzucić trzysta złotych dla wierności sobie. Lekkomyślne, co? Bartuś, od kiedy gryziemy dziewczynki w ucho przy ubieraniu choinki?!

Miałam chwilę na zastanowienie, ponieważ Kamilka weszła mi na obolały bark, żeby zawiesić rurkę od papieru toaletowego. Na pomponie Jasiowej czapki. Rurka była oklejona złotkiem i pełniła rolę choinkowego czubka. Zestawiłam Kamilkę na ziemię, ale to Jasio zaczął płakać.

– Chodzi o kwotę rzędu złoty dziesięć, złoty dwadzieścia – wyjaśniłam.

– Aha, czyli jak zwykle. – Rucka posmutniała. – Nie, ja go nienawidzę jednak! Jasiu, przestań płakać, czekam! Usmarkasz się i dzieci cię wyśmieją! Był u mnie parę dni temu, wygarnęłam mu prosto w twarz, że go nienawidzę.

Kot zdechł! Nie umiała mi wyjaśnić, podpytywana, po co Pedro ją odwiedził, gdyż wściekła się wtedy na niego. Nie że przyszedł, tylko że nie przychodził. Ale kiedy nie przychodził, nie mogła mu wygarnąć, że nie przychodził. Skorzystała z okazji, że przyszedł. Więc nie słuchała go dokładnie. W ogóle krótko rozmawiali, choć intensywnie. Roman mówił o anonimach. Czy że chciał wysłać anonimy, czy może pytał, czy ona wysłała. Mędził coś w kółko o anonimach. Tymczasem ona chciała przedyskutować, kto kogo porzucił z czyjej winy. I że nim za to gardzi.

– Nudzę panią moimi sprawami – zakończyła. – Robercik, zejdź z choinki! Czekam! Jak to nie sam? A kto cię powiesił? Marcysia? Co miałaś wieszać, Marcysiu? Nie odróżniasz Robercika od bombki?

Jakie anonimy, co za bzdury? Może szantrapa ma nierówno pod sufitem? Taka hipoteza wyjaśniałaby wszystkie zagadki naraz. A może nie chciała mi powiedzieć, po co Pedro przyszedł naprawdę? Może przyszedł poprosić ją o rękę? Chryste, nie, to ja mam nierówno pod sufitem! Niepotrzebnie tu przyjechałam i niepotrzebnie wrócę do domu i w ogóle niepotrzebnie plączę się po świecie. Nie dość, że nikomu nie jestem potrzebna, to na dodatek niczego nie rozumiem. Można się załamać.

Na szczęście przypomniałam sobie, że jestem potrzebna Zenkowi. Umrze, jeśli przynajmniej raz dziennie nie dam mu jeść.

Zaczęłam się zbierać do odejścia, kiedy padło nazwisko Solskiej. Pierwszej miłości byłego Romana Ruckiej. Przyjaźnią się, skrzywdzone przez tego samego faceta. Och, jak to łączy kobiety! Nie czułam się specjalnie połączona z nimi, choć i mnie Pedro wystawił do wiatru. Niemniej okazja sama pchała mi się w ręce.

– Iwona Solska? – powtórzyłam. – Wysoka blondynka w okularach?

– Nie, niska brunetka. Ale w okularach. Zna ją pani?

– Boże, Iwonka jak żywa... – Uśmiechnęłam się nostalgicznie. – Byłam z nią na koloniach. Wieki temu. Świetna dziewczyna. Co u niej? Od tamtego czasu jej nie widziałam. Aż nie chce się wierzyć!

– Ma pani chęć na rendez-vous po latach? Ona jest gościnna, ucieszy się. Mateusz, coś zrobił ze spodenkami? Miałeś na

99

sobie, jak wychodziliśmy! Jeżeli ich nie znajdziesz, wrócisz do sali! Chyba że od razu będzie mi pani polepszała warunki? Nie chcę przeszkadzać.

– Nie, po szesnastej nie polepszamy. Mam czas.

Rucka oświadczyła, że sama mnie zaprowadzi, to tylko pół godzinki autobusem. Od tygodnia wybiera się z życzeniami świątecznymi. Zgodziłam się. Na miejscu powiem, że pomyłka. Kto mi udowodni?

Umówiłyśmy się o czwartej na przystanku.

Szantrapa ustawiła dzieci w rządku, żeby machały na pożegnanie.

– Pani odchodzi, co mówimy? Do – wi – dze – nia – we – so – łych – świąt! Co śpiewamy w naszej ukochanej polskiej ojczyźnie, jeżeli cieszymy się na święta i na Świętego Mikołaja z prezentami? „Jingle Bells” śpiewamy, tak jest. Pokażemy pani, jak to umiemy robić. Proszę, wszyscy równo, otwieramy szeroko buzie, żegnamy panią ładnym śpiewem. „Jingle bells, jingle bells”... Jasiu, swoją buzię otwieramy szeroko, nie Marcysi!... „Jingle all the way”... No i przewróciłeś choinkę, Robercik, wiedziałam, że tak będzie! Po co ją przepięknie ustroiliśmy? Czy przewracamy przepięknie ustrojone choinki? Dzieci, proszę Robercikowi odpowiedzieć głośno i wyraźnie, czy przewracamy? Czekam!

Za plecami usłyszałam chóralne „nieeee”, potem znowu rozległo się „Jingle Bells”.

Jaki ten świat jest typowy, aż do bólu, pomyślałam. Co Pedro widział w zwyczajnej Ruckiej? Przecież w niej nic nie widać, całość przesłaniają te nieproporcjonalne usta z sex-shopu. Taki zboczony męski popęd da się objaśnić wyłącznie z psychoanalitycznego punktu widzenia. Normalna logika tego nie tłumaczy. Pedro rozstał się z władczą dentystką, która nie zaspokajała jego samczej potrzeby dominacji. Dla kontrastu skumał się z jej przeciwieństwem emocjonalnym. Z erotyczną ikoną kobiecości. Jednak podświadomie tęsknił za królewską naturą byłej, więc postawił na kobietę, która dominuje niegroźnie – nad dziećmi w wieku przedszkolnym. Żeby udowodnić sobie, że jest seksualnie atrakcyjny mimo załamania się poprzedniego związku, wybrał największe usta w okolicy. Pasuje? Jak puzzel do puzzla.

Dopiero gdy znalazł prawdziwe uczucie u prawdziwej polonistki, która oprócz ust ma coś więcej do zaoferowania... Ha, czytałam w Pedrze jak w książce! Może napiszę Robercie poradnik psychologiczny? Mądry, kasowy. „Mężczyzna i my – trudna droga do szczęścia". Tylko to mało wesołe jak na wymogi dzisiejszych czasów. Za to prawdziwe. Prawda też jest ważną wartością, gdy chwilowo rozrywkowych wartości brak.

Z tym, że gdyby faktycznie miała być prawda, trzeba by podrasować tytuł. „Mężczyzna i my – trudna droga do szczęścia i łatwa z powrotem" – tak to powinno brzmieć.

Pasztet z zająca

Nie dałam rady otworzyć ust, żeby wyznać, że pomyłka. Stałyśmy z Rucką w mrocznej klatce schodowej, stopnie kończyły się przed progiem, dla utrzymania równowagi opierałam się o ścianę. Wszędzie trafiałam dłonią na męskie lub damskie szczegóły anatomiczne w sprayu. Z otwartego mieszkania buchnęła woń oprawianego zająca. Ogromnie daleka od przyszłej woni pasztetu. Toteż nie otwierałam ust. Nawet je zacisnęłam. Dla bezpieczeństwa.

– Zgadnij, kto cię odwiedził, Iwonko – zagaiła zagadkowo Rucka. – Czekam!

Dorosła osoba nie radzi sobie z pytaniami tak łatwo jak dzieci do lat pięciu. W każdym razie Solska ewidentnie sobie nie poradziła.

– Świadkowie Jehowy? – strzeliła.

– Coś ty! Oni chodzą parami.

Mogła ją tłumaczyć okoliczność, że źle widziała. Nie miała czym pstryknąć światła w przedpokoju. Łącznie z okularami ubabrana była w zajęczej krwi.

– A ile was jest?

– Dwie, ale musi jeszcze zgadzać się wyznanie. Nie świadkowie, tylko ja i kto? Twoja koleżanka z kolonii! Poznajesz ją? Pani Dominika.

– Ale numer! Dominika! – ucieszyła się Solska i z powodu

krwawych rąk wciągnęła nas do mieszkania pantomimicznie. – Z których kolonii?!

– Nie jestem pewna – stropiłam się. Złapałam oddech przez zęby, uzupełniłam: – Po szóstej klasie może?

– Piątej – poprawiła mnie Solska. – Po mojej piątej. Ty byłaś rok wyżej. Bukowina Tatrzańska. Namioty. Ale nie pamiętam cię w ogóle, wiesz. Siadajcie, przypomnę sobie. Nigdy nie zapominam. Tylko wyrzucę flaki od zająca.

– Czekamy – zgodziła się Rucka. – Jest taki specyficzny zapaszek.

– Nie mów, Agniecha! Jak się w tym babrzesz, żal ci stworzonka, nic nie czujesz. Jak przy katarze, od łez. Łan moment, nie lubię flaków w domu, przynoszą pecha.

– Tak? Dlaczego? – zainteresowałam się z grzeczności. Nadal przez zęby.

– Co dlaczego? – zdumiała się Solska. – Dla niczego. Pech nie ma powodu.

Wróciła domyta z krwi i pachnąca lawendą. Poprzedni zapach wywietrzał, po pokoju rozszedł się aromat kawy. Ale ja straciłam humor. Najgłupsze pytania zadaje się z grzeczności. Wyszłam na największą idiotkę spośród zebranych tu wdów po Pedrze Romanie. Kiedy pójdę, tamte będą mnie wspominały jako świruskę, która dociekała realnych podstaw fatalnego działania zajęczych flaków. Czyżby Pedro wybrał mnie tylko dlatego, że błyskotliwszych nie pamiętał?

– Ty się bardziej trzymałaś z Janką – wypomniała mi bezpodstawnie Solska.

Delikatne rysy, miły głos. Aż trudno uwierzyć, że wszystko to stworzyła natura, żeby zmylić biednego zająca!

– Z Janką?

– Z Janką czy z Joasią, przypomnij mi. Spałyście w pierwszym namiocie od bacówki.

– Tego nie pamiętam – przyznałam się uczciwie.

Solska wyciągnęła z dna szuflady opasły album fotograficzny. Zbladłam.

– O, to ty – wskazała palcem. – W drugim rzędzie. Rozpoznajesz się?

W drugim rzędzie na zbiorowej fotografii stała dziewczynka z warkoczykiem. Ładna, sympatyczna. Ewentualnie mogłam się do niej przyznać. W jej wieku nie zaplatałam warkoczyka, za to miałam piegi. Ta nie miała ani jednego, szczęściara, o takiej buźce mogłam wtedy tylko pomarzyć.

– Tak jakby... – pokiwałam głową.

– Rozpoznajesz się, serio? A całkiem niepodobna. – Solska podsunęła album Ruckiej. – To ona. Poznałabyś? Ja w życiu! O, tu po lewej klęczę ja, z kucykami, w żółtych adidasach... Poznajesz? Zaraz... W życiu nie nosiłam kucyków, moment... Nie, sorki, tu po prawej stoję, w granatowych adidasach... Aha, na imię masz Dominika, pamiętam!

Powinna grywać w totolotka zawodowo. Skąd wytrzasnęła tę Dominikę? Może faktycznie byłyśmy razem w Bukowinie pod namiotem, choć dałabym głowę, że nie.

– Nie Dominika? – zwątpiła Solska na widok mojej miny. – Jak ci było... Manuela? Może i Manuela.

Przypomniałam sobie, że zna moje imię z prezentacji przy drzwiach. Widocznie zapomniała o tym.

– Nie, dobrze, Dominika! Dziwię się po prostu, że pamiętasz po tylu latach.

– Ona wszystko pamięta – zapewniła Rucka. – Ona, weźmy, jedyna ze znajomych pamięta, jak się oprawia zająca. Po babci pamięta. Inni kupują gotowe mięso. Iwonka pamięta, jak powiesić, obedrzeć ze skóry, wypatroszyć, co pani zechce.

To wyglądało na pamięć sięgającą czasów neandertalskich. Ciekawe, czy Pedro Roman istniał w jej pamięci wypatroszony jak zając, czy raczej lirycznie. Z jednej strony pierwsza miłość, ale z drugiej to on ją porzucił.

Mieszkała w starym mieszkaniu, składającym się z czterech pokoików i monstrualnie wielkiej kuchni – wyciągniętej z babcinego lamusa jak prehistoryczne przepisy kulinarne – z kredensem, fajerkami, kwadratowym stołem na środku i zazdrostkami w oknach. Zaprosiła nas tam, że usiądziemy, pogadamy, a ona w tym czasie zajmie się pasztetem. Przeniosłyśmy na kwadratowy stół nasze kawy i nalewkę na wiśniach karolinkach. Niewyobrażalnie słodką. W niej też była babcina receptura, jeśli nie wiśnie jako takie.

Gdy zając gotował się w garze pośród przypraw, Solska odpytała mnie z mojego życia prywatnego. Czy mam męża, dzieci, pieniądze. Uzmysłowiłam sobie z przygnębieniem, że nic nie mam. W każdym razie nic z tego, o co pyta.

– Czy to ważne? – pocieszyła mnie. – Ludzie ganiają z wywieszonym językiem za rzeczami, które da się pomacać. Po co to? W życiu liczy się co innego! To, co niematerialne. Że spotkałaś koleżankę z kolonii, że masz wspomnienia z Bukowiny, to jest ważne. Tego nikt ci nigdy nie odbierze.

Tym dobiła mnie naprawdę, zołza! Nie miałam ani tego, co można pomacać, ani tego, czego nie można pomacać, niczego. Co ja miałam? Czy musiałam w przeddzień Wigilii z kobietą o erotycznych ustach pić świętej pamięci babcine wiśnie karolinki u oprawczyni zajęcy, żeby zastanawiać się nad niedostatkami własnego życia? Gdybym skoczyła z okna wieżowca, byłoby znacznie przyjemniej!

Choć mieszkanie wyglądało na babcine, Solska mieszkała w nim z dziadkiem. Zdumiewająco podobnym do Tutenchamona. Wynurzył się z pokoiku jak z sarkofagu i zagadnął bez dzień dobry, bez wesołych świąt:

– Mataczyć?

Pytając, zbliżył się zbytnio do gotującego się zająca i pasek od szlafroka, którym był przepasany, zajął się żywym ogniem. Dziadek nie zwrócił uwagi, ja wrzasnęłam ze strachu. Solska zareagowała z zimną krwią, jakby gasiła dziadka trzy razy dziennie. Zalała go kubeczkiem wody i wyprowadziła pod ramię do przedpokoju.

– Jeszcze nie, dziadziu – powiedziała. – Powiem, jak przyjdzie pora. Niech dziadziu ogląda telewizję, bo będzie nieszczęście. Co pokazują ciekawego?

– Skrót wiadomości. To nie mataczyć jeszcze?

– Jeszcze nie. I mówi się kręcić, a nie mataczyć. Niech dziadziu nie powtarza po telewizji, bo będzie nieszczęście.

Wracał jeszcze dwa razy. Za pierwszym razem strącił sobie na głowę młynek do pieprzu, za drugim urwał klamkę przy drzwiach. Każdorazowo Solska odprowadzała go cierpliwie do telewizora, gdzie nieodmiennie leciał skrót wiadomości. Telewizja jest w dzisiejszych czasach szybko montowana, więc może dziadek wszystko uznawał za skrót wiadomości, łącznie z reklamami i telenowelami.

Dopiero za trzecim razem Solska potwierdziła, że mataczyć. Staruszkowi oczy rozbłysły ułańską fantazją. Przytwierdził do blatu maszynkę do mięsa i załadował w nią nierozpoznany przeze mnie anatomicznie fragment zająca. Zakręcił korbką z rozmachem.

– Mataczę! – powiadomił nas radośnie.

Nie wiem, czy cieszył go sam fakt wesołego obracania korbką, czy to, że w końcu dostał pozwolenie na odejście od telewizora.

– Mówi się kręcę – poprawiła go Solska. – Bardzo ładnie dziadziu kręci.

– Bardzo – poparła ją Rucka. – Na kokardkę z „Uśmiechniętym Słoneczkiem".

W pierwszej chwili wydało mi się, że robią z dziadzia wariata, ale wyglądał na nieprzytomnie szczęśliwego. Nucił pod nosem „Hej, junacy, hej, chłopcy, dziewczęta, do roboty! do roboty!", wydawał sam sobie komendy, frywolnie klepał zająca po ugotowanych kawałkach. Podnosił na nas dumny wzrok, z którego dało się wyczytać, że życie ludzkie ma sens. Głęboki sens. Jest nim mataczenie zająca w maszynce do mięsa.

Ja za to traciłam z wolna sens mojego życia. Solska tak pilnowała, żeby dziadziu nie wmataczył sobie w obrotowe noże rąk i nóg, że skierowanie rozmowy na Pedra stało się niemożliwe.

Dopiero gdy zając został wymataczony dwa razy, doprawiony gałkami muszkatołowymi, uformowany w pasztet i zapakowany do piekarnika, zdecydowałam się zaatakować frontalnie. Miałam jeszcze przed sobą godzinę drogi do domu w brudnym wagonie. W brudnym to tyle, co pięć godzin.

– Podobno nie cierpicie z Agnieszką tego samego faceta? – zagadnęłam niewinnie.

Solska obróciła się do Ruckiej z rękami umazanymi surowym pasztetem. Odniosłam wrażenie, że gdyby miała czyste ręce, udusiłaby ją. Tylko nie chciała być niehigieniczna.

– Nagadałaś, Agniecha? Z ciebie jest papla! Nie wierz jej, Do – wytłumaczyła mi ze zdegustowaną miną. – Agniecha kłamie jak z nut! To ona go nie cierpi, a mnie w to wrabia dla towarzystwa!

– Ty wybaczyłaś, Iwono? – zapytałam uroczyście.

– Nie miałam niczego do wybaczania, proszę ciebie. Kocham Romana. Ciągle. Zawsze będę go kochała! Do śmierci i o jeden dzień dłużej.

– Mataczyć? – zapytał dziadek.

Zajrzał do kuchni z kawałkami tynku w czuprynie.

– Dziadziu, teraz dopiero za rok. Niech dziadziu przez ten czas poogląda sobie skrót wiadomości – pouczyła Solska, wyprowadzając go pod ramię. – I niech dziadziu uważniej celuje w drzwi, bo będzie nieszczęście.

Ścięło mnie z nóg to uczucie po grób. I nawet dłużej – jakby doczesna jej miłość do Pedra nie była dość upiorna. Czyżbym dotarła do kresu drogi w poszukiwaniu mężczyzny życia? Do Solskiej uciekł? Wszystko stracone? Nie wierzę! Ona go kocha, trudno, ale gdzie jest powiedziane, że on kocha ją? Od kiedy w tych sprawach panuje symetria?

– Gdzie on jest?

– Moja ferst law? Roman? U mnie w pokoju – wyjaśniła bezlitośnie Solska.

Może nie była świadoma, że w tym momencie rujnuje czyjeś życie, niemniej patrząc obiektywnie – nie miała litości. Czego się spodziewać po kimś, kto przyrodę ożywioną przerabia na pasztet?

– Chcesz, to ci go przedstawię. Chodź!

A jednak symetria! Już w szkole tego nie lubiłam, dopiero teraz pojęłam, dlaczego. Wtedy zdawało mi się, że powodem jest wielki cyrkiel z przyssawką, którego nie sposób przyssać do tablicy, żeby wyznaczyć środek symetrii. Tymczasem to było przeczucie. Larwalna faza kobiecej intuicji.

Poszłyśmy we trzy do pokoju. Drugi po lewej, naprzeciw telewizyjnego z dziadkiem. Po przekroczeniu progu wydawał mi się normalny. Na oko ani śladu Pedra. W rogu mała choinka na stoliczku, migocząca wesoło lampkami. W drugim narożniku

106

wielka szafa. Obok wersalka. Zmysłowe rajstopy na wersalce wyglądały może podejrzanie, ale nie tak znowu bardzo. U mnie też się trafiają, mimo że Pedra nie znajdzie się u mnie ze świecą. Solska zdjęła z szyi klucz na sznurku. Otworzyła nim szafę. Nawet się nie zdziwiłam, że Pedro chowa się przede mną w szafie, jakbym była okupantem hitlerowskim. Spodziewałam się już po nim najgorszego.

– Widzi pani – oskarżycielsko wskazała palcem Rucka. – Trafił kustosz na kustosza!

Oniemiałam.

Szafa nie była szafą. Była podręcznym muzeum. Albo też ołtarzykiem na cześć, jak kto woli.

Centralnie wisiało zdjęcie uśmiechniętego Pedra, mydłkowate, że szkoda opisywać. Jak na świadectwo maturalne. Tyle że powiększone. Dookoła wianuszek fotek wakacyjno-turystycznych, na których figurował z Solską i personami niezidentyfikowanymi. Podejrzanie ciemne zdjęcie imprezowe, gdzie byli sam na sam, zboczeńcy. Jakieś zasuszone kwiaty polne. Jakaś bluzka z podpisami markerem. Tomik wierszy. Listy w kopertach w serduszka. Kiczowaty arsenał pierwszej miłości. Jeżeli chodzi się wokół czegoś takiego na klęczkach, kończy się jako zabójca zajęcy. Podobno Hitler w prywatnej sali projekcyjnej zalewał się łzami na melodramatach.

Milczałyśmy. Solska przyglądała się szafie z tkliwością, Rucka ze wstrętem, ja z przerażeniem. Pedro jako eksponat przerażał mnie tylko trochę. Bardziej moja książka o miłości do niego, którą wypatrzyłam obok pamiętnika w haftowanym etui. A najbardziej przerażał mnie wycinek przypięty pinezką. Pamiętny wywiad z „My Fair Lady" z moją datą urodzenia i moim zdjęciem. Na datę urodzenia machnęłabym wyjątkowo ręką. Nie ona mogła mnie teraz skompromitować.

Podobieństwo zauważyła Rucka. Zbliżyła twarz do czasopisma, popatrzyła na mnie, obróciła się ku wycinkowi – i znów do mnie. Po plecach chodziły mi mrówki, a czułam się tak, jakby mi chodziły słonie. Tak głupio dać się rozpracować konkurencji! Wyrzuciliby mnie z każdego kursu marketingu i zarządzania!

– Nie do wiary! – podsumowała oględziny Rucka. – Ale podobna!

Miałam w głowie natłok myśli. Powiem, że ciotka! Nie uwierzą. Tak jak w stryjka, w prababkę, w nikogo z rodziny. Chodziłyśmy razem do szkoły? To braki w erudycji możemy mieć wspólne, a nie oczy i podbródki. Sobowtór! Do tego stopnia, że wydawnictwo chce mnie zatrudnić jako dublerkę na spotkaniach z rozszalałymi fanami. Idiotyczne, fani literaccy szaleli ostatnio za Byrona! Zrobiłam sobie operację plastyczną, miałam za duży nos. Albo szpiczaste pośladki. I tak wyszło z winy lekarza. Choć planowałam kości policzkowe à la Halle Berry, a linię szczęki Kate Blanchett. Najmodniej.

– To nie ja, chociaż nie wyglądam! – zaparłam się w końcu bez uzasadnienia.

Rucka roześmiała się perliście. Jakbym opowiedziała dowcip.

– Wiem. To grafomanka, która napisała powieść o miłości do Romana. Jeszcze imię mu przekręciła na Pedro. Myślała, że nie poznamy, szantrapa! Co za wypociny. Czytała pani?

– Agniecha kłamie, nie wierz jej, Do – pouczyła mnie Solska.

– Mówiła, że życiowa książka. Zazdrości tamtej Romana i teraz mataczy. Mówię ci, przeczytaj. Obie popłakałyśmy się ze wzruszenia.

Książka miała być w zasadzie wesoła. Kobiety emocjonalnie zaangażowane reagują łzawiej. Nie zastanawiałam się, szukałam na zdjęciach Żyrafy. Jeżeli chodzi śladami Stasia, Pedra i Nel, powinna tu wisieć. Nie wisiała, więc znów pomyślałam, że chodzi o coś tajemniczego, co źle się dla mnie skończy. Jakby na razie coś kończyło się dobrze.

Solska opowiedziała mi, że Agniecha też ma w domu zdjęcie Romana, tylko z wyrysowaną tarczą strzelniczą. Rzuca w nie strzałkami. Poczułam do Ruckiej odrobinę sympatii. Ona do mnie też, bo po powrocie do kuchni zwierzyła się, że ma w domu jeszcze kubki. Nie jakieś zwyczajne, tylko z różnych krajów. Matka włóczyła się po świecie z amantami, nie miała pojęcia o upodobaniach córeczki, więc przysyłała jej w prezencie kubki z Teksasu, z Neapolu, z Toronto, z Nairobi, z Władywostoku. Kubek pasuje i dla fanki rapu, i zbieraczki lalek, i kolekcjonerki plakatów. Teraz Rucka co roku tłucze jeden kubek w swoje urodziny, gdyż matka nie zasłużyła na lepszy los.

– Same skorupy! – zakończyła nutą tragiczną. – Z tym polepszeniem mojego bytu co do kwoty też nie wyjdzie, przekona się pani, Dominiko.

W gruncie rzeczy polubiłam ją, więc odpowiedziałam szczerze.

– Też podejrzewamy, że komputer, który to wymyślił, miał wadliwe oprogramowanie. Kiedyś rządowe komputery wykazały wzrost stopy życiowej społeczeństwa i okazało się, że wirus. Na pani miejscu nie robiłabym sobie nadziei, po co się rozczarować.

Na pocieszenie wyznałam jej, jak Marek zostawił mnie dla tej kurduplowatej Marzeny. Żeby pocieszyć mnie po Marzenie, Iwona opowiedziała z kolei, jak nie zaliczyła matury po miłosnym załamaniu. Agniecha pocieszyła Iwonę tą samą historią o kubkach od zimnej uczuciowo matki. Przeszłyśmy na ty z Rucką, Solska uznała, że jest za późno, żebyśmy wracały do siebie. Przenocujemy u niej, mieszkanie jest duże.

Około pierwszej w nocy pasztet wystygł i zaczęłyśmy go kosztować. Był pyszny, mimo że na słodko z babciną wiśniową nalewką. Innej nie było. Wzięłam przepis. I na pasztet, i na nalewkę. Tak się rozhulałam, że o mało nie wzięłam przepisu na wiśnie karolinki. O trzeciej wykończyłyśmy obie brytfanny, trzymając się za brzuchy. Solska odłożyła do lodówki dwa kawałki dla śpiącego dziadka Tutenchamona. Podjęłyśmy zgodne postanowienie, że w święta nie zjemy już nic więcej. Zdrzemnęłyśmy się we trzy na jednej wersalce, ponieważ mieszkanie wprawdzie było duże, ale wersalka jedna.

Rano dziewczyny odprowadziły mnie na pociąg.

– Przyjedź koniecznie znowu! – Solska obcałowała mnie na peronie, aż okulary jej się zapociły. – Człowiek ciągle zapoznaje nowych ludzi, ale nie ma z nimi takiego kontaktu, jak z dawnymi kumpelkami. *Never*! Bukowina Tatrzańska, Do, pamiętaj! Wspólne przeżycia wiążą do śmierci. Dzięki, że wpadłaś, strasznie się cieszę!

– Ja też – wykrzyknęła oddalająca się peronem Rucka, choć z nią nie byłam na żadnych koloniach, nawet takich, na których nie byłam. – Przejeżdżaj, Do! Czekaaaam!

Prezent od Świętego Mikołaja

Była Wigilia – to na plus. Padał puszysty gęsty śnieg. Też miłe. Nic innego sympatycznego nie istniało w zasięgu mojego wzroku i moich myśli. Szłam samotnie z zasypanego dworca kolejowego do pustego domu. Mijałam obojętnych przechodniów, w oknach przy chodniku świeciły zza firanek zapalone od rana choinki. Cudze i dalekie. Gdybym natężyła słuch, powinnam usłyszeć pod niebem „White Christmas" śpiewane anielskimi głosami. Tak dzieje się w tych wzruszających filmach, puszczanych na Boże Narodzenie. Bohater błąka się samotnie po ulicach, w tle „White Christmas", a dobrzy chrześcijanie po spałaszowaniu dwunastu potraw zalewają się łzami przed telewizorem.

Jedna rozpacz. Za parę godzin pierwsza gwiazdka okaże się spadającą gwiazdką – nie żebym wymieniła życzenie do spełnienia, tylko żeby rozbiła mi głowę. Co byście zrobili w mojej sytuacji? Mogłam usiąść pod murem własnej kamienicy na wprost Johnny'ego Deepa z Karaibów i sprzedawać zapałki niczym zbędna wszystkim dziewczynka od Andersena. Nikt by ich nie kupował, chociaż przedświąteczny ruch trwał jeszcze w najlepsze. Ludzie nie lubią kupować zapałek od nieszczęśliwych. Wolą od szczęśliwych. A szczęśliwi nie handlują zapałkami, co najwyżej zapalniczkami Ronsona, a najlepiej gazem i ropą. Totéż marnie bym wyszła na tym biznesie, jak na reszcie spraw mojego życia, i oddałabym cichutko ducha. Chuchałabym w zgrabiałe dłonie, zapalałabym zapałki jedną po drugiej, wokół mnie narastałby na świeżym śniegu wianuszek zapałczanych trupków. Skręconych w czarne bolesne znaki zapytania. Czemu, ach, czemu ja? Rano stanęłyby nad moimi zwłokami dwie moje nowe przyjaciółki, Agniecha i Iwona, przyszliby wsparci tragicznie o siebie moi biedni rodzice, zjawiłby się nie wiadomo skąd smutny Pedro w karaibskiej opasce na oku, Berni przyniósłby na rękach zapłakaną Gośkę z zagipsowaną nogą, Janek Machta przyprowadziłby prosto z Istebnej rozpłomienioną jeszcze dziewczynę. A była powiedziałaby cynicznie zza dentystycznej maseczki: „No wiecie, moi państwo! Kto to widział, żeby w taki mróz ogrzewać się zapałkami!".

Z tym, że mrozu nie ma, góra jeden stopień, więc raczej bym nie zamarzła. Zamiast nich wszystkich podszedłby do mnie policjant i powiedział: „Wstańcie z zimnego chodnika, obywatelko, albowiem nabawicie się wilka!". Jak zwykle dramat zamieniłby się w farsę. O Czerwonym Kapturku, który złapał wilka. Żenujące! Można mieć złamane serce, tumor mózgu, zapaść na suchoty, popaść w szaleństwo, ale dostać hemoroidów z powodu nieodwzajemnionej miłości? Chryste, jakie dno!

Z bramy mojej kamienicy – bo byłam o dwa kroki – wyszedł Święty Mikołaj w czerwonej szacie i podał mi paczkę, pięknie opakowaną w błyszczący papier.

Gęsto padał śnieg i widziało się świat we mgle.

– Na pewno ja miałam ją dostać? – zapytałam, biorąc paczkę.

– Na pewno! – zadudniło w głębinach zarostu z waty. – Dla Dominiki. O ile była grzeczna przez cały rok.

– Bynajmniej – odpowiedziałam. – Ale inni mają jeszcze więcej za uszami.

Szłam na stryszek, niosąc paczkę ostrożnie, jakby w środku był osławiony wąglik, że o czymś gorszym nie wspomnę. Nawet nie przywitałam się z Zenkiem, który nie chlapał, za to bębnił od środka w blachę balii niczym pijany perkusista. Najpierw obejrzałam dokładnie papier. Ani adresata, ani nadawcy. Może jakaś reklama. Świeczki na choinkowych gałązkach ze wszystkich stron. Rozerwałam papier. W środku było tekturowe pudełko, a w pudełku żaba. Zwyczajna żaba. Nie ordynarna ropucha, oczywiście, tylko wielka żaba z czekolady posypanej bakaliami. Ale żaba. Ze skórą purchawkowatą od pokruszonych orzechów. Kto mógł sprezentować mi takie paskudztwo w Wigilię?

Polizałam ostrożnie dla sprawdzenia. Faktycznie żaba. To znaczy czekolada. Kto dał mi bezczelnie czekoladę pod choinkę?! Bo przecież nie Święty Mikołaj. W to nie wierzyłam od kiedy skończyłam pięć lat. Trzeba było go spytać.

A jeśli to dalszy ciąg bajki o wigilijnej dziewczynce? – pomyślałam z wigilijną nadzieją. Bajka z optymistycznym wydźwiękiem! Pocałuję czekoladową żabę, a ona zamieni się w naftowego szejka ze złotym ronsonem w ręku i cygarem w śnieżnobiałych zębach.

To niemożliwe, choćbym posunęła się z żabą dalej niż pocałunek – ale na przykład w tym samym momencie Pedro zapuka do drzwi? Bez bajek.

To jeszcze bardziej niemożliwe.

Więc wybrałam inną możliwość: odgryzłam żabie głowę, żeby sobie poprawić nastrój. I w tym momencie rzeczywiście ktoś zapukał do drzwi, tylko że nie Pedro. Święty Mikołaj, który wyjaśnił mi zaaferowanym głosem, że pomylił prezenty. Wiedziałam!

Stałam naprzeciw niego jak niemądra z obgryzioną żabą w ręku i klęłam w duchu własną naiwność. Przecież od początku podejrzewałam, że paczka jest nie dla mnie. Najcudowniejsza Wigilia w moim życiu. Będę z własnej kieszeni buliła za cudzą żabę.

– To pana wina! Mógł pan uważać! – wygarnęłam. – Co mam z nią teraz zrobić?

To powiedziawszy, demonstracyjnie odgryzłam żabie ciąg dalszy łba.

– Nie robi się awantur o prezenty Świętemu Mikołajowi – pouczył mnie Święty Mikołaj. – I mówi się do niego „Święty Mikołaju”, a nie „pan”.

– No to szykuj kasę, Święty Mikołaju – powtórzyłam zgodnie. – Bo ja zapłacę tylko za to, co obgryzłam. Resztę żaby skonsumuj sobie sam. Na zdrowie!

Zorientowałam się ze zgrozą, że Święty Mikołaj odpina pasek przy płaszczu. Mówiąc precyzyjnie, rozsupłuje, ponieważ pasek był ze sznura od bielizny. Modliłam się w duchu, żeby użył go zamiast rózgi, skoro już zasłużyłam. Byle nie chodziło o coś wstrętnego. Słuchacie newsów i wiecie, na jakie indywidua się trafia – gangster, ksiądz, święty, gwiazdor z telewizji, każdy jest dzisiaj podejrzany. Zwłaszcza jeśli publicznie rozpina ubranie. A Święty Mikołaj to robił. Pod czerwonym płaszczem był nieźle zbudowany, nosił sweter z tych, jakie lubię, i świetne buty, ale nie miałam głowy, żeby go podziwiać. Desperacko przełykałam ślinę, na więcej nie starczało mi czasu.

Układałam w głowie katalog sposobnych do obrony przedmiotów, które mam w zasięgu ręki. Trylogia w sześciu tomach w twardej oprawie, balia z Zenkiem, obcinacz do paznokci, budzik, pęk kluczy, telefon od Gośki, pastylki uspokajające w szufladzie, sama szuflada jako taka, lewy but, który zdążyłam zdjąć po wejściu – prawy wciąż miałam na nodze. Mogłam też zamknąć oczy i z godnością stawić czoła losowi, śpiewając „Rotę". Okazuje się, że w praktyce jest niewielka różnica pomiędzy „Rotą" a obcinaczem do paznokci.

Ale gdy Mikołaj odlepiał białą brodę, poczułam, że wydziela znajomy pszeniczny zapach.

– Chryste, to ty?! – wybełkotałam oszołomiona.

– Jaki Chryste? Pedro! – odparł. – Ale twoja pomyłka mi pochlebia.

Staliśmy naprzeciw siebie, jakbyśmy mieli rzucić się sobie w ramiona po rozłące. Niemniej nie rzucaliśmy się. To coś znaczyło.

Bez uśmiechu powiedziałam Pedrowi, że ma zbyt dobry humor. Nie widzę powodu do żartowania. Tak długo go nie było, że znów nauczyłam się żyć solo. Zastanawiam się, czy jest mi do czegoś potrzebny.

Poszarzał na twarzy. Zrobił gest, jakby pytał, czy ma odejść, czy zostać. Jeżeli nie wie, czy zostać, to dowód, że powinien odejść, wyjaśniłam z bólem serca. Czy nic nie da się zrobić, zapytał, przecież wciąż może być między nami inaczej. Lepiej. Mądrzej. Czyżby? Najmądrzej, jeżeli rozstaniemy się za obopólną zgodą. Tak mu oświadczyłam. Nie wiem, czy potrafię jeszcze raz zaufać. Wróciłem, powiedział poszarzały Pedro. Jednak wróciłem. Najszybciej, jak mogłem. Wiem, że zawiniłem wobec ciebie, nie jestem ciebie wart, ale bez ciebie jestem... Nie, nie jestem, Do! Mnie bez ciebie nie ma! Przerwałam mu. Powinnam wskazać ci drzwi, Pedro, powiedziałam dumnie, ale muszę napisać jeszcze jedną książkę o miłości do ciebie... Tu przerwałam znacząco. Czy mam rozumieć, że dasz mi jeszcze jedną szansę? To on. A ja smutno: Nie mówiłam o jeszcze jednej szansie, tylko o jeszcze jednej książce, Pedro.

W tym miejscu rozmowy zorientowałam się, że mówię od rzeczy. Potem zorientowałam się, że rozmawiam z Pedrem wy-

łącznie w wyobraźni. Wirtualnie. A naprawdę kotłujemy się nieprzytomnie na łóżku i mój stanik zwisa z kinkietu nad nami.

– Nie, Pedro! – Odepchnęłam go od siebie w realu. – Jest Wigilia. Muszę zdążyć do Gośki z życzeniami.

– Okej, a ja do księżnej Reńskiej – zgodził się od razu, aż pomyślałam, czy jednak nie obrazić się śmiertelnie i nie wyrzucić
go za drzwi na zawsze. – Pójdziesz ze mną?

– A ty ze mną do Gośki? – zapytałam surowo.

Skinął głową. Dopiero wtedy przytuliliśmy się do siebie naprawdę i pocałowaliśmy się na dzień dobry i mogłam zacząć robić mu wyrzuty.

Tłumaczył się anonimami. Tymi, o których wspomniała
Agniecha. Dostawał anonimy grożące mi paskudnymi rzeczami, jeżeli się ze mną nie rozstanie. Nie miał pojęcia, kto pisze.
Człowiek, który odzyskał pamięć, może mylić się zasadniczo co
do własnego świata. Zostawił mnie dla bezpieczeństwa, a sam
szukał nadawcy wśród pań, które mogły źle nam życzyć. Czyli
poprzednich kobiet swojego życia.

– To niepoważne, Pedro. O to ci chodziło, kiedy zniknąłeś?
Tylko tyle? Przecież nie jesteś tchórzem!

– Nie chciałem cię narażać, Do! Przez parę miesięcy nie pa-
miętałem niczego, co mi się dawniej przytrafiło. Skąd pewność,
że przypomniałem sobie wszystko?

I wziął mnie w krzyżowy ogień argumentów, to znaczy wje-
chał mi na uczucia. Że tęsknił. Musisz uwierzyć, Do! Piłem do
lustra po nocach! Teraz wrócił, gdyż anonimy przestały przychodzić. Kobiety jego życia wyglądają na niewinne. Możemy
zaryzykować następny etap naszej miłości. Nieodwracalnie
niebiański.

– A gdybyś dostał anonim, że jestem trędowata? Też byś
uciekł, czy może najpierw zapytałbyś, czy cokolwiek mi dolega?

– Zdaje ci się, że nic ci nie dolegało przed naszym rozsta-
niem?

Szczęka nerwowo mu się zacisnęła. A mnie opadła. Na nic
się nie uskarżałam. Właśnie tak mi się zdawało, dokładnie. Nie
odnotowałam zamachu na moją osobę. Indywiduum depczące-
go mi po piętach. Niewytłumaczalnych wydarzeń. Człowiek

sam wie najlepiej, jeżeli coś mu zagraża. Anonimy były głupimi dowcipami i nawet wiem, kto je wysłał. Taka jedna, wytłumaczyłam Pedrowi, bo co miałam powiedzieć? Że istnieje niebrzydka Żyrafa, która zakochała się w nim na zabój?

– Tak sądzisz? – zapytał Pedro. – A samochód, który o mało cię nie rozjechał? To nic? Obojętny drobiazg?

Zastanowiłam się. Konsekwentnie z opadłą szczęką.

– Pedro, przypominam sobie samochód, ale było inaczej. Gliński i Rapcuchowicz kopali piłkę przed szkołą, piłka poleciała w stronę samochodu, kierowca odruchowo skręcił tam, gdzie stałam. Ale był ode mnie dziesięć metrów.

– Opowiadałaś, że cudem uskoczyłaś!

– Uskoczyłam, bo piłka się odbiła w moją stronę. Jak ci miałam opowiedzieć? „Straszne, Pedro, dzisiaj żaden samochód nie zagrażał mi przez cały dzień". To po co bym miała w ogóle opowiadać? Tak to byłeś przejęty. O mnie się martwiłeś. Co w tym złego?

– A szyba? – powiedział ponuro Pedro. – Spadła z drugiego piętra na ciebie!

– Bo Rapcuchowicz z Glińskim bili się przy oknie!

– A kosz, który wybuchł, kiedy miałaś dyżur? Też Rapcuchowicz?

– Kosz nie – zgodziłam się. – To przypadek. I napalony pijak, który gonił za mną z tulipankiem, też przypadek – uprzedziłam kolejny przykład.

– Pijak? O nim nie mówiłaś.

– Może bałam się, że będziesz zazdrosny. Ten tulipanek to nie była butelka z denkiem obtłuczonym do bójek, tylko prawdziwy tulipanek. Kwiatek.

Nie dowierzaliśmy sobie nawzajem. Pozostaliśmy przy swoich zdaniach. Niemniej do Gośki wkroczyliśmy zgodni i zakochani. Nic nie robi lepiej miłości od rozstania na jakiś czas. Choć w trakcie rozstania trudno to docenić. A i potem zostają niesprecyzowane lęki.

Berni kleił plastikowy model Orient Expressu. W sypialni Gośki, w holu, na schodach na piętro i w swoim gabinecie. Nie miał nic więcej do roboty, czuwając przy zagipsowanej żonie.

Był na etapie malowania latarenek i wyklejania wywietrzników na restauracyjnym. Gośka trzymała w łóżku semafor, dwie zwrotnice i gwizdek zawiadowcy, żeby móc porozumieć się z Bernim niezależnie od tego, przy którym wagonie pracuje. Położyliśmy im prezenty pod choinkę. Dla Gośki fikuśne koronkowe podwiązki z sex-shopu, dla Berniego puzzle z Winnetou, bohaterem dzieciństwa, którego do dziś dopisywał nostalgicznie na kartach do głosowania. Kiedy faceci wyszli obejrzeć lokomotywę na piętrze, przytuliłam się do lewej strony Gośki, która bolała ją już mniej niż prawa.

– Pedro wrócił – obwieściłam rozmarzonym głosem.

– Widzę – potwierdziła Gośka.

– To znaczy, co innego chciałam powiedzieć – poprawiłam się. – Czekałam na niego przez tyle dni, dowiedziałam się o nim tylu nieznanych rzeczy, tyle przemyślałam, przewartościowałam całe moje życie... To znaczy, nie to chciałam powiedzieć. Kiedy uświadomiłam sobie, że znów jesteśmy razem, a poprzednio... Nie, jeszcze inaczej chciałam powiedzieć... Gosiu, jestem szczęśliwa!

– To też widzę – powiedziała Gośka i usnęła, jak miała ostatnio w zwyczaju.

Na gipsie podpisały jej się ze świątecznymi życzeniami najważniejsze persony z miasta i okolic. Uśmiechała się przez sen, choć wciąż ciągnęła na środkach przeciwbólowych. Od jej okrągłego łóżka poprzez puszysty dywan zmierzał w głąb domu elegancki Orient Express, na którego końcu czuwał kochający Winnetou z kopalnią złota w kieszeni.

A ja? Miałam na powrót mojego idealnego mężczyznę u boku, ale kobieca intuicja podpowiadała mi, żebym nie cieszyła się na zapas. Jeszcze nie postawiłam kropki w książce o miłości do Pedra.

Fajerwerki pod choinkę

Na starość księżna Reńska żyła samotnie, zatem w jej domu połamaliśmy się opłatkiem tylko z nią, z pokojówkami i wąsatym

116

pokojowcem, z kucharką, podkuchenną, ogrodnikiem, zaopatrzeniowcem, konserwatorem, osobistym didżejem oraz paroma osobami, które zatrudniła, gdyż miała charytatywny kaprys, żeby wypłacać im pensję. Łącznie księżną zajmowało się mniej więcej tyle osób, ile pałacem w Wilkowysku.

– Póki mam fundusze, *ma chérie*, samotność nie doskwiera mi fizycznie – objaśniła. – Ale gdy mówię „pamiętam, jak młoda księżniczka Czartoryska...", to nikt poza mną nie pamięta. Otaczające nas nazwiska uległy degrengoladzie. Jacyś koszmarni ludzie są dzisiaj znani z tego, że są znani, *mon Dieu*!

Odparłam, popatrując znacząco na Pedra, że niegdyś w życiu i ja miałam samotne epizody. Księżna odrzekła, że *naturellement*. Czytała „Nigdy w życiu". Życiowa książka, z tego powodu nie dokończyła jej, obawiała się, że na końcu trzeba będzie umrzeć, jak to w życiu. Nie zrozumiałam. Wyjaśniłam księżnej, że kończy się dobrze, nikt nie umiera, bohaterce układa się. Czysta rozkosz lektury. Księżna odparła, że w jej stronach rosołu z kury nie serwowano jako danie wigilijne. Zapewniłam ją, że w moich stronach, to znaczy przy 1 Maja, jadało się barszcz z uszkami. Tym razem to księżna popatrzyła wymownie na Pedra. Czy zawsze skaczę z tematu na temat? Pedro na to elegancko, że jestem jedną z nielicznych kobiet, które nie plączą się w dygresjach. Mimo że magisterkę pisałam o Tuwimowym poemacie dygresyjnym. Wbrew moim obawom księżna nie usłyszała z tego tyle, że jestem w klimacie depresyjnym. Odpowiedziała, że woli Miłosza. Miłosz to żubr, Tuwim lisek chytrusek, więc nie jest zwierzyną dla jej sfer. Zauważyłam, że didżej wymienia księżnej baterie, co tłumaczyło wzrost błyskotliwości. Baterie w aparacie słuchowym.

Wybiło południe. Wąsacz zaprosił nas do jadalni na przyśpieszoną wieczerzę wigilijną, gdyż ostatnio księżna wcześnie kładła się spać. Pedro popchnął wózek inwalidzki z księżną, ja poszłam za nimi. Parkiet wybłyszczony jak lustro. Pod białym obrusem stół z tych filmowych, to znaczy na jednym końcu ja, pół kilometra naprzeciw Pedro, między nami pani domu. Gęsta pachnąca choinka na pół wielkiego pokoju, na niej złote łańcuchy i zmatowiałe gwiazdy, które pamiętały nie tylko młodą Czartoryską, ale i starą Katarzynę II. Za tarasowymi oknami śnieg padał jak w bajce. Podano zupę rybną (łby wystawały z talerzy, brr!) i kutię, i wiele innych potraw, ale nawet się im nie przyglądałam. Czułam w żołądku pasztet z zająca na wiśniowej nalewce. Księżna, o dziwo, nie miała za złe braku apetytu. Orzekła wyrozumiale, że młoda księżniczka Czartoryska jadła przez rok wyłącznie szparagi i tamtego roku zyskownie wyszła za mąż. Następnie księżna otarła usta serwetką z monogramem, by powiadomić nas, że rozmyślała nad prezentem pod choinkę, i ma dla mnie i dla Pedra stosowny dar. Sama dostała podobny na szesnaste urodziny, nie spała z zachwytu przez całe święta.

Nie wiem dlaczego, ale przyszła mi do głowy brylantowa kolia. Księżna miewała dziwactwa, niemniej z pewnością nie była dusigroszem. Więc może dlatego.

W głębi ducha rozważałam jednak wariant, żeby lepiej nie kolia. Co z nią zrobię na stryszku? Drzwi do wymiany na tytanowe zakotwiczone w fundamentach budynku, kraty na okna, bo przecież to dach, nowy judasz panoramiczny, żebym wiedziała, czy mogę wystawić nos na klatkę schodową, płatna skrytka w banku na ewentualność pójścia do kina, ochroniarz przynajmniej na pół etatu. Brylantowa kolia puści mnie z torbami. Będę musiała ją sprzedać, żeby sobie pozwolić na jej posiadanie. Błędne koło. Poza tym ze słów księżnej wynikało, że prezent jest wspólny. W każdym razie dwa identyczne dla nas obojga. Nie umiałam sobie wyobrazić Pedra w brylantowej kolii. Właściwie umiałam go sobie wyobrazić, ale nie byłam wniebowzięta tym wyobrażeniem.

Wąsacz wkroczył przez dwuskrzydłowe drzwi z pokojówką i ze złotą tacą w rękach. Ustawili się na baczność po bokach wózka. Na tacy leżały dwa rulony czerpanego papieru z lakowymi pieczęciami na sznurkach. Wzięliśmy je z Pedrem równie uroczyście jak podano. W środku było coś po łacinie, nawet sporo. Ale z jakimi zawijasami! Rozpoznałam tylko słowo *cum* i podpis księżnej, toteż i tak nie wiedziałam, czy dostałam kolię pod choinkę. Bardziej wyglądało to, szczerze mówiąc, na testament. Na szczęście księżna wyjaśniła, co dała. Dała nam prawo. Od dziś możemy do niej mówić „ciociu".

I wyciągnęła ku nam dłoń do pocałowania.

Całować w rękę księżną ciotkę, no, no! Lepiej niż w egipskim senniku. Z głośnym cmoknięciem w mantylkę otworzyłam nowy arystokratyczny rozdział mojego życia. Choć nie wiem, czy mimo niedogodności nie wolałabym brylantowej kolii.

Pedro wydeklamował z uczuciem, że my też przynieśliśmy prezent. Kamień spadł mi z serca, bo z tego wszystkiego nie kupiłam cioci złamanego batonika. Prezent był biletem. Wytwornym, składanym jak lotniczy, z herbem wytłoczonym tam, gdzie powinno być napisane Polskie Linie Lotnicze LOT. Upoważniał do udziału w ekskluzywnym, połączonym z kuligiem, staropolskim balu sylwestrowym w Wilkowysku.

– *Mon ami* – zwróciła się księżna do Pedra tonem pobłażliwym – na bal staropolski jestem za młoda. Kiedy to było! *Quelle horreur*! Te peruczki, krynoliny, muszki na dekoltach... Nie postarzaj mnie! Już moja prababka znała staropolskie bale tylko z opowieści swojej prababki. A po drugie jestem za stara na takie coś.

– Zatem... nie możemy liczyć na obecność księżnej pani? – stropił się Pedro. Szturchnęłam go łokciem, więc poprawił się: – Na obecność... cioci.

Księżna wzruszyła lekceważąco ramionami.

– Dlaczegóż to nie możecie liczyć? Uważam, że powinniście nalegać!

– To wypadnie w dzień, Pedro? – zapytałam znacząco, gdyż ciocia dyskretnie ziewała.

Dochodziła pierwsza w południe. Co poczniemy ze śpiącą ciocią po nocy, jeśli na domiar złego golnie sobie staropolskiej okowity? Pomimo lat miewała nieprzewidywalne wyskoki. A może skutkiem lat. Pochopny prezent.

– Sylwester? Raczej w nocy – orzekł niepewnie Pedro. – Zwykle tak wypada.

– Tym się nie trap, *mon ami* – pocieszyła go księżna. – Przesypiałam lepsze bale. Byleście mnie namówili. W moim wieku byłoby w złym tonie, gdybym przystała bez oporów.

I zadzwoniła na didżeja, żeby włączył kolędę. „Przybieżeli do Betlejem” huknęło, aż rozkołysał się żyrandol nad nami.

Księżna słuchała, przystawiając dłoń do ucha, my z Pedrem – zakrywając uszy. Rozrywało mi czaszkę, założyłabym się, że wyjdę stąd głucha na resztę świąt. Rozmawiać się nie dało, zresztą o czym, skoro oboje też nie pamiętaliśmy młodej księżniczki Czartoryskiej. Obawiałam się następnej kolędy, zwłaszcza gdyby to miało być „Bóg się rodzi, moc truchleje". Niezłe decybele. My z Pedrem rozpadniemy się na kawałki przy wigilijnym stole, a księżna dostanie mandat od policji z sąsiedniego miasta.

Stojąca przede mną szklanka chlusnęła kompotem z suszu. Pomyślałam, że krzywo ją ustawiłam na obrusie, pod który podłożono siano. W tej samej sekundzie pękły pozostałe szklanki. Parę obrazów spadło ze ścian, szyby w tarasowym oknie posypały się na podłogę. Pedro rzucił się jak lew, wyłączył wieżę, niemniej pod sufitem złowróżbnie huczało. Do jadalni wpadła blada jak ściana kucharka i wrzasnęła:

– Dom wybuchł, pani hrabino!

Księżna machnęła z irytacją dłonią.

– Jak to wybuchł, dobra kobieto? Od czego? Od „Przybieżeli do Betlejem"? *Quelle bêtise!* Jeszcze większa niż tytułowanie mnie hrabiną!

Nieufnie popatrzyła w wybite okno na taras. Ja z nią. Śnieg, który padał, miał teraz kolor zielony. Czerwony. Fioletowy. W każdym razie nie biały. Nad naszymi głowami rozlegały się eksplozje, które nawet księżna słyszała wyraźnie.

Po schodach zbiegł do jadalni zadyszany wąsacz. Dymił się z tyłu.

– Księżno papapani! – zająknął się ze zgrozy. – W przysłanych skrzyniach były sylwestrowe fajerwerki. Wywywyrąbały!

Ktoś przysłał ten prezent na adres Pedra, złożono nierozpakowane paczki w jego dawnym pokoju. Może któraś z wielbicielek książki o miłości do niego. Inne nadesłały pluszowe poduszki w kształcie serca, plastykowe róże, pusty pamiętnik, cztery amatorskie zdjęcia w daleko posuniętym negliżu, piersiówkę z kompletem blaszanych kieliszków, jabłko z wosku, uszminkowany pocałunek odciśnięty na widokówce, harcerską finkę (ciekawe, co to miało symbolizować?). Nie licząc listu z podpisem i dwóch bez. Mnie jako autorce nie przysłano nic, ale to na marginesie, nie skarżę się.

O tych darach dowiedziałam się później, w decydującej chwili nie było czasu. Z góry, obijając się o ściany klatki schodowej, wpadła ognista raca i przegoniła wąsacza wokół stołu. Niezły kawałek drogi. Na ośnieżone drzewa ogrodowe spadła za oknem ognista kaskada. Wyła i strzelała. Pedro chciał ukryć księżną w sypialni, bo od wytłuczonych okien ciągnął mróz, ale nie pozwoliła.

– Nie strasz mnie zapaleniem płuc, *mon ami*! – oświadczyła ostro. – Proszę o mufkę, szal i wywiezienie na taras. Zamierzam uczestniczyć w tym kataklizmie!

Z tarasu widać było górne piętro.

Z okna dawnego pokoju Pedra strzelały płonące gejzery. Raz fajerwerki, raz fragmenty mebli albo gorejące żywym ogniem serca pluszowych poduszek. Poddasze huczało, szyby brzęczały w całym domu. Po jadalni przemykały z sykiem pioruny w kolorach tęczy, osmalały tapety, odbijając się od ścian.

Z bocznych drzwi wypadł do ogrodu didżej, goniony przez snop bengalskich ogni.

– *Formidable*! – Księżna zaklaskała w dłonie. – Czyżby *finis Poloniae*?! Polska zawsze kończyła wśród fajerwerków i ogólnego burdelu, *excuse le mot*! To lubię! Tyle że kraju szkoda!

Na razie kraj nie kończył się, przynajmniej nie bardziej niż dotąd. Willa jednak stawała się willą w stylu z lekka pompejańskim. Pedro zadecydował po męsku, że uratujemy księżną mimo jej protestów.

Fajerwerki strzelały już przez dach, razem z dachówkami.

– Do sypialni, Do! Biegnę na górę, zanim wybuchnie pożar!

Złapałam za rączki wózka i wtoczyłam go do wnętrza. Księżna ani myślała o drzemce. Pochyliłam się po zrzuconą mufkę, a kątem oka zauważyłam, że nie zdążę odskoczyć. Wprost na mnie gnało ogniste koło, takie ośmiornicowate, które wiruje i sypie żarem. Odbijało się w lustrzanym parkiecie, podskakiwało w górę i w dół jak chiński smok z ogonem z iskier.

– Pedro! – wrzasnęłam panicznie, ale Pedra nie było, pognał na piętro.

Padłam jak długa, ponad moją głową ośmiornica wkręciła się w szprychy koła. Wózek księżnej zatańczył wokół osi. Zanim chwyciłam go za rączki, stoczył się po trzech stopniach do sąsiedniego pokoju. Nie przewrócił się, lecz teraz oba koła nabrały rozpędu, sypiąc iskrami. Chryste, jak u Chaplina! Poślizgnęłam się na stopniach, wózek pociągnął mnie za sobą po śliskiej podłodze. Przez amfiladę pokoi. Jechałam na podeszwach jak na łyżwach.

To był Chaplin, ale nieśmieszny. Przed nami widziałam wielkie weneckie okno, przez które wystrzelimy w kurzawie potrzaskanego szkła. Za nim gołe korony ogrodowych drzew. Nic nie mogłam zrobić. Zwłaszcza puścić wózka z moją nowiuteńką ciocią! Nie darowałabym sobie tego! Czy nie było ratunku? W takim razie powinnyśmy zademonstrować światu, jak ginie prawdziwa arystokracja!

Ciocia chyba też to rozumiała, bo biła brawo!

Drogę przecięła nam podkuchenna, którą zygzakowatym ruchem ścigał zielony płomień z ogonem komety. Podeszwy mnie paliły. Weneckie okno zbliżało się nieubłaganie. W żółtym karmniku na gałęziach skakały sikorki.

Nie mogłam uwierzyć, że taka idiotyczna rzecz może dziać się naprawdę.

I wtedy na naszej drodze ku zagładzie wyrósł umorusany sadzami Pedro. Gestem torreadora rozpościerał szubę księżnej. Puściłam rączki toczącego się wózka, z trudem łapiąc równowagę; Pedro bezboleśnie przechwycił ciocię.

Wyhamowałam z zakrętem na pięć dziewięć. Według punktacji łyżwiarskiej.

– To jest wózek, Do, kółka, schody, to się toczy, trzeba uważać!

Nawet mu nie tłumaczyłam, że jestem niewinna. Że to ogień, strach, poślizgnięcie, zagapienie, fatum, a nie jakieś kombinacje z dziedziny fizyki.

– Pedro, uratowałeś nam życie! Wybaczam ci wszystko! – wykrztusiłam.

– Pal licho życie! – przerwała mi ciocia, zarumieniona niczym młoda księżniczka Czartoryska. – To było frapujące! Zdecydowałam się, *mon ami*! Jadę na twój bal z kuligiem! Mam wrażenie, że mi się spodoba!

Gdy fajerwerki ustały, zajrzał do nas wąsacz z pustą gaśnicą na ramieniu. Dostał pochwałę i podwyżkę.

Kwadrans później podjechały na sygnale fliki, jak nazwała ich z francuska ciocia.

Nam nakazała ewakuować się bocznymi drzwiami, żebyśmy nie marnowali Wigilii na antyterrorystyczne przesłuchanie.

– A ciocia? – zapytałam.

– I tak zaraz usnę, *ma chérie* – zapewniła księżna. – To ich problem, nie wasz.

Wymknęliśmy się bokiem, tylko z daleka zobaczyłam przed bramą willi policyjny wóz z włączonym kogutem.

Wystarczyło, żeby ruszyły się moje szare komórki. Nie było żadnego idiotycznego przypadku z fajerwerkami. To był zamach. Nieudany, ale zamach. Sprawca podstępny, zbrodnia zamaskowana pozorami wypadku, ale ofiara oczywista. Na czyje nazwisko przyszła przesyłka? Błędnie interpretowaliśmy anonimy. Źle życzono mojemu mężczyźnie, nie mnie.

Aż przystanęłam z wrażenia.

– Idź do domu, Pedro – powiedziałam, wręczając mu klucze na środku zaśnieżonej ulicy. – Muszę jeszcze na moment zajrzeć w jedno miejsce.

– Pójdę z tobą.

– Nie – powstrzymałam go. – Kiedy indziej, Pedro. Są sprawy, które prawdziwa kobieta musi załatwić sama.

Wigilijne dziecko

Chłopczyk, który otworzył mi drzwi, ledwie sięgał klamki. Czterolatek – tak plus minus. Kiedy nie ma się małych dzieci w rodzinie i wśród znajomych, trudno określić wiek na pierwszy rzut oka. Nigdy tu nie byłam, więc nie miałam zielonego pojęcia, kto mi otworzy, ale zakładałam, że nie czteroletni chłopczyk. On był na ostatnim miejscu w moim rankingu.

– Ceś! – powiedział, zanim zdążyłam się odezwać. – Jestem Ksyś, a ty?

– Ja nie – wykrztusiłam bez sensu. – Cyzbym siem... Czyżbym się pomyliła?

Sprawdziłam wizytówkę na drzwiach. Zgadzała się. Kombinowałam, wycofać się, czy seplenić dalej, gdy z głębi mieszkania męski głos zapytał Krzysia, kto przyszedł. W ślad za głosem w przedpokoju pojawił się Janek Machta. W spranych dżinsach i podkoszulku z napisem Arka Noego wyglądał mniej seksownie niż w bokserkach Sirocco na środku Szeherezady, niemniej było w nim coś nieoczekiwanie ciepłego. Może ów czteroletni chłopczyk, który przykleił się do jego uda.

– Och, Dominika! – powiedział speszony. – Nie spodziewałem się, że jednak wstąpisz. Jak by ci powiedzieć... Ja w święta... Goszczę syna, tak się złożyło. Jego była matka... co ja mówię, moja była żona zgodziła się, żeby przez tegoroczne Boże Narodzenie... To znaczy, wejdź do środka, Dominiko. Miło, że zajrzałaś.

– *Sorry*, Janku, że bez zapowiedzi... – wpadłam mu w słowo. – Ale ja w innej sprawie. Na sekundę.

– Małego drinka nie odmówisz? – odprężył się Janek, zdejmując mi płaszcz.

– Przy innej okazji – zapewniłam, dołączając szalik. Krzyś odebrał ode mnie rękawiczki i zażarcie próbował zarzucić je na wieszak. Przez całe moje dwudziestopięcioletnie życie nie widziałam wizytowych rękawiczek tyle razy na podłodze, ile w ciągu pierwszych dwóch minut pobytu tutaj.

Pokój, do którego zostałam wprowadzona, Janek umeblował elegancko, ale na tym kończyły się jego zalety. O głośnik domowego kina opierała się nieubrana choinka, pod stojakami na płyty stały rządkiem cztery szklanki z niedopitym mlekiem, na szklanym stole, ubabranym w tęczowe kolorki, rozłożone były plakatowe farby i trzy jajka. W tym jedno wzorzyście wymalowane.

– Robimy pisanki – wyjaśnił mi Janek. – Chwilowo, Krzysieńku, maluj sam, później ci pomogę. Najpierw ten różowy szlaczek, co mówiliśmy, a potem... Zobaczymy. Teraz porozmawiam z naszym gościem, zgoda?

Krzyś zgodził się, byle nie za długo. Po czym tak sumiennie zabrał się do pisanek, że na dzień dobry miał pomalowane ucho i grzywkę. Jajko pozostawało czyściuteńkie.

Patrzyłam na Janka lekko zdeprymowana.

– Nie chcę ci się wtrącać w wychowanie syna – szepnęłam – ale nie wydaje ci się... To chyba nie te święta?

– Wiem – odszepnął mi Janek. – Ale, Dominiko, matka przysłała go nakręconego przeciwko mnie, rozumiesz? Zanim go od niej zabrałem, wszystko z nim przerobiła. Żeby ze mną się nudził i nie chciał tu więcej przychodzić. Choinkę ubierał, łańcuchy kleił, sianko podkładał, Mikołaja widział, sernik piekł. Nawet klusek z orzechami i miodem próbował, chociaż to z Kujaw chyba, gdzie ona w życiu nie spędziła Bożego Narodzenia, bo nienawidzi ruszać się z domu. Wszystko mi ukradła. Więc ja ją załatwię następnymi świętami. Już mu kupiłem baranka z cukru, już nawet zjadł, jutro mu urządzę śmigus dyngus, a póki co malujemy jajka. Ciekawe, co ona zrobi, jak przyjdzie Wielkanoc?

Takiego Janka Machty nie znałam. Twardego bojownika o prawa ojca i dziecka.

– Taktyka ciekawa – przyznałam. – Może nawet skuteczna. Tylko że Krzyś będzie miał namieszane w głowie. Co do obyczajów. Nie uważasz?

– Niestety. – Janek smętnie rozłożył ręce. – Też się nad tym zastanawiałem. Miesiąc temu Roberta dała mi do korekty poradnik psychologiczny. „Powiedzmy to dziecku z humorem, kochanie, czyli rozwód bez kompleksów". Anglika światowej sławy. Profesora. On twierdzi, że dzieci po rozstaniu rodziców mają zaburzony obraz świata, ale żeby tego nie demonizować. Te z rodzin pełnych też mają zaburzony obraz, tylko inaczej. Tamte cierpią, że rodzice się męczyli, aż musieli się rozstać, i przypisują sobie winę. Te dzieci. Te drugie z kolei cierpią, że rodzice się męczą, ale się nie rozstają, i też te dzieci przypisują sobie winę, że się nie rozstają z ich powodu. W ogóle dzieci, które obcują z rodzicami, mają zaburzony obraz świata, niezależnie, czy rodzice są skonfliktowani, czy nie.

– To smutne, co mówisz – powiedziałam.

– Prawda? Tak musi być. Sam redagowałem.

– Psiakręc! – odezwał się od stołu Krzyś. – Jajka się zbiły.

– Wszystkie? – przestraszył się Janek.

– No. As dziwne.

– Psiakrew!

– Tes tak mówię – zgodził się Krzyś.

Stał przed nami cały w skorupkach i żółtkach, kręcąc głową. Z włosów białko ściekało mu długimi glutami. Wyglądał okropnie. Janek nie patrzył mu w oczy. Widocznie doznawał poczucia winy wobec wymówek Krzysia.

– Powiedziaem, ze ceba wpierw ugotować? Powiedziaem.

– Malowaliście surowe? – zapytałam z niedowierzaniem.

– Co za różnica? – żachnął się Janek. – Chciał dziesięć, Matejko! „Bitwę pod Grunwaldem" byś zmieścił na dziesięciu, synku. Nie mam takiego dużego garnka, Dominiko. A trzech nie opłaca się od razu gotować.

– Ceba kupić nowe! – zarządził ochoczo Krzyś.

Janek spojrzał nieżyczliwie na zegarek. Potem w okno, za którym padał śnieg.

– Jest piętnasta trzy w Wigilię, synku. Gdzie ja ci teraz znajdę nowe?

– Skoda farb zmarnować bez jajek – ocenił ekonomicznie Krzyś. – Moze mas w lodówce? Mama zawse ma w lodówce. Zobacymy?

– Ale ja jestem tata, Krzysieńku! Nie mama, nie babcia, nikt taki. I nic nie mam w lodówce. Umyjesz się, ubierzemy się, pójdziemy do restauracji. Zamówię ci w majonezie albo jajecznicę z szynką, skoro musisz – zaproponował pojednawczo Janek.

– Mogę zabrać moje farby do rustaruracji? Pomaluję jajecnicę trochę.

Janek popatrzył na mnie bezradnie. Nie wtrącałam się. Ale gdybym miała coś do powiedzenia, odradzałabym. Krzyś plus farby w restauracji to mogła być kosztowna nabiałowa Wigilia.

– Zrobimy inaczej. – Janek wyczuł moją opinię szóstym zmysłem. – Możesz zostać z nim na dziesięć minut, Dominiko? Zostaniesz tu z panią, Krzysieńku, ja pojadę raz-dwa do restauracji i kupię jajka na twardo w skorupkach. Pomalujesz je w domu, zgoda?

– Farby tes kup, jakby się jajka znowu zepsuły. Jus jest mało farb.

– Te z restauracji się nie psują – zapewnił Janek, wciągając płaszcz na Arkę Noego.

Zanim wrócił, pomogłam Krzysiowi w kąpieli. Na finał zażyczył sobie ojcowego dezodorantu i wypsikał się od stóp do głów. Z trudem oddychałam. Kiedy uczesałam go gładko, zauważyłam, że jest podobny do Janka. Z czoła i podbródka. Tylko jednodniowego zarostu mu brakowało. A to nie było jedyne podobieństwo. W pokoju usiadł naprzeciw mnie, podparty rękami, zapatrzył się w moje oczy żarłocznym wzrokiem uwodziciela.

– Wies, skąd się biorą dzieci?

Sądziłam, że w dobie afer rozporkowych i molestowań seksualnych nic już nie zmusza dzieci do zadawania sakramentalnych pytań. Wystarczy, że po dobranocce nie odejdą przez parę minut od telewizora. A już bankowo zdawało mi się, że mam przed sobą wiele lat, zanim dziecko to pytanie zada mnie. Moje myśli fruwały w panice pomiędzy swojskim bocianem a światową waginą – i nigdzie nie chciały przysiąść.

– Niezbyt wiem – wyłgałam się. – Powinieneś zapytać tatę. On na pewno wie.

– Nie wie – zapewnił Krzyś. – Ale się nie psyznawa. Pytałem się. Udaje, ze wie i nie powiedział mi nic. Eeee tego, eeee tego, tak mówił, wychodził, sukał ksiąski jakiejś, skąd się biorą, ale nie znalazł.

– Jeszcze znajdzie – pocieszyłam go.

Krzyś filozoficznie zakołysał brodą opartą na dłoniach.

– Nikt nie wie, as dziwne. Moze gdzie indziej wiedzą.

– Na przykład gdzie?

– W Swazędzu albo w Turosowie.

Coś podobnego! Trafiłam na fascynujący objaw dziedziczności, niestety, nie wiedziałam, z czym to się je. Genetyczne przekazywanie seksualizmu na tle cieków wodnych? Brzmi idiotycznie, ale fakty mówią za siebie. Gdybym nie była gimnazjalną polonistką, tylko specem od genów, do końca życia nie odpuściłabym tematu. Umarłabym we własnym pałacu na Florydzie, otoczona służbą i dziennikarzami. A tak musiałam zrezygnować ze sławy po trzech minutach, ponieważ Janek wrócił z gotowanymi jajkami.

Powiedziałam, że pójdę, a on zmartwił się, ale niezbyt szczerze. Więc zły adres. Nie uwierzyłabym, że Janek skrytobójczo odpala fajerwerki z mojego powodu. Do tego potrzebny jest inny poziom uczuć miłosnych. Aż tak mu na mnie nie zależało.

– Spotkamy się po świętach? – zapytał, podając mi płaszcz.
– Sama wybierz miasto.

– W tym mieście jeszcze nie zbudowali hotelu, Janku – oświadczyłam i pocałowałam na do widzenia Krzysia, który znalazł mi rękawiczki na podłodze. – Musiałabym z tobą zostać na jedną noc albo na całe życie. Ani na jedno, ani na drugie nie jestem gotowa.

– Okej, na całe życie ja też nie jestem gotowy – zgodził się Janek. – Ale nie popadajmy ze skrajności w skrajność. Może czternaście nocy? Dwa tygodnie w Ciechocinku. Przemyśl, nie odpowiadaj od razu.

Ostatni raz byłam w Ciechocinku z klasą. Jako uczennica. Nikt mnie wtedy nie podrywał. Byłam przekonana, że chłopcy służą do tańczenia na klasowych wieczorkach. *To se nevrati*! Ciechocinek przeminął w moim życiu.

Byłam na półpiętrze, kiedy Janek jeszcze raz otworzył drzwi.
– Halo, Dominiko! Ty przyszłaś do mnie z jakąś sprawą.
Nic bardziej krępującego niż pamiętliwi faceci.

– Niezupełnie... – zająknęłam się. – Właściwie przyszłam ci powiedzieć, żebyś na mnie nie liczył. Odnośnie wyjazdu. Znów jestem z Pedrem.

– Uuuu-u, wybacz! – Janek demonstracyjnie stuknął się pięścią w czoło. – Palnąłem z tymi dwoma tygodniami. Nie wiedziałem. Opuszczam do trzech nocy, zgoda?

– Nie odpowiem ci od razu! – Uśmiechnęłam się. – Ale pogadaj z Pedrem, czy zamierza ze mną być do końca mojej urody. A nuż masz fart? Wesołych Świąt!

128

Na dworze było już ciemno, pachniało mrozem. Jechałam do Pedra przez zaśnieżone miasto, a po mojej głowie krążył Krzyś. Dotychczas nie budziły się we mnie instynkty macierzyńskie, ale co to mogło być innego? Przypomniałam sobie ludowe porzekadło, że dziecko poczęte w Wigilię rodzi się w czepku. Tak naprawdę nie przypomniałam sobie żadnego porzekadła, ale szłabym o zakład, że znajdzie się jakieś stosowne. Jak nie w tym kalendarzu, to w innym. Poza tym dziś był odpowiedni dzień w świetle mojego prywatnego kalendarzyka. Może warto uwierzyć nieznanej ludowej mądrości?

Gdy Pedro otworzył mi drzwi i ujrzałam stryszek, stałam się absolutnie pewna, że chcę mieć z nim dziecko. Wigilijne. Natychmiast. Żeby było podobne do swego ojca. Człowieka, który potrafi z niczego wyczarować najcudowniejszą Wigilię świata.

Nie uwierzylibyście własnym pięciu zmysłom. Ja nie wierzyłam, chociaż osobiście stałam w progu. Pachniało świerkiem i ciastem, Anna Maria Jopek cichutko śpiewała kolędę z któregoś kątka, po całym stryszku Pedro rozwiesił błyszczące bombki, rozstawił świece na różnych wysokościach. Półmrok mienił się od płomyków. Jakbym wkraczała w wieczorne niebo pełne gwiazd. Oczy zaszkliły mi się ze wzruszenia – i świateł zrobiły się nagle miliony. Wśród nich stał uśmiechnięty Pedro we fraku i białej koszuli, z opłatkiem w dłoni. Nie miałam zielonego pojęcia, skąd wytrzasnął frak w dwie godziny. Co tam frak! W dwie godziny przygotował trzynaście tradycyjnych potraw. Jakie trzynaście! Pięćdziesiąt! Rozłożona ława uginała się pod wigilijną wieczerzą.

Zsunęłam płaszcz z ramion na podłogę ruchem Grety Garbo.

– Nie wydaje ci się to kiczowate? – zapytał Pedro.

– Zsuwanie płaszcza na podłogę ruchem Grety Garbo?

– Nie, ten cały wystrój.

– Kicz? Chryste, nie masz pojęcia, co podoba się kobietom, Pedro – orzekłam, wspierając się na jego ramieniu, żeby podejść do stołu. Trzy kroki w nieskończoność. – To jest oszałamiające, nie kiczowate. Cudowne! Nie mogę uwierzyć, że zdążyłeś. A ja, niewdzięczna, nie mam dla ciebie prezentu pod choinkę.

Stanęłam przed nim z ramionami rozpostartymi na boki.

– Kochanie, rozpakuj mnie! – zadysponowałam.

Nie miał nic przeciwko temu. Ale ja otrzeźwiałam, gdy poczułam jego ręce na sobie.

– Po kolacji – dokończyłam. – Najpierw twoje kulinarne osiągnięcia.

Musiałam znaleźć okazję, żeby opowiedzieć mu o szczęśliwych dzieciach poczętych w Wigilię. To przede wszystkim. Nie lubię brzydko zaskakiwać własnego faceta.

– Nie takie moje – zaprzeczył skromnie Pedro. – Znalazłem firmę, która wyprawia ci dowolne święto w godzinę. Wesele, oblewanie prawa jazdy, prawosławny Nowy Rok! Inna sprawa, że nie byłaś przygotowana do Wigilii, Do. Nie wymawiam, ale nie osiągnąłbym cudów, choćbym był Zosią Samosią. Ani choinki do ubrania, ani maku na makowiec.

– Upiekłbyś makowiec, Pedro? Nie wierzę!

– Powinnaś. To święta dla wierzących. Może nie szłoby go zjeść, ale upiec? Żadna sztuka. To, co miałaś kupione, przyrządziłem własnoręcznie!

Dumnym gestem wskazał na ławę. Zakryłam ze zgrozą twarz, mimo że ułożone na półmisku kawałki ze spieczoną skórką nie przypominały tego, czym były.

– Pedro! – jęknęłam. – Usmażyłeś Zenka!

Wigilia z Szatanem

Pedro zaofiarował się, że zje zwłoki Zenka z chrzanem – i po problemie. Ohyda! Karpiowi należał się uczciwy pogrzeb. Byle cichy. Zapadłabym się ze wstydu pod ziemię, gdyby w kondukcie kroczył pan Zenobiusz z żoną. Siąkając nosem, zapakowałam kawałki Zenka w aluminiową folię, potem w reklamówkę.

– Nie dramatyzuj – uspokoił mnie Pedro. – Odkupimy im. Nie zauważą różnicy pod mikroskopem. Wszystkie karpie są takie same.

– Ale ten będzie inny! – załkałam.

Nie chciałam trzymać Zenka w lodówce. Poprosiłam Pedra, żeby wziął łyżkę do tortu w charakterze szpadelka, pójdziemy znaleźć miejsce pochówku. Może ziemia na skwerku nie zamarzła.

Setki razy schodziłam na dół obok drzwi pana Zenobiusza i nigdy nie miałam wrażenia, że oboje z żoną przykładają do nich ucho od tamtej strony. Teraz miałam. Tkwią tam. Nasłuchują moich kroków. W decydującym momencie nacisną klamkę. I przydybią mnie za progiem z głupią miną i karpiem-męczennikiem w reklamówce.

Pokazałam na migi Pedrowi, żebyśmy szli na palcach. Z mieszkania Zenkowej familii dobiegały dźwięki telewizora. Po krzyżu ciekła mi lodowata kropelka potu. Nie życzę wam takich wrażeń. Czytałam o czymś podobnym, ale gdzie? Czy nie tak zachowywał się Raskolnikow po zamordowaniu starej lichwiarki? Aż zjadło go sumienie. To moja wina. Dlaczego zapomniałam powiedzieć Pedrowi, że Zenek jest starą... Chryste, ależ bajdurzę! Nie starą lichwiarką, tylko rybą. No, to akurat widział, że rybą! Że jest szczególną rybą. Niejadalną!

Oddech złapałam na pierwszym piętrze. Wcześniej wstrzymywałam. W tym momencie poczułam, że coś łasi mi się do nóg. Odwróciłam się, czy nie Pedro. Nie, czy się łasi, tylko czy nie robi czegoś jak łaszenie się, choć czegoś innego. Ale to nie Pedro. Jamnik na smyczy.

Na drugim końcu smyczy wynurzył się zza zakrętu schodów pan Zenobiusz w zaparowanych od mrozu okularach. Jak ślepa sprawiedliwość.

Czy ja mam w życiu szczęście, powiedzcie? Tysiące razy pan Zenobiusz nie mijał się ze mną na schodach. Dzisiaj tak. W gruncie rzeczy dzisiaj też się nie mijał. Zatrzymał się w pozie konwersacyjnej, przecierając okulary skrawkiem szalika. Mógł życzyć mnie i Pedrowi wesołych świąt w przelocie. Mógł uprzedzić nas, że mróz na dworze, i pójść dalej. Mógł przeprosić, że spieszy się, rodzina przyjechała na Wigilię ze Stargardu. Mógł skupić się na stu niepotrzebnych zagadnieniach, na których skupiają się sąsiedzi i to doskonale robi na życie towarzyskie klatki schodowej. Ale pan Zenobiusz żył po swojemu. Niekonwencjonalnie.

– O, jakie miłe spotkanie! Państwo na górę, czy na dół? Mam wigilijny prezent dla Zenka, czy wolno mi go ofiarować, zanim o północy sam się o niego upomni ludzkim głosem?

– Pan go rozpieszcza, panie Zenobiuszu – spróbował uratować sytuację Pedro. – Prezenty, miłe słówka, czysta woda. Będzie mu trudno wrócić między swoich, kiedy przywyknie do komfortu.

– Och, drobiazg pod choinkę. – Pan Zenobiusz machnął ręką. – Wkruszę mu słodką bułkę dla osłody, jeśli państwo pozwolą. Jest taki biedny, sam wśród ludzi.

– Jeżeli w towarzystwie słodkiej bułki będzie mu raźniej... Tylko że...

Popatrzyłam błagalnie na Pedra. Niech coś wymyśli. Niech nie będzie więcej ofiar tego wieczora. Niech niewinny sąsiad nie padnie u mych stóp na zawał, a ja obok zagryziona przez własne sumienie. Niech Wigilia skończy się jak Wigilia, nie jak Wszystkich Świętych.

– Spieszymy się – podpowiedział mi Pedro.

– ...tak, tylko że śpieszymy się, panie Zenobiuszu! – wrzasnęłam z ulgą. – Strasznie się spieszymy! Jesteśmy spóźnieni! Nie powinniśmy tu stać, panie Zenobiuszu! Przepraszam! Wesołych Świąt! Kiedy wrócimy do domu sama wkruszę Zenkowi keksu i makowca, i co tylko lubił za życia!... Musimy pędzić! Jeszcze raz Wesołych Świąt! Dla żony też!

Tupiąc, zbiegliśmy po schodach. Jak wicher. „Wzajemnie" dogoniło nas na parterze.

– Łap taksówkę, Pedro! – wrzasnęłam, gdy wypadliśmy na ulicę. – Szybko!

Pedro przytrzymał mnie za rękaw płaszcza.

– Uspokój się, Do. Już nas nie widzi. Relaks!

– Ale, Pedro, musimy się spieszyć! – popędziłam go. – Łap taksówkę, proszę! Jesteśmy zaproszeni na Wigilię do rodziców, jak mogłam zapomnieć!

Mój dom rodzinny czekał w pełnej gotowości. Okna świeciły się w ciemnościach, śnieg z dróżki był odgarnięty, furtka otworzyła się, ledwie dotknęłam dłonią dzwonka. Tata ekskluzywnie pachniał wodą Unit, mama perfumami Refux (po osiemdziesiąt dwa złote flakonik). Przyjechała ciotka Ramona, pachnąca kwiatem jaśminu niewiadomej marki, oraz pan Benedykt, sąsiad z naszego dawnego miejsca zamieszkania, który spędzał z rodzicami Wigilię, odkąd owdowiał. Ten pachniał fajkowym dymem, naprawdę ekscytującym zapachem, jeśli chodzi o moje zdanie. Niestety, dom rodzinny jako taki pachniał smażoną rybą, co psuło mi humor. Wszystko mnie drażniło, miałam klasyczny zły dzień, który zaczął się pod wieczór. Wprawdzie jako rasowa kobieta powinnam mieć zły dzień w zupełnie innym dniu cyklu, ale najwyraźniej dzisiaj nie cykl się liczył, tylko zły dzień.

– Do, tego się po tobie nie spodziewałam! – wygarnęła mama na dzień dobry. – Zdarzało ci się spóźniać do stołu dwie godziny, ale żebyś była zaproszona...

– Może się przywitamy, mamo? – przerwałam jej.

– Naturalnie, wchodźcie!... Więc żebyś była zaproszona na siedemnastą trzydzieści i dzwoniła do drzwi o siedemnastej trzydzieści jeden... Dla mnie szok! Pedro, masz na naszą córkę zbawienny wpływ! Gratuluję ci, chłopcze, niechże cię uściskam na powitanie.

Oczywiście zły dzień polega na tym, że nic nie jest w stanie poprawić ci humoru. Do wtóru egzaltowanych zachwytów mamy przypomniałam sobie, że nie zabraliśmy prezentów. W poprzednich latach wiedziałam, co robię, spóźniając się. Zyskiwałam czas, którego potrzebowałam, żeby zabrać prezenty. Dziś go zabrakło. Gryząc się tym, włożyłam domowe kapcie – i zły dzień kontynuował się z powodzeniem. Pierwszemu kapciowi odlatywała podeszwa, w drugim było mokro. Stałam zdumiona na jednej nodze, gdy nagle z pokoju wypadł z rozwianymi uszami nieznany mi szczeniak, poślizgnął się na parkiecie i wyhamował zębami na moich nowych rajstopach. Od tego momentu moich starych rajstopach.

Psiak był prezentem gwiazdkowym dla rodziców od cioci Ramony. Jeszcze nie miał imienia, ale zęby i owszem. Zdążył zdewastować pół domu, resztę obsikał. Pedro spróbował go pogłaskać i popis życzliwości odpokutował plastrem na kciuku. Mama wyjaśniła z kwaśnym uśmiechem, że w tym roku ojciec wyjątkowo nie odczyta fragmentu z Pisma Świętego przed wspólną wieczerzą. Właśnie z powodu nowego pieska.

– A co on, niewierzący? – zapytałam zgryźliwie.

Mama spiorunowała mnie wzrokiem. Słodka psina zeżarła kwadrans temu Biblię w tłumaczeniu księdza Wujka, czekającą cierpliwie pierwszej gwiazdki na etażerce obok choinki. Przeczekała w naszej rodzinie powstanie styczniowe, najazd faszystowski, powódź w 1954 roku. Psiaka nie przeczekała. Widać za wcześnie się zdemobilizowaliśmy.

– Przynajmniej macie dla niego imię w sam raz – uznałam. – Szatan.

– Ty i te twoje dowcipy, Do! – obruszyła się mama, udając przed gośćmi, że uśmiecha się wyrozumiale. – Wiesz co! Nawet w powszedni dzień nie nazwałabym takim słowem bożego stworzenia pod moim dachem. Co dopiero w święta.

– Łudzisz się, że jak się będzie wabił Święty Franciszek, przestanie sikać pod choinkę?

Pokazałam palcem.

– Ja wytrę, Haniu, pozwól. Myślę, że nazwiemy go świeckim imieniem, córeczko! – poratował mamę jej mąż. – Siadajmy do stołu, zapraszam. Gdzie się podział opłatek?

Domyślacie się, gdzie się podział. Na szczęście mama zawsze dysponuje zapasem. Widząc jej minę, byłam pewna, że u następnej spowiedzi spędzi ze dwie godziny, mimo że nie ona zeżarła ten opłatek. Pożyczyliśmy sobie samych wspaniałych rzeczy, ucałowaliśmy się z uczuciem w oba policzki, najlepsze sztućce w domu zaszczękały o najlepszą porcelanę. Wszystko razem wpłynęło na ukojenie nastrojów. Dopóki się nie zorientowałam, że Szatan zjadł Zenka, wiszącego na wieszaku. Nie potrafię sobie wytłumaczyć, jak piesek wielkości wyrośniętej pchły mógł doskoczyć do kołka metr nad sobą i spałaszować całego karpia. Razem z ośćmi i reklamówką. I folią aluminiową. Tylko łyżkę do tortu oszczędził. Na dodatek nie jadł na pusty żołądek, co to, to na pewno nie.

– Miałaś tam coś ważnego? – zaniepokoiła się mama.

– Nic aktualnego – enigmatycznie odpowiedział za mnie Pedro i całe szczęście. Umarłabym z żalu w trakcie wyjaśnień. –

Niech państwo coś zrobią, inaczej ten prezent nie dożyje pierwszego dnia świąt. Moim zdaniem on jest rasy kamikadze.

Zgodnie siedziałam przy stole z innymi, zjadłam nawet coś pysznego w smaku, ale nic nie pomagało. Mój zły dzień łagodnie ewoluował w jeszcze gorszą noc. Choć wigilijną. Najpiękniejszą w roku. Jeszcze wczoraj zdawało mi się, że do cudownej Wigilii wystarczy, żeby Pedro wrócił.

No i Jezus Chrystus się narodził, jasne. Ale przede wszystkim Pedro.

– Zmyjemy, mamo – powiedziałam. – Znosić talerze?

– Nie spiesz się, Do. Może jeszcze ktoś zje – powstrzymała mnie mama.

– Podałybyśmy ciasto i kawę.

– Oj, nie, Dosieńko, jeszcze chwilę, bo pęknę – zaprotestowała ciotka Ramona.

Opowiadała o swojej wakacyjnej podróży do Egiptu. Pan Benedykt z rozmarzeniem wypytywał ją o każdego faraona, który umarł przed wizytą ciotki. Jestem pewna, że spędzał u nas Wigilie ze względu na nią. To zasmuciło mnie w tym roku. Jaka przyszłość czeka uczucie, które rozwija się w ukryciu raz na 365 dni? A w latach przestępnych jeszcze rzadziej. Ludzie mogą postarzeć się, owdowieć, przeżyć faraonów, a i tak ich miłość pozostanie niedojrzała. Chyba uczucia rozwijają się w ludziach na opak. Za młodu mocne jak czysta wódka, popadają z czasem w zgubny dla zdrowia etap zacieru. Ale żeby ta moja głęboka myśl kryła w sobie sens, wątpiłam. Czy byłam w stanie oceniać świat uczciwie, jeżeli powodem moich rozważań był prawdopodobnie osamotniony kawałek karpia na półmisku? Zostawiony jak na złość pod moim nosem.

– Nie zachował się wam jakiś żywy karp? – odezwałam się do mamy, gdy ciotka na chwilę wyjrzała z piramidy Cheopsa, a pan Benedykt zajrzał do toalety.

– Po co żywy? Chodzi ci o sushi?

– Co ma do tego sushi, mamo? Nie pytam o surową rybę, tylko o żywą!

– Zamierzasz jeść żywą rybę?!

Po tonie mamy poznałam, że zaczyna podejrzewać mnie o zaprzaństwo narodowo-katolickie. Najpierw imię dla psa, teraz konsumpcja ryby na żywo. Ewidentne początki satanizmu.

– *Sorry*, mamo, miałam na myśli galaretkę owocową – sprostowałam, żeby nie przeciągać rozmowy, która prowadziła donikąd.

Ubili wszystkie karpie i zjedli je. Wiadomo. Co roku tak postępowali, bez odrobiny chrześcijańskiego miłosierdzia. Nie warto pytać.

– Ach, galaretkę! Nie, w tym roku dałam sobie spokój! Nie miałam konserwowych brzoskwiń, a ze świeżych to już nie to – wytłumaczyła się mama.

Już na spokojnie. Myląc karpia z brzoskwiniową galaretką, nie byłam satanistą.

Pan Benedykt zapalił fajkę i zapach tytoniowego dymu owionął moją skołataną duszę. Zerkałam na ojca i Pedra, omawiających politykę krajową. Szeptem, gdyż mama nie wytrzymywała tematu. W dniach kampanii wyborczych bolała ją głowa, po zapytaniach poselskich dostawała wysypki i musiała pić wapno, podczas telewizyjnych dyskusji politycznych zniszczyła pięć pilotów, tak panicznie przełączała się na inny program.

Patrzyłam na Pedra łupiącego orzechy, ubranego we frak wypożyczony od firmy świętującej na zawołanie – a widziałam go w Paryżu. Było gorące lato wyschłych fontann, siedzieliśmy nad kawowymi lodami i winem w ogródku kafejki, ponad nami w błękitne niebo wznosiła się iglica wieży Eiffla i gdziekolwiek odwróciliśmy głowy, słyszeliśmy „La vie en rose". Wszędzie je śpiewano jak w komedii romantycznej. Cały Paryż śpiewał na naszą cześć „La vie en rose". Życie było różowe, moja przyszłość była różowa, nasze wspólne życzenia były różowe. Wieki temu. A co czułam teraz? Że Pedro, który do mnie wrócił, nie jest Pedrem, który odszedł. Tak bywa w ponurych baśniach. Wraca ze świata ojciec albo syn, albo ukochany, i wszystko jest nie tak. Lubi inne potrawy niż przedtem, pogwizduje inną piosenkę, nie poznaje go ulubiony pies. W jego skórze powrócił czarnoksiężnik, który tego prawdziwego zabił na odległym gościńcu.

Czyżbym uwierzyła we własną książkę o miłości do Pedra i porównuję realnego z tamtym, opisanym? To nie wyszłoby nam na zdrowie. Czy ciąży na mnie klątwa egzaltowanej autorki romansów dla pań? Nie wierzyłam w to. Wierzyłam w moją roztropność. A jednak było mi tak, jakbym zawisła pośrodku Wigilii w kokonie niewytłumaczalnego smutku.

Pan Benedykt delikatnie utulił w dłoniach pyszczek śpiącego Szatana, żeby nie piszczał i nie przeszkadzał. Ciotka Ramona upozowała się na tle zapalonej choinki. Splotła dłonie na wysokości przydatków. Ciotce można zarzucić to i owo, ale głos ma jak zwiastujący anioł. Przepiękny. I tym głosem zaśpiewała nam a cappella:

> Cicha noc, święta noc,
> pokój niesie ludziom wszem,
> a u żłobka Matka Święta
> czuwa sama uśmiechnięta
> nad Dzieciątka snem...

Pobrzękiwały bombki na choince w rytm jej oddechów. A ja poczułam, że płaczę. Patrzyłam na nich, oświetlonych magicznym blaskiem choinkowych lampek, na mamę, tatę, Pedra, na pana Benedykta, zasłuchanych w ciotczyny śpiew, przypomniałam sobie babcię i dziadka, i wszystkich naszych domowych zmarłych, którzy przy dawnym wigilijnym stole, w innym miejscu i czasie, ale z takim samym wzruszeniem słuchali tej kolędy – i po policzkach pociekły mi łzy wielkie jak groch.

Z tym, że ja co roku płaczę w Wigilię, kiedy ciotka Ramona śpiewa „Cichą noc". Taka tradycja.

Spacer po buddyjsku

Pierwszy dzień świąt poprawił mi nastrój. Głównie dlatego, że rano udało nam się z Pedrem wymknąć z domu niepostrzeżenie. Za drzwiami pana Zenobiusza panowała cisza. Zaciągnęłam Pedra do kościoła na drugim końcu miasta, żeby nie wpaść na sąsiadów. Na spacer też poprowadziłam go bocznymi uliczkami. To nie była bezinteresowna przechadzka, jakie zdarzało mi się odbywać w poprzednie Boże Narodzenia. Poszukiwałam sklepu, który będzie już czynny po świętach, a jeszcze sprzed świąt zostaną mu w ofercie żywe karpie.

To jak szukanie emeryta w żłobku.

Pedro nie wydawał mi się dzisiaj podstawionym czarnoksiężnikiem, co też dobrze mi robiło. Porzucaliśmy się śnieżkami, poślizgaliśmy się na górce, wstąpiliśmy na gorącą herbatę z konfiturami do Bliskich Spotkań, bo przemarzliśmy do szpiku kości. Pedro kupił mi po drodze różyczkę z lodu. Sprzedawali takie na ulicy. Kiedy indziej pomyślałabym, że to nieświadoma aluzja. Jakiś smutny zwiastun przyszłości. Że lodowato albo że topniejąco. Dziś patrzyłam z uśmiechem, jak kwiatek ścieka wzdłuż łodyżki do kawiarnianego wazonika, kropla po kropli, i bardziej już przypomina taką szklaną pipetkę do brania wymazów z gardła niż różyczkę. Dzisiaj znów miałam przed sobą życie na różowo.

Ponieważ to rodzinne święta, Pedro opowiedział mi o swoich rodzicach. Spędzali Boże Narodzenie w Australii, u jego brata. Siedzieli tam od pół roku, dotąd ich nie poznałam. Nie wiadomo czemu opowieść znów wprawiła mnie w nerwowe podniecenie. Moja kobieca intuicja zaczynała cierpieć na lekką schizofrenię. Wydało mi się, że Pedro opowiada o tej Australii, jakbyśmy nigdy nie mieli wybrać się do niej razem. Skoro jego brat mieszka tam na stałe, wyjazd nie tylko byłby łatwy, ale nieunikniony.

I nagle zrozumiałam, że plączę się w bzdurnych domysłach, ponieważ nie chce mi się załatwić sprawy do końca. Los Pedra spoczywa w moich rękach, a ja udaję przed sobą, że nie o to chodzi. Przecież nie znalazłam tego mojego niezaspokojonego absztyfikanta, który zieje do Pedra nienawiścią.

A co, jeżeli on wywinie kolejny morderczy numer? Na przykład podrzuci nam do łazienki jadowitą tarantulę! Tydzień temu czytałam w gazecie, że coś podobnego zdarzyło się we Wrocławiu. Dzisiaj w Polsce można zrobić takie światowe draństwo, że byście nie pomyśleli. To znaczy pomyślelibyście może, skoro czytacie gazety, ale ja bym chyba nie pomyślała w życiu! Choć też czytam. Biologiczka Sylwia opowiadała mi, że w Mszanie

Dolnej czy Górnej kogoś zastrzelili strzałką zatrutą kurrarą. Z indiańskiej dmuchawki. Jeden facet umarł od banana. W skrzyni z bananami załadowali na statek kolumbijskiego węża, nie zauważyli, ten po drodze ukąsił banana, jad został w środku. Albo babeczka, której arabski małżonek podłożył trotyl pod łóżko!... Może to Hindus i dynamit, nie pamiętam, ale co za różnica. Skąd takie rzeczy u nas? Już nie liczę tych przejechanych zagranicznymi samochodami. Kocham świat, kocham wszystkich ludzi na świecie, ale umierać wolałabym po swojemu. Domowym sposobem. To znaczy, w ogóle wolałabym nie umierać, jeśli już!

– Pedro – rzekłam oględnie – przypomniałam sobie o jednym znajomym, który może mieć żywego karpia.

– No to jazda, idziemy!

– Ale przypomniałam sobie jeszcze o takim sklepie sportowym na Psów 2. Nasz wuefista kupuje tam piłeczki, siatki, rakiety. Podzielmy się. Ja tu, ty tam.

– Karpiem nie gra się w tenisa – uświadomił mnie Pedro.

– Wiem, ale w zeszłym roku on kupił tam karpie. Albo gdzieś obok. Wrócił do szkoły z piłeczkami i z karpiem. A to było we wrześniu.

– Te z września będą już łykowate – powiedział Pedro.

– Pedro, traktuj mnie poważnie! – zirytowałam się, bo myślami byłam przy mojej najważniejszej sprawie. – Chodzi mi o to, że nie był sezon świąteczny, a mieli karpie. Teraz odwrotnie, jest świąteczny, sama wiem, nie mów mi tego! Tylko że karpie z sezonu świątecznego sprzedali przed Wigilią, a może mają nowe na sezon inny albo...

Skrzywiłam się, bo zachichotał, słuchając.

– Pedro, po prostu kup żywego karpia. Obojętnie gdzie. A ja sprawdzę w tym czasie, czy nie da się go pożyczyć.

Wsadziłam Pedra w odpowiedni autobus, żeby mieć pewność, że odjechał.

Z Sebkiem spotykałam się przed Pedrem. To ja go zostawiłam. Znalazł sobie szybko świetną dziewczynę, ale wyglądała mi na jętkę jednodniówkę. Zbyt śliczną, żeby była prawdziwa. W takim razie mógł zatęsknić tragicznie za mną, prawdziwą, lecz już cudzą. Wprawdzie trudno uwierzyć w Sebka podkładającego pod moją wanną tarantulę. Czy choćby zwykłą łąkową ropuchę, po której dotknięciu swędzi skóra. Ale odpalenie fajerwerków na odległość za pomocą telefonu komórkowego? Zadanie w sam raz dla zdolnego komputerowca!

Sebka nie zastałam w domu. Miałam go nadal w komórce, więc zadzwoniłam. Ucieszył się. Już to było podejrzane.

Spędza święta pod innym adresem, ale zaprasza. Jeśli mogę, choćby zaraz. Oni też się ucieszą, ci, u których jest. Opowiadał im o mnie same dobre rzeczy.

Co to znaczyło? Tęskni, nie tęskni? Diabli go wiedzą.

Nie miałam ochoty odwiedzać obcych ludzi i paplać kulturalnie o sprawach, które mnie nie obchodzą, podczas gdy mam na głowie losy świata. Niby tylko mojego małego świata, ale on jest dla mnie ważny. Mój świat na różowo.

Ponieważ ludzie, u których Sebek gościł, mieszkali na jego osiedlu, umówiliśmy się na skwerku.

– Przespacerujemy się we dwoje – zachęciłam. – Na lepsze trawienie. W końcu święta. Mam do ciebie drobną sprawę, aż wstyd byłoby zajmować czas postronnym osobom.

Niepokoiłam się, czy nie uzna mojego zaproszenia za próbę wejścia do tej samej rzeki. Toteż kiedy tylko się przywitaliśmy (poznałam go z daleka, nikt inny nie mógł nadchodzić w czapce z pomponem i w kożuszku jak po młodszym bracie), oznajmiłam bez sentymentów:

– Mam nadzieję, że dobrze ci się układa z twoją panią? Widziałam was kiedyś razem, wyglądaliście jak stworzeni dla siebie.

– Z Izą? Rozstaliśmy się – powiedział Sebek. – Już dawno. Iza to typowa jętka jednodniówka. Ja jestem raczej długodystansowcem, sama wiesz.

Proszę, jak dogadałabym się z Sebkiem. Nawet dziewczyny ocenialiśmy tak samo. Ale to bardzo fatalnie, że się z nią rozstał. Tym samym wysuwał się na czoło listy podejrzanych. Jeszcze ta nieszczęsna aluzja o długim dystansie.

– Ach, no to... jesteś teraz z jakąś drugą, tak? – zapytałam z nadzieją.

Sebek przykucnął, nabrał śniegu w dłonie. Ulepił kulkę i cisnął nią w drzewo przy alejce, którą szliśmy. Nie trafił.

– Z drugą też się rozstaliśmy.

– Ach, no to... – powiedziałam i zamilkłam.

Więc jednak.

– O, to jest to mieszkanie – odezwał się Sebek po chwili spaceru w milczeniu. Pokazał palcem któreś z okien na piętrze. – Tu spędzam święta. Nie dasz się zaprosić?

– Nie jestem ubrana wizytowo ani nic, sam rozumiesz.

Znów przespacerowaliśmy się w milczeniu. Z Sebkiem po dwudziestu latach wspólnego życia czułabym się jak na pierwszej randce. Ogólne skrępowanie.

– Czy ty, Sebku, żałujesz jeszcze naszego rozstania? – zagadnęłam ostrożnie.

Na moment przestaliśmy spacerować, gdyż Sebek przystanął z wrażenia.

– Ja? – zapytał. – Naszego?

– No w zasadzie... Gdyby treściwie ująć, to tak jak mówisz.

– Aha – zrozumiał Sebek, ale nie odpowiedział na razie. Ruszył dalej.

– Ludzie niekiedy rozstają się z sobą, to znaczy kobieta i mężczyzna – zdradziłam Sebkowi okrutną prawdę. – A potem... wiesz. Mają pretensje. Zostają w nich urazy. Nie wyobrażają sobie, żeby patrzyli spokojnie, jak dawna osoba układa sobie życie z nową... Kiedyś to odbywało się inaczej, naturalnie, a dzisiaj... Nikt nikogo nie wyzwie na szpady, dajmy na to. Szpad nie ma, musiałbyś zapisać się do klubu szermierczego i tak dalej. Ale czy ludzkie charaktery się odmieniły? Świat nie kończy się na szpadzie. Codziennie słyszysz o nowych wynalazkach, prawda? Masz kij bejsbolowy, kałasznikowa, masz te takie samoloty, co pionowo startują, fajerwerki noworoczne – wplotłam je sprytnie w wątek. – To równie skuteczne... Albo słyszałam w wiadomościach o nowym wirusie w medycynie. Opracowali po coś tam, nie znam szczegółów. W każdym razie przez dwanaście godzin miałbyś krwotok, Sebku! Ogólny krwotok wewnętrzny... A obsmarować cię w prasie na przykład też żaden problem!

– Przepraszam cię, Dominiko, jeśli można... – Sebek ulepił śnieżkę, rzucił i znów nie trafił. Trzęsły mu się nerwowo ręce. – Czy ty masz do mnie pretensje, że się rozstaliśmy?

– Ja? Do ciebie? Pytasz, czy mam pretensje?

Sebek skinął głową. Ulepił nową kulkę, ale rozpadła mu się w dłoni, zanim rzucił.

– Nie, Sebku. – Uśmiechnęłam się przyjaźnie. – Mówię teoretycznie, o pewnych życiowych prawidłowościach. Tak przecież bywa, prawda?

– Masz rację – zgodził się Sebek. Tym razem kulka nie rozpadła mu się przedwcześnie. Ale nie trafił. – O tym wirusie nie słyszałem. Brzmi groźnie. Słyszałem o facecie, któremu żona zupę przesoliła. W wielu miejscach o tym pisali. Tylko że to jest bydlę, Dominiko, jeśli pytasz o moje zdanie. Damski bokser. Do wirusa mu daleko.

– Oczywiście. Wirus przez sam fakt, że rozwija się w najlepszych laboratoriach, wśród utytułowanych ludzi, na sprzęcie światowej klasy... A taki facet to zwyczajny śmieć.

– Śmieć – zgodził się Sebek i rozmowa nam się urwała.

Zza bloku wyskoczył chłopczyk w czapce uszance, minął nas biegiem. Odwrócił się na środku alejki przodem do nas i zamachał niesioną pod pachą tekturą.

– Idę zjeżdżać na tyłku! – zawołał do Sebka. – Zjeżdżasz ze mną?

Sebek przecząco pokręcił głową, dyskretnie wysypał z dłoni rozgniecioną śnieżkę, którą przymierzał się do rzutu w kolejne drzewo. Widocznie przed chłopcem bardziej bał się sportowej kompromitacji niż przede mną.

– Widzę, Sebku, że jesteś popularny na tym podwórku.

– Nie... – Zawstydził się jak panienka. – Nikt mnie tu nie zna. To był mój synek, Kamilek.

– Że kto?! – Zatrzymałam się, jakby o krok przede mną z zimowego nieba uderzył piorun. – Jak to Kamilek? Niemożliwe!... To znaczy, jak to synek?! Jakim cudem? Przecież go nie urodziłeś?

– No skąd... Moja żona go urodziła, Sylwia. Nie znasz jej.

Chwilę trwało, zanim pozbierałam myśli i zrozumiałam, że Sylwia, której nie znam, to nie ta sama Sylwia, która uczy biologii u nas w szkole. Za to żonaty Sebek z sześcioletnim synkiem to ten sam Sebek, którego przed pół rokiem znałam jako bezdzietnego kawalera.

– Ta z mieszkania, gdzie mieszkam. – Sebek wskazał mi prawdopodobnie to okno, co poprzednio, ale nie miałam pojęcia, które wskazał wtedy i które teraz.

– Mówiłeś, że jesteś sam.

– Ja? Nie pytałaś mnie. Pytałaś o Izę i o Kaśkę, drugą, z którą się rozstałem. Sylwia jest trzecia. Pierwsza dla mnie na świecie, ale trzecia w kolejności po tobie.

Przez chwilę miałam niemiłe wrażenie, że nie tylko ptaki fruwają nad skwerkiem, ale drzewa i bloki też.

– Poczekaj, Sebku, niech sobie poukładam w głowie. Wykluczone, żebyś dochował się sześcioletniego syna przez pół roku. Kto on jest dla ciebie?

– Syn Sylwii z poprzedniego małżeństwa. Usynowiłem go.

– Dzień dobry – powiedziały grzecznie dwie dziewczynki, idące pod rękę.

– Dzień dobry! – Sebek uśmiechnął się do nich i zwrócił się do mnie: – A to córka.

Spojrzałam za oddalającymi się dziewczynkami. Mogły mieć po dziewięć lat.

– Twoje córki? – wydukałam z niedowierzaniem. – Usynowione? Obie?

– Nie, ta z lewej – uspokoił mnie Sebek. – Marysia. Pisze piękne wiersze, muszę ci kiedyś pokazać jako polonistce. Jestem z niej naprawdę dumny.

Z klatki schodowej wyszedł ciemnowłosy nastolatek i ukłonił się nam z daleka.

– Sebku... – wskazałam go dyskretnie głową – nie powiesz mi, że on też...

– Mahatma – potwierdził Sebek. – Na cześć Gandhiego.

Usiadłam na zaśnieżonej ławce, nie odgarniając śniegu. Sebek przysiadł obok, subtelnie jak to Sebek. Chyba nie ziębiło go w tyłek, prawie nie dotykał nim ławki. Mnie ochłodzenie dobrze robiło, wszystko jedno od której strony.

– Ile masz dzieci, Sebku? – zaatakowałam frontalnie. – Łącznie.

– Jacuś, Marysia, Mahatma, Ernestyna, Kreon... Piątkę.

Obok Sebka siadł na ławce facet starszy od niego z dziesięć lat. Zdrętwiałam.

– Wybaczcie państwo, że niepokoję – wytłumaczył z przesadną elegancją. – Idę nabyć papierosy. Brakuje mi złotówki, byłbyś skłonny się dołożyć?

Sebek był skłonny. Facet odszedł, kłaniając się czterokrotnie.

– To nie jest Kreon, twój syn? Powiedz, że nie, Sebku – poprosiłam.

– Nie, nie. Ten nie – zgodził się Sebek. – To ojciec moich dzieci. Biologiczny. Miły gość. Mieszka w mieszkaniu obok, przyjaźnimy się. Wykładowca uniwersytecki.

Wstałam, bo szybciej odmroziłabym sobie, co nie trzeba, niż ochłonęła. Ojciec dzieci Sebka miał siwiejącą brodę i zmarszczki. Jeśli matka dzieci Sebka była młodzieńczą miłością ojca, co nie jest wykluczone, zważywszy, ile zdążyli napłodzić... No to musiała prezentować się fascynująco. Nawet bez siwiejącej brody – miałam jednak nadzieję, że jej nie nosi. A już się cieszyłam, że Sebek jest niewinny, skoro założył liczną i kochaną rodzinę. Może przeliczył się z siłami? Chce zwiać od żony. Do mnie. Z piątką dzieci, Chryste!

– Skomplikowane są twoje układy rodzinne, Sebku – wykrztusiłam.

– Czy ja wiem? Tak to widzisz? Może stąd, że jesteśmy buddystami. Głównie Sylwia.

– Cholera, jeszcze to!

– Czemu? Buddyści to dobrzy ludzie. To nie znaczy, że ona używa młynka do modlitw albo czegoś takiego. Po prostu ceni tamten styl życia. Kontemplacyjny, zrównoważony, pełen miłości do bożych stworzeń. Tym mnie ujęła. W Buddę nie wierzymy, ale na przykład nie zabijamy. Pod żadnym pozorem.

– Nie chcę się przechwalać, Sebku, ale ja też nie zabijam – powiedziałam.

– Ale my nic. Much, komarów, nie jemy mięsa, nic.

Z przykrością zauważyłam, że stopniowo wyobrażam sobie żonę Sebka znacznie mniej apetycznie niż wygląda mąż żony Sebka. W moim wyobrażeniu siedziała po turecku w długiej pomarańczowej szacie, miała ogoloną głowę i siwą brodę po pas.

– Może jest alterglobalistką po prostu? To modniejsze niż buddyzm.

– Sylwia? Skąd. Ona nie goni za modą. Nie opowiada się po żadnej stronie, globalistów, antyglobalistów, wszystkich kocha jednakowo szczerą miłością.

– Nie wiem, czy byłabym zachwycona, Sebku, gdyby ktoś kochał mnie i komary jednakowo szczerą miłością.

– Ale ty nie jesteś buddystką – uświadomił mnie ze stoicyzmem Sebek.

Okno na pierwszym piętrze otworzyło się, ktoś radośnie zamachał do nas ręką. Jeśli to Ernestyna, zaczęłam poważnie obawiać się momentu, gdy ujrzę Kreona. Ernestyna była co najmniej w moim wieku. Trąciłam Sebka, odmachał do okna. Więc ja też.

– Najstarsza córa? – zapytałam. – Ładniutka.

– Nie, to właśnie Sylwia – wyjaśnił Sebek.

Oglądaliście Disneya? O Syrence na przykład? Sylwia wyglądała dokładnie tak. Słodka buźka z dołeczkami w policzkach, chmura blond włosów, usteczka w ciup. Jestem przekonana, że Sebek kochałby ją do szaleństwa, gdyby była kosmitką, nie tylko buddystką. Codziennie dostarczałby jej świeżą krew Ziemian w celach regeneracyjnych. Chryste, miał nieziemski fart, że go rzuciłam. Przecież nie wyglądam jak Bestia od Disneya, ale zdaje się, że byłam najbrzydszą z jego dziewczyn. Na szczęście nie znam tej drugiej po mnie, Kaśki. W dniach chandry wyobrażę sobie, że ma krosty i zeza.

Chciałabym wyglądać jak Sylwia, kiedy będę miała piątkę dzieci. Myślałam o tym obsesyjnie, jadąc do domu pustym świątecznym autobusem. Właściwie nie sądzę, żebym chciała mieć piątkę dzieci, ale nawet z jednym taki wygląd to łaska od Buddy. Na razie nie dam się skusić na umartwianie, ale gdy tylko zobaczę pierwsze kurze łapki przy oczach, przestaję zabijać komary. Niech mnie gryzą, ile chcą. Może to sekret buddyzmu? Chociaż trzy lata temu nad jeziorem pogryzły mnie całe chmary. I nazajutrz wcale nie wyglądałam jak Sylwia. Czy warto walczyć ze zmarszczkami? Mogę skończyć jako wychrzczona brzydula w podeszłym wieku.

Z tego wszystkiego zapomniałam spytać Sebka o karpia. Jeśli miałby, to na sto procent żywego. Ale nie miałby. Po co mu karp? Własnego narybku ma po dziurki w nosie.

Powrót do domu nie wskrzesił we mnie wiary we własną urodę. Ledwie wysiadłam na przystanku, zobaczyłam Pedra. Bez karpia, ale to jeszcze nic. Stał przed domem, rozmawiał. Z kim? Z Żyrafą. Czyli z osobą płci żeńskiej szczupłą i wysoką jak modelka, nieprzebierającą w środkach, niecierpiącą mnie i młodszą. Spróbujcie wierzyć we własną urodę w takich warunkach.

Zatrzymałam się pod osłoną wiaty, żeby zobaczyć, co dalej. Nic. Pożegnali się i rozeszli, choć ich nie spłoszyłam.

– Kto to był, Pedro, z kim rozmawiałeś? – zapytałam od progu.

– Taka dziewczyna.

– Zorientowałam się od razu, że nie chłopak.

– Chyba mieszka w sąsiedztwie, spotykam ją. Kiedy tu nie bywałem... – zająknął się. – Prosiłem ją ze dwa razy, żeby mi sprawdziła naszą skrzynkę. Chodziło o te anonimy, czy przychodzą.

– A skąd wiesz, czy to nie ona je pisała?

– Co za pomysł! Po co miałaby pisać?

– Nie wierz jej, Pedro, ostrzegam cię. Wygląda na psychopatkę z Manhattanu.

– W takim razie nieźle mówi po polsku – pocieszył mnie Pedro.

Nastawił nasz ulubiony walc z „Ziemi obiecanej" i poprosił mnie do tańca. Tańczyliśmy do rana. Może niezupełnie tańczyliśmy. W każdym razie robiliśmy to, co ma się na myśli według sennika egipskiego, kiedy śni się o tańcu. Nad ranem zjedliśmy wczorajszą wieczerzę wigilijną od firmy urządzającej święta w godzinę. Byliśmy głodni jak wilki.

Dojście do karpia

W drugim dniu świąt sytuacja zrobiła się podbramkowa. Obdzwoniłam sklepy rybne, które miały dyżury, i nie znalazłam najmniejszego karpia. Mówiąc ściśle, najmniejsze znalazłam. Niedorosłe, wybrakowane, chorowite, niechciane na Wigilię biedactwa. Odbiegały od parametrów Zenka już samą wagą, którą mi podawano. Widywałam cięższe szprotki. Świeży transport będzie w poświątecznym tygodniu – tyle usłyszałam pocieszającego.

Pedro zadzwonił do kolegi, który wszystko może. Obiecał załatwić karpia obstalowanego na miarę, ale za dwa dni. Chyba dwa dni wytrzymamy, skoro tak nam zależy? Wytrzymałabym bez Zenka do końca świata, gdybym musiała. Kobieca intuicja podpowiadała mi jednak, że pan Zenobiusz ugnie się pod brzemieniem tęsknoty najdalej dziś po południu. Ile mogę ukrywać się we własnym mieszkaniu za niewinność?

W desperacji przypomniałam sobie o Marku, moim byłym. Z dwóch powodów. Po pierwsze, znajdował się zaraz za Sebkiem na liście podejrzanych. Nie sądziłam, żeby jeszcze mnie kochał, ale mógł mnie jeszcze nienawidzić. Po drugie, nie jadał karpi, jak pamiętałam. Za to jego Marzenka kupowała tuzinami rzeczy niepotrzebne. Założyłabym się, że tak robiła, chociaż niewiele ją znałam od tej strony. Wyglądała na niegospodarną. Więc mogli zachować zbytecznego karpia do dzisiaj.

Umówiłam się z Markiem telefonicznie, że wpadnę na parę minut. Pedro przysłuchiwał się, kręcąc niechętnie głową.

– Aż tak ci zależy na tej rybie?

– Na rybie nie, ale na panu Zenobiuszu tak – odpowiedziałam.

To czy nie mogłam zapytać o karpia przez telefon? „Dziwne, Do!".

No i dobrze. Nie miałam nic przeciwko zazdrości. Jest dla związku tym, czym szczypta pieprzu dla potrawy. Byle bez przesady. Do szczęścia nie wystarczy samo pieprzenie.

Marek podjął mnie w domu samotnie, lekko zaskoczony moją wizytą jeszcze pół godziny po zapowiadającym ją telefonie.

– Marzenka się położyła, troszkę dziś niedomaga – wytłumaczył żonę.

Nie zdziwiłam się. Ja też zwykle troszkę niedomagam na widok Marzenki. Mieszkanie mieli urządzone ładnie. Bardzo ładnie. Z premedytacją nie przyglądałam się, żebym nie musiała czegoś podziwiać. Po co mi taki wersal? Traktuję Marzenkę jak pozostałe obce baby, które nie odbiły mi męża, i niech to świadczy o mojej kulturze.

Marek opowiedział dla zawiązania rozmowy, jak bogaty mają tegoroczny grafik świąteczny. Właśnie wrócili od jego rodziców, było uroczo, uśmiali się jak nigdy, wieczorem wybierają się do znajomych, bardzo mili ludzie, usytuowani, zawsze szczerze zapraszają, on jest zapalonym alpinistą, ona zajmuje się pajęczakami, niecodzienne hobby dla kobiety, trzeba przyznać, jednakże fascynujące, w związku ze swoimi zainteresowaniami oboje dużo podróżują, w trakcie spotkań prezentują filmy, które zrobili, arcyciekawe, tyle można dowiedzieć się o świecie z pierwszej ręki, nie poprzez anonimową szybkę telewizyjną...

– Znam Tamilskich, Marku – wpadłam mu w słowo. – Bywaliśmy u nich, nie pamiętasz? Dowiedziałam się z ich filmów, że w Alpach są góry i Tamilski, z tym, że Tamilskiego jest więcej. A kiedy pokazywali pajęczaki, wychodziłam do toalety ze wstrętu, więc nie dowiedziałam się niczego. Dowiedziałeś się więcej od tego czasu?

– Jakby tak się zastanowić... – Marek wzruszył ramionami i zaproponował mi sok pomarańczowy, przeszłam zatem kulturalnie do rzeczy.

– Czy dysponujesz żywym karpiem?

Markowi zatrzęsła się dłoń i rozlał sok na koronkową serwetkę Marzenki. Nieźle.

– Żywym karpiem? W jakim sensie?

Z każdym spotkaniem rozumiałam lepiej, dlaczego rozwiodłam się z Markiem. Natomiast coraz gorzej rozumiałam, dlaczego za niego wyszłam.

– W takim sensie, że nie należy do rodziny pajęczaków i się rusza. Jest rybą, która nie umarła. Żyje jako karp.

Marek uśmiechnął się na znak, że docenia moje poczucie humoru. Nie wyglądał na rozśmieszonego.

– Miałem.

– Podejrzewałam, że możesz mieć. – Uśmiechnęłam się ironicznie, żeby nie wyobrażał sobie, że nie mam zdania o zakupowych talentach jego małżonki. – Co z nim? Chętnie odkupię od ciebie.

– Odkupisz? Jak może pamiętasz, nie handluję rybami. Z przyjemnością bym cię poczęstował, ale zjedliśmy! – Teraz wyglądał na rozśmieszonego. – Ostatni kawałek na wczorajszą kolację. Marzenka przepada za smażonym karpiem, i ja też naturalnie. Kto wie, czy nie bardziej. Moja żona pysznie je przyrządza, grzech sobie odmówić.

Popatrzyłam na niego spod oka.

– Przepadasz za smażonymi karpiami? Dotąd nie brałeś ich do ust.

– Czyżby? – zapytał z niedowierzaniem Marek.

– W takim sensie, że podobno siedziały ci na żołądku przez dwa dni. Głowa cię po nich bolała. Z moim ojcem jedliśmy ukradkiem w kuchni, bo sam zapach cię odstręczał.

– Niewykluczone, jeśli tak twierdzisz – zgodził się po dżentelmeńsku Marek. – Widzisz, Do, naukowo udowodniono, że człowiek zmienia upodobania co siedem lat. W siedmioletnim cyklu biologicznym wymieniają się komórki w ludzkim organizmie. Później się lubi coś, czego się nie lubiło. Z potraw, z dziedziny sztuki, w ogóle. To, co mówisz, potwierdzałoby współczesny stan wiedzy.

– Od naszego rozwodu nie ma jeszcze trzech lat, a ty mówisz o siedmiu.

– Widocznie u mnie wymiana komórek rozpoczęła się na cztery lata przed naszym rozwodem. Cztery plus trzy i mamy siedem.

– Apetyt ustalasz sobie teraz za pomocą rachunków? Nie jestem pewna, czy rzeczywiście wymieniłeś sobie te wszystkie komórki na lepsze.

Marek napił się soku z pudełka, z którego wcześniej mi nalał.

– Nie chcę być nieuprzejmy, Do – powiedział – ale mogę teraz jadać, co mi się podoba i nic ci do tego, nie? Ja nie wtrącam się do twojego życia, zauważyłaś? Jak dla mnie, możesz sobie skakać na bandżi bez liny! Nic mnie to nie obchodzi!

Wypiłam łyk soku z wystudiowaną szlachetnością ruchów.

– Nie przyszłam kłócić się z tobą, Marku, jeśli tego nie zauważyłeś!

– Trzęba było mnie o tym uprzedzić. Nie dałbym się zmylić twoim zachowaniem!

– Czyli nie masz żywego karpia, rozumiem z tego? – zignorowałam jego fochy.

– Ani karpia, ani aligatora, ani strusia emu! Nie pytaj bez sensu! Powiedz, po co przyszłaś, jeżeli faktycznie po coś przyszłaś, a nie tylko spaskudzić mi święta dla własnej przyjemności!

– Marku, ubliżasz mi! – oznajmiłam, wstając. – Chcę ci powiedzieć, że nie polepszasz tym swojej lokaty w rankingu podejrzanych!

– Jakiej znowu lokaty? Ty nigdy nie dorośniesz, Do, prawda?! Dam ci dobrą radę doświadczonego małżonka: ułóż sobie życie! Wtedy pogawędka z tobą będzie rozkoszą. Teraz masz widocznie za dużo stresujących przeżyć, żeby rozmawiać bezinteresownie.

Jak mogłam nie mieć stresujących przeżyć, będąc z wizytą u niego? Czego tu szukam, zastanowiłam się. Przecież w ten sposób wcale nie tropię kogoś, kto postanowił uszkodzić mojego Pedra. Kompletuję listę facetów, którym na mnie nie zależy. Na co mi taka dołująca lista? Oszalałam? Czy nie mogłabym zamiast tego siedzieć na stryszku przed kominkiem i miażdżyć sobie palców dziadkiem do orzechów? Wrażenia porównywalne, a zaoszczędziłabym na biletach autobusowych.

Wstając, trzymałam szklankę z sokiem. Marek obserwował mnie w napięciu. Wyglądało pewnie z boku, jakbym zamierzała demonstracyjnie upuścić szklankę na podłogę. W trakcie małżeństwa z Markiem zdarzyło mi się raz czy dwa rzucić naczyniem, nie przeczę, ale tamte były moje, nie Marzenki. Mam swój honor! Nie będę dewastowała zastawy stołowej u aktualnej byłego. Ale Marek jakby nie dowierzał mojemu honorowi, co mnie irytowało. Skąd miał czelność?

– Chyba nie czujesz się urażona? – zapytał chłodno. – Nie powiedziałem niczego nieprawdziwego. Ludzie sfrustrowani, a przecież masz powody do frustracji, ja to rozumiem, tacy ludzie życzą bliźnim źle. Wcale nie twierdzę, że mnie to bulwersuje. Takie jest życie.

– Nie, Marku – odpowiedziałam równie chłodno. – Takie jest widocznie twoje życie. I też mnie to nie bulwersuje, bynajmniej. Ale życie innych jest inne.

Odstawiłam szklankę na blat nakryty koronkową serwetką, a Marek odetchnął z widoczną ulgą.

– Masz o życiu takie wyobrażenie, jakie miałem, będąc w starszakach – wyjaśnił mi złośliwie. – Albo jesteś hipokrytką. Życie wszystkich jest takie samo i dobro nie zwycięża na końcu, gdybyś chciała znać prawdę. Ale ty nie chcesz znać prawdy, czyż nie?

– Marku, jak ty traktujesz Do?! – odezwała się zza mych pleców Marzenka.

Koniec świata! Marzenka stająca w mojej obronie, co za upokorzenie! Już wolałabym, żeby Marek wyzwał mnie od ostatnich i podbił mi oko, choć za małżeństwa tego nie robił. Ale wolałabym chyba. Zachowałabym czyste sumienie niewinnie pokrzywdzonej. A teraz? Byłam bidulką zasługującą na współczucie. Jakbym przyszła na żebry po tego karpia.

Odwróciłam się powoli do Marzenki z zimną furią w oczach. I zdębiałam.

Miała na sobie olśniewającą kreację. Kiedy ruchem Grety Garbo (co za wiśnia!) założyła rękę za głowę, wyglądała w swojej sukni, jakby mierzyła metr sześćdziesiąt pięć. Lekko licząc. Ścięty ukośnie dół i stójka trzy czwarte pod szyją. Widziałam tę suknię w salonie na Wodeckiego. Siedemset dziewięćdziesiąt dziewięć złotych. Nie mogłam sobie na nią pozwolić nie tylko z powodu ceny. To był model ciążowy. Wystający brzuch Marzenki wyglądał gdzieś tak na siódmy miesiąc. Marek będzie tatusiem jeszcze tej zimy, nie do wiary. Gdybyśmy zostali razem, być może ja stałabym teraz w jakichś drzwiach w kiecce za osiem stów, z siedmiomiesięcznym brzuchem, i przeciągałabym się zmysłowym ruchem Grety Garbo. Jak dumna z siebie marcowa kotka.

– Widzę, że mam powody do gratulacji – wydusiłam z głębi stłamszonego jestestwa.

– Dziękujemy ci, Do – odpowiedziała Marzenka z sympatycznym uśmiechem.

Nawet Marek uśmiechnął się do mnie bez złośliwej miny. Może marcowa Greta Garbo wydobywała z niego lepsze cechy charakteru niż ja?

Zaproponowała mi kawę, ciasto świąteczne. Marek rozstawił talerzyki, namawiał na dokładkę, opowiadał dowcipy, w tym dwa zabawne. Sodoma i Gomora. Wychodząc, obiecałam sobie, że kiedy Marzenka urodzi, przyniosę tu największego pluszowego micha, jaki wejdzie w drzwi. Ale już za progiem dowiedziałam się od Marzenki, że na następną wizytę zaprasza mnie do nowego domu. Jej rodzice trochę im pomogli, przeprowadzają się na wiosnę. Będą mieli dziecięcy pokój i taras do zabawy, i wielkie szklane drzwi tarasowe na całą ścianę. Na micha do takich drzwi nie będzie mnie stać finansowo, uznałam z góry. Nie szkodzi. Kupię ich nowemu dzieciątku zarąbistą grzechotkę.

W ten sposób też udowodnię Markowi, że dobro zwycięża na końcu. I to taniej.

Do mojego mieszkania bez tarasu i szklanych drzwi tradycyjnie skradałam się na palcach. Tym razem nie poszło gładko. Byłam na pierwszym piętrze, gdy z dołu zawyła pijackim głosem „My, Pierwsza Brygada". Pan Mietek z drugiego wracał do domu w bogoojczyźnianym nastroju. Zbiegłam do niego z palcem na ustach. Są spokojne święta, ludzie odpoczywają, po co ich stawiać na baczność, panie Mietku, tłumaczyłam.

– Słuszna racja, profesorka. Ty żeś nie jest w ciemię bita, jak skonam. Są święta Bożego odpoczynku, wyobraź sobie. Ja także samo na tapczanik. Aby dzieciaczkom dam pod chojaka... jak mu tam... podarka! Cukiereczki im mam, profesorka. Poczęstujesz się?

Wyciągnął zza pazuchy paczkę w błyszczącym papierze i usiłował rozerwać ją paluchami, ale paznokcie mu się ślizgały. Powstrzymałam go. Dzieci ucieszą się z zapakowanej paczki. Jak to dzieci. Czekają na tatusia. Niech opowie coś o nich, niech nie śpiewa.

– Od Mikołaja też dostały podarki?

– Cukiereczki, profesorka! Te tu! – Pan Mietek potrząsnął paczką przed moim nosem. – Nadziewane takim czymś. Jak raz im niosę od Mikołaja.

Zachęciłam go, żebyśmy szli na górę cicho, ale sprawnie, jeśli da radę. Jest spóźniony z wigilijnym prezentem, nie ma co zwlekać.

– Dostaną punktualnie we Wigilię, profesorka! – zapewnił. – Dam! Wejdę i dam!

Zgodziłam się, żeby dał. Dzieci się ucieszą. Podarek miło dostać chociażby dwa dni po Wigilii. Pan Mietek przystanął z jedną nogą wyżej, drugą niżej, dramatycznie uczepiony poręczy. Popatrzył na mnie z wyrzutem.

– Jak po Wigilii, wygadujesz, kurna, kiedy się udaję ja do domu mojego na Wigilię. Tu żem gdzieś obeszłem z kolegami ją, Wigilię świętą, i teraz paczkę niesę dzieciaczkom. Z cukierkami nadziewanymi takim czymś. Poczęstujesz się, profesorka?

Wyjaśniłam, że z kolegami obchodził Wigilię dłużej, niż mu się zdawało. Pan Mietek rozjechał się z oburzenia od ściany do poręczy, wciąż z jedną nogą wyżej, drugą niżej.

– Co ty pierdzielisz, profesorka? – zapytał ze wzgardą. – Jak ma być po Wigilii, kiedy idę ja na Wigilię do domu mojego, żony mojej i dzieci ukochanych! Też moich, albo inaczej zatłukę starą cholerę w cholerę! Jeszcze żywego karpia im niesę! Dorodny jak byczek! To ja na Wigilię zwierzątko niesę czy na Zielone Świątki, psia jego mać?!

Teraz ja rozjechałam się od poręczy do ściany. Pan Mietek rycersko podtrzymał mnie pod ramię, ale skutkiem niezaplanowanej operacji usiadł na stopniu. Zauważyłam pod jego pachą plastykowy baniaczek z dziurkami i wszystko stało się jasne.

– Panie Mietku, niebo mi pana zsyła! – krzyknęłam, aż położył palec na brodzie. Chciał na ustach. – Cukierki nie, ale karpiem poczęstuję się z ochotą. Zapłacę, ile pan zażąda.

Pan Mietek wyjaśnił honorowo, że częstuje za darmo. Proszę, kurna, uprzejmie, karp jest mój! Gdyby kiedyś jego, cytuję, stara cholera powiedziała jak ja, że niebo go zsyła, też by dostała karpia za darmo. Ale ta, znów cytuję, stara cholera marudzi. Nie doceni. Gdyby nie ona, już by się ze mną chajtnął, bo taka – *sorry*, też cytuję – dupeczka marnuje się na kocią łapę. Nie może na razie nic przez tą swoją... No, tu już nie zacytuję lepiej.

– Doceni pana, panie Mietku! – zapewniłam go, łapiąc baniak z Zenkiem Bis. – Niech pan się tym nie martwi. Najserdeczniejsze pozdrowienia dla cholery!... To znaczy, dla małżonki!

Wpadłam do mieszkania, nawołując Pedra. Nie było go. Na kominku znowu wisiała kartka. Na jej widok zrobiło mi się słabo. Podeszłam noga za nogą, nie zdejmując płaszcza, jakbym zamierzała uciec z mieszkania po odczytaniu.

Pojechałem po karpia. Może kolega znajdzie do niego dojście wcześniej.

Odetchnęłam i czule przycisnęłam do piersi baniak. Pedro, pomyślałam z dumą, byłam lepsza! To ja znalazłam dojście! Mężczyzna zabija, kobieta daje nowe życie! Tak jest skonstruowany ten wspaniały świat!

Anonim

Trzy minuty później świat nie wydawał mi się już taki wspaniały. Gdy włożyłam karpia do balii ze świeżą wodą. Był podobny do Zenka, to prawda. Z wyglądu. Z zachowania mniej. Unosił się bez ruchu przy dnie, leżąc na boku. Dwudniowa wędrówka na Wigilię pod pachą pana Mietka dała mu się we znaki. Nie znam się na zwyczajach ryb, ale martwe mają zdaje się nawyk pływania po wierzchu brzuchami do góry. Aż tak martwy Zenek Bis jeszcze nie był. Pedro na pewno znalazłby sposób, żeby przywrócić go do życia. Tylko że jak na złość nie wracał. Jego komórka była głucha, bez zasięgu.

Delikatnie popchnęłam karpia parę razy, żeby nadać mu ruch posuwisty. Nie skorzystał z pomocy. Zabełtałam wodę, żeby ją porządnie dotlenić, wsypałam trochę karmy na zachętę, ale apetytu też nie wykazywał. Nie zareagował na muzykę relaksacyjną „Śpiew wielorybów", którą włączyłam, żeby uleczyła go szokiem. Wyjęłam go ostrożnie, bo się wyślizgiwał, ułożyłam go na czystej serwetce i zaczęłam miarowo uciskać mu podbrzusze. Tak jak robi się masaż serca człowiekowi przy usta-

154

niu akcji. Bo coś takiego ten karp miał. To znaczy nie serce...
a właściwie serce też, jak najbardziej, i oprócz niego coś w rodzaju śmierci klinicznej. Raz odniosłam wrażenie, że ruszył płetwą. Jakby drgnął. Polałam go wodą, żeby nie wysechł, i obserwowałam uważnie. Drugi raz nie powtórzył tej sztuczki.
Wyjęłam z barku whisky Pedra, kapnęłam parę kropel w rybi pyszczek. Whisky pobudza do życia nawet zimnokrwistych Anglików. Karpi, okazuje się, nie pobudza. Włożyłam bezwładnego Zenka do balii bliska rozpaczy.

Czy miałam poddać się bez walki, skoro miałam tyle szczęścia z karpiem, że w końcu go miałam! Wykręciłam numer ojca.

– Tato, potraktuj poważnie to, o co zapytam – uprzedziłam.
– Czy wiesz, jak się reanimuje karpie?

– Nie mam pojęcia. – Roześmiał się. – Ale obstawiam, że tak samo jak śledzie albo jesiotry. Łatwizna, Do.

– Jesteś lekarzem – przypomniałam mu.

– Z małą praktyką w schorzeniach karpi, niestety. Żaden się do mnie jeszcze nie zgłosił.

– To nie jest śmieszne!

– Smutne też nie. Karpie ponoć marnie płacą za poradę lekarską.

– Tato, jeżeli wystarczająco się ubawiłeś, posłuchaj – przywołałam go do porządku. – Jesteś lekarzem i musisz znać jakiegoś weterynarza. To pokrewny fach. Więc zadzwoń do niego, zapytaj w moim imieniu, jak się reanimuje karpie. Mam tu karpia, na którym bardzo mi zależy. – Pociągnęłam nosem, ponieważ łzy spływały mi już nosem. – Ten biedak kona!

– Więc usmaż go, Do. Ma w sobie dużo fosforu, zapewni ci piękny biały uśmiech. Ryb, żółwi czy pająków nie leczy się lekarstwami dla ludzi, zapewniam cię. Potrzebujesz doktora Doolittle. Albo tego szpakowatego z serialu, co amputował nogę fince. Wbrew twej pewności, córeczko, nie znam żadnego weterynarza. Ani dyrektora sanatorium dla karpi, ani księdza, który mógłby udzielić im ostatniego namaszczenia! – oświadczył ojciec z godnością i przerwał połączenie. Lub Szatan przegryzł mu kabel. W każdym razie życzyłam mu tego z całego serca w tym momencie.

Zapłakana usiadłam nad książką telefoniczną i zaczęłam sama wydzwaniać do weterynarzy w mieście. W przerwach modląc się żarliwie, żeby Pedro wreszcie wrócił. Pierwszy weterynarz wyjaśnił mi, że są święta, on nie miarkował się w jedzeniu i piciu, toteż nie nadaje się do leczenia. Chyba żeby jego ktoś uleczył, bo na stole wciąż jest suto i chciałby tak móc, jak nie może. Drugi weterynarz był usposobiony lakonicznie i po prostu nie przyjmował. Trzeci orzekł, że uzdrawia się hodowle, hurtowo, a detaliczne karpie się konsumuje, wypada taniej. Czwarty leczył wyłącznie psy obronne pod względem psychiatrycznym.

Piąty nie zdążył udzielić mi porady, ponieważ rozległ się dzwonek do drzwi. Rzuciłam słuchawkę i pognałam, żeby wpuścić Pedra.

Na progu stał uśmiechnięty pan Zenobiusz w odświętnym garniturze, ze słodką bułką dla karpia w jednej ręce, a miseczką borowikowego budyniu z kabalotkami w drugiej. Budyń był dla mnie w podzięce za opiekę nad Zenkiem. Gdyby przyniósł mi budyń z muchomorów, zjadłabym bez zastanowienia, ale z borowikowym zupełnie nie miałam pomysłu, jak się zachować. Po prostu prymitywnie wpuściłam pana Zenobiusza do środka. Zapytał z troską, dlaczego płaczę? Albowiem dzwonił przyjaciel, który spędza święta na obczyźnie. Wzruszyłam się. Aż serce boli, jak nasi tęsknią za krajem w Boże Narodzenie.

– O tak. I kiedy polska reprezentacja wygrywa – zgodził się filozoficznie pan Zenobiusz, ale nie podtrzymał tematu. – Pozwoli pani do Zenka?

– A mam inne wyjście? – dałam upust irytacji z domieszką zrezygnowania. Ale natychmiast okazało się, że po prostu nie umiem poddać się bez walki. Złapałam pana Zenobiusza za połę marynarki, zanim się zastanowiłam. – Moment! Tylko że... Jestem panu winna kawę! A kompletnie zepsuł mi się elektryczny czajnik! Kobieta nie ma wyjścia, prawda? Nie poradzi sobie. Pan jest na tyle męski, że naprawa czajnika czy żelazka... Raczej czajnika... Błagam, sąsiedzie! W razie czego mam w domu śrubokręt, tylko nie wiem, gdzie?!

Pan Zenobiusz uniósł majestatycznie brwi na znak, że elektryczne czajniki nie mają przed nim tajemnic. Zerknął w rozter-

156

ce ku balii z Zenkiem i ku kuchni, do której miał bliżej. I znów ku Zenkowi. Po plecach przeszły mi ciarki. Pedro, wróć i uczyń cud, modliłam się.

– Co mu jest? – zapytał pan Zenobiusz.

– Nic zupełnie – zapewniłam wystraszona. – Chlapie wodą, zachowuje się jak zwykle, czasem jest trochę osowiały, jakby tęsknił za panem. Wtedy kładzie się na boku.

Pan Zenobiusz położył bułeczkę i budyń na kuchennym stole, wyciągnął z kieszeni scyzoryk z własnym śrubokrętem. Uśmiechnął się do mnie podejrzliwie.

– Byłem za młodu taki jak pani, sąsiadko – zapewnił. – Wesoły. Abstrakcyjne żarty dowodzą inteligencji. Kobiety za mną tęskniły, bywało. Czajnik po raz pierwszy.

– Ach, nie – zaprzeczyłam. – Nieporozumienie. Mówiłam o Zenku. Z czajnikiem właściwie nie umiem powiedzieć, co jest, wie pan? Niby normalnie gotuje wodę, ale... Tak jakoś inaczej. Chłodniejsza jest jakby. Wolniej zaparza. Choć w gruncie rzeczy taka sama.

– Grzałka nie kontaktuje albo kamień – zdiagnozował pan Zenobiusz.

Pomacał w środku, odkręcił denko, poprosił mnie o odrobinę octu. Najpierw coś wykręcił, potem dokręcił odwrotnie, potem włączył sznur do kontaktu.

– No i co? – zapytałam na głos, a w duchu powtórzyłam moją mantrę: Pedro, wróć i uczyń cud, zanim zginę!

– Nic tu nie widzę. – Pan Zenobiusz zasępił się. – Teoretycznie powinien grzać jak ta lala. Proszę spojrzeć, sąsiadko. – Odwrócił wybebeszony czajnik do góry dnem. – Tylko niech pani nie dotyka, bo kopnie. Ten niebieski kabelek i ten czerwony. Widzi pani? Nic tu nie widać.

– Uhm, widzę – potaknęłam. – Nic nie widać.

Od spodu wyglądało jak w katastroficznych filmach o podłożonych bombach, gdzie nie wiadomo, który kolor przeciąć, żeby pół miasta nie wyleciało w powietrze. Aż zaczęłam się niepokoić o mój czajnik. Czyżbym wykrakała mu przedwczesny koniec?

– Z kabelkami w porządku – rozwiał moje obawy pan Zenobiusz. – Zwłaszcza z czerwonym. Bo niebieski trochę dokręciłem. Może coś w kontakcie? Gdzie ma pani drugi?

Byłam już lekko załamana stanem mojego czajnika, toteż pośpiesznie zaczęłam wyliczać kontakty w domu. Pan Zenobiusz przerwał mi przy tym zasuniętym na stałe szafą. Wystarczy. Wszystkie nie mogą działać wadliwie. Podłączymy się, sprawdzimy.

Przeniósł napełniony wodą czajnik do kontaktu przy biblioteczce. Gestem wtajemniczonych uniósł go do ucha, zasłuchany w szum gotującej się wody jak Penderecki w prawykonanie. Tylko że zanim woda zawrzała, usłyszał głuchą ciszę z balii Zenka.

Poznałam to po jego minie.

Pedro, wróć i ocal moją duszę od wiecznej zguby, jęknęłam nadaremnie.

Ponieważ czajnika bez dna nie dało się odstawić, pan Zenobiusz pochylił się i przyciągnął balię do swoich stóp. Z tragicznym niedowierzaniem. Ruchem żywego trupa z horroru. Ożywionego czarami zombi o zielonej cerze i policzkach zapadniętych do kości. Na dnie balii znieruchomiały Zenek Bis kołysał się na boku w rytm poruszonej wody. Jego pan patrzył na niego wybałuszonymi boleśnie oczami. Właściwie to nie był jego pan, bo to nie był Zenek. Nieważne. Kimkolwiek był ten ktoś, w kogo odmienił się pan Zenobiusz, bałam się, że oczy wytrysną mu z orbit. I wtedy stanie się nieżywym trupem. Jak karp.

– Ojejku, chyba zdrzemnął się, zmęczony świętami, biedak! – Poszłam idiotycznie w zaparte. Nie miałam sumienia nie iść.

Pan Zenobiusz nie uwierzył mi, niestety. Albo wcale nie słuchał.

– Zenku?! – szepnął ze zgrozą i wyciągnął dłonie z czajnikiem ku martwej rybie.

Krzyknęłam ze strachu. Opamiętał się, cofnął łokcie raptownie. Ale podłączony do prądu czajnik z obnażonymi elektrycznymi wnętrznościami, wypadł z jego rąk. Wprost do balii. Woda zapieniła się, huknęło i wysadziło korki w mieszkaniu. Strzeliła lampka na stoliku, wyłączyła się lodówka w kuchni, czerwone diody na telewizorze i wieży zniknęły jak zdmuchnięte. Podskoczyłam z wrażenia pod sufit.

– Co to było? – jęknęłam. – Mógł pan sobie, Chryste... aż nie wiem co!

– Matko Przenajświętsza! – rzekł martwym głosem pan Zenobiusz. – Zabiłem Zenka!

Bo spośród odmętów wzburzonej wody Zenek Bis wypłynął tym razem już regularnie brzuchem do góry.

Na ten widok pan Zenobiusz rozpłakał się jak dziecko. Zrobiło mi się go przeraźliwie żal. Bardziej niż Zenka, mojego czajnika, wywalonych korków, sytuacji politycznej na świecie, bezdomnych i bezrobotnych. Ich w tej chwili nie widziałam, a pan Zenobiusz na moich oczach stał się strzępem człowieka. Siwym, szarym, załzawionym staruszkiem w zbyt obszernym garniturze o niemodnym kroju. Co miałam mu powiedzieć? Wymyślcie coś pocieszającego w takiej sytuacji! Nie ma mądrych!

I nagle przetarłam oczy ze zdumienia.

Zenek wywinął się o własnych siłach z pleców na brzuch, zanurkował, chlapnął i zalał mi wodą Trylogię Sienkiewicza w sześciu tomach z rycinami z epoki. Elektrowstrząs okazał się zbawienny. Jak w optymistycznym amerykańskim filmie o niewidomej malarce. Zapłakani od szczęścia podaliśmy sobie z sąsiadem obie ręce niczym na oscarowej gali.

Akurat na to zawitał do domu Pedro. Choć był to pierwszy moment, kiedy zaprzestałam modlić się w duchu o jego powrót. Po oczach widziałam, że wypił co najmniej jedno piwo. Nie miałam tylko pewności – do wódki czy do wina. Popatrzył z niepokojem na nas, stojących nad balią ze łzami w oczach.

– Dzieńdoberek! – przywitał się elegancko. – Wyszedłem z nim na spacer.

– Słucham? – wyrwało się nam z panem Zenobiuszem jednogłośnie.

Pedro uśmiechnął się do nas uspokajająco, a do mnie nawet mrugnął.

– Mówię, żebyście się nie martwili, kochani! Stoicie nad pustą balią i zastanawiacie się, gdzie też podział się ten biedny Zenek, co? Zastanawiacie się! Czy ktoś go aby przez pomyłkę nie usmażył? Nic mu nie dolega, panie Zenobiuszu. Bez obaw. Jest cały i zdrowy! Wyszedłem z nim trochę na spacer.

Tryumfalnie wyciągnął zza pleców przezroczystą foliową torbę, pękatą od wody. W środku pływał dorodny trzykilowy karp. Wypisz wymaluj Zenek.

Zapadła cisza, która nie zapowiadała niczego dobrego. Wszyscy na wszystkich patrzyli podejrzliwie. Pan Zenobiusz przestał płakać, po minie Pedra wyglądało, że on zacznie. Nie był na tyle pijany, żeby nie zorientować się, że przedobrzył. Karp w balii chlapał w najlepsze, nie sposób było go przeoczyć. Musiałam wziąć sprawy w swoje ręce. Nie mogłam usunąć fatalnego nadliczbowego karpia, ale mogłam dodać mu towarzyszy. Szkoła Agathy Christie. Pojedyncze morderstwo najłatwiej ukryć w serii morderstw. Pojedynczego karpia – w serii karpi.

– Tylko jeden, Pedro? – zapytałam. – Miało być pięć.

– Czego pięć? Karpi?

– Pięć Zenków! – pouczyłam go, po czym zwróciłam się do pana Zenobiusza. – Niech pan się nie gniewa, sąsiedzie. Postanowiliśmy zebrać od znajomych tyle żywych karpi, żeby mógł je pan ocalać sukcesywnie od Nowego Roku do Trzech Króli. Po jednym dziennie. Piękna symboliczna klamra z dat, prawda? Każdy miał się nazywać Zenkiem na cześć pańskiego przyjaciela... – Wskazałam lirycznym gestem na balię, skierowałam surowe spojrzenie na Pedra. – Niestety, widzę, że Pedro nadużył alkoholu i źle policzył karpie! Ale i tak dwa to więcej niż jeden, prawda? Choć mniej niż sześć, to fakt... Dwa wypada pomiędzy jeden a trzy.

Na szczęście pan Zenobiusz wzruszył się i nie musiałam dłużej pleść koszałków-opałków. Zapewnił, że docenia, co uczyniliśmy, to ogromnie humanitarne. Nieważna liczba karpi, ważne serce. Moje i Pedra, wspólne. Gdybyśmy mieszkali w Sodomie, za jednego Zenka miłosierny Bóg ocaliłby może całe nasze grzeszne miasto, kto wie?

– A przynajmniej dałby puchar w zawodach wędkarskich! – przytaknął Pedro dla podtrzymania rozmowy, choć wolałabym, żeby nie podtrzymywał w taki sposób.

Pan Zenobiusz pożyczył mi działający czajnik, naprawił korki, zaprosiliśmy jego żonę (przyszła ze świątecznym sernikiem) i wreszcie zrobiłam wszystkim kawę. Spędziliśmy miły wieczór, choć początkowo pani Zenobiuszowa ani w ząb nie pojmowała, dlaczego widzi dwóch Zenków w balii, mimo że to Pedro jakoby wypił. Zasady wyliczeń karpi od Nowego Roku do Trzech Króli wydawały jej się zawiłe. Aż przestraszyłam się, że rozszyfruje mój misterny podstęp. Na szczęście pan Zenobiusz zapewnił, że dla niego wszystko jasne i w domu jej wytłumaczy. Później. Na spokojnie.

– Gdyby nie ja, moja małżonka zginęłaby na świecie – zapewnił nas z zadowoleniem.

Oprócz słynnych skarpetek z owczej wełny (które gryzły, wiedziałam od początku) od mamy Pedro dostał od ojca pod choinkę francuskie czerwone wino w eleganckiej wiklinowej plecionce. Postawiłam je na stół, żeby choć po części zrekompensować państwu Zenobiuszostwu stratę, o której nie mieli pojęcia. Bardzo im smakowało. Sącząc wino, obgadaliśmy sąsiadów i seriale telewizyjne, co w sumie na jedno wychodzi pod względem powikłań intrygi. Często nawiązywaliśmy do Zenka. To już z czystej sympatii, gdyż w życiu ryb brak atrakcyjnej fabuły, jeśli nie liczyć filmu „Szczęki". Wypiliśmy zdrowie karpia, wypiliśmy za jego przyszłość i liczne potomstwo, za długie i spokojne życie. Szkoda, że Zenek nie dożył tej chwili, naprawdę szkoda.

Kiedy położyliśmy się do łóżka, przytuliłam się namiętnie do pleców Pedra. Nie zareagował. Nigdy wcześniej coś podobnego się nie zdarzyło, toteż na moment straciłam wątek. A następnie, niestety, nie zdołałam powstrzymać się i zareagowałam tak, jak obiecałam sobie wielokrotnie, że nigdy nie zareaguję. Żeby nie wiem co. Nie zareaguję tak i już.

– Pedro – zapytałam poważnie – czy w ogóle zamierzasz się kiedyś ze mną ożenić?

– Dzisiaj już raczej nie – wymamrotał Pedro sennym głosem.

Zgasiłam nocną lampkę, pilotem od wieży włączyłam cichutko Grapellego, poleżałam, patrząc w niewidoczny w ciemnościach sufit i wsłuchując się w rzewny „Moonlight in Vermont", po czym wyłączyłam Grapellego i pstryknęłam nocną lampkę na powrót.

– Pedro, musimy porozmawiać poważnie. Co byś zrobił, gdybym była w ciąży?

Pedro usiadł na łóżku i zapalił nocną lampkę po swojej stronie.

– Jesteś w ciąży?

– Nie. Pytam, co byś zrobił, gdybym była.

– Prawdopodobnie podjąłbym proponowaną przez ciebie rozmowę na poważnie.

Zgasił lampkę po swojej stronie i położył się, naciągając kołdrę po szyję.

– Pedro, jeżeli do porozmawiania na poważnie potrzeba, żebym była w ciąży, możemy to załatwić w parę minut.

Co powiedziawszy, zgasiłam lampkę i też nakryłam się po szyję. Pedro zapalił lampkę po swojej stronie i usiadł.

– O co ci chodzi, Do?

– O nic – odpowiedziałam i też zapaliłam swoją lampkę.

– Czy wiesz, że zapalanie i gaszenie bardziej skraca żywotność żarówek niż eksploatacja ciągła? – zapytał Pedro. – Niedługo ta rozmowa wyniesie nas drożej niż telefoniczna.

– Ja nie zapalam! – oświadczyłam i zgasiłam.

Pedro też zgasił swoją lampkę i natychmiast zapalił ją z powrotem.

– O czym chcesz rozmawiać na poważnie o tej porze? Coś się stało?

– Tak! – wygarnęłam mu, zapalając. – Mam już dwadzieścia pięć lat, wiesz o tym?

– Do, kochanie! – Pedro ziewnął. – Przecież to się nie stało dzisiejszej nocy. Doszłaś do tych lat stopniowo, miałaś czas się przyzwyczaić. To minie.

– Bezpowrotnie – zgodziłam się. – A kobieta, niestety, funkcjonuje zupełnie inaczej niż mężczyzna. W pewnym wieku na niektóre rzeczy staje się dla niej za późno.

– Na co za późno?

– Na dziecko! Och, Pedro! – poprosiłam i przytuliłam się do niego znowu. – Zafundujmy sobie dzidziusia! Takiego malutkiego. Na razie będzie dla nas kompletnie niekrępujący, będę go nosiła w brzuchu, a przez ten czas przyzwyczaimy się, że jest z nami. Już nie będziemy sobie wyobrażali życia bez niego. Proszę!

Pedro zgasił swoją lampkę, ale się nie położył. Tym razem już nawet nie wydawało mi się, że w jego skórze siedzi czarnoksiężnik. Tym razem w jego skórze było pusto. Nikt nie wyglądał ze środka przez jego otwarte oczy.

– Przepraszam, Do, jeśli źle to odbierzesz, ale nie. Nie teraz.

– Dlaczego nie teraz?

– Wypiłem dzisiaj.

– Pedro! Dzieci rodzą się trzeźwe.

Pedro położył się z rękami pod głową, patrząc w sufit.

– No więc dobrze, jeżeli chcesz wiedzieć. Znów dostałem taki anonim.

Położyłam się obok niego na wznak, patrząc w ten sam sufit, co on.

– Anonim że co?

– Że stanie się nam coś złego, jeżeli pozostaniemy razem.

Nie patrząc, wyciągnęłam rękę i zgasiłam swoją lampkę. Sufit zniknął. Pedro zniknął. Wszystko zniknęło. Została ciemność.

– To staje się męczące, Pedro – powiedziałam szeptem do tej ciemności. – Powinniśmy coś z tym zrobić. Zanim to zrobi coś z nami.

Rano okazało się, że obie żarówki w nocnych lampkach są przepalone. Jak mogę nie wierzyć, że świat jest jedną wielką magią? Albo fabryki żarówek produkują jeden wielki szajs, innego wytłumaczenia nie ma!

Odlot autorski

– Kocham go, Roberto – powiedziałam. – To jedyna rzecz, której jestem pewna.

– Zrób jak ja – poradziła mi Roberta. – Też chciałam faceta, który będzie mnie kochał bezwarunkowo i na zawsze, więc urodziłam go sobie. Kobieta zawsze ma drugie wyjście.

– Tylko że ja chciałabym mieć ich obydwóch. Tego na zawsze

i tego, którego bezwarunkowo urodzę. A na deser słodką córeczkę z kręconymi loczkami.

– Błąd! – powiedziała Roberta.

– Tak myślisz?

– Mówi się „ze złocistymi kręconymi loczkami". Marzysz po łebkach, Dominiko!

Jechałyśmy samochodem Roberty na moje spotkanie autorskie. Było ślisko, tłoczno, wlokłyśmy się trzecią godzinę, zdążyłam zwierzyć się jej nawet z tego, że chyba nie jestem prawdziwą pisarką i w związku z tym nie powinna ze mną podpisywać umowy na tę drugą książkę o miłości do Pedra. Dla dobra własnego i wydawnictwa. Roberta zapytała mnie, co jej w takim razie radzę? Co ma wydać? „Iliadę" i „Odyseję"? To też zbankrutuje, jeszcze prędzej. Więc woli dać zarobić mnie niż Homerowi. On już dawno tak wyszedł na swojej twórczości, że nie żyje. Choć był wielki bez dwóch zdań. I to czeka każdego pisarza. Nie że będzie wielki jak Homer, tylko że umrze. Tak się wychodzi na literaturze, ale ktoś musi to robić. Inaczej świat zejdzie na psy. Pozbawiony kultury, moralności, wyższych aspiracji.

Obiecałam Robercie, że już dobrze, napiszę o miłości do Pedra, tylko niech nie zwala na mnie winy za cały świat. Ja i tak mam problemy.

– Obowiązki masz – powiadomiła mnie bezlitośnie. – Świat kobiet musi opisać kobieta! Kto inny? Czy facet byłby w stanie opisać życie Bridget Jones? Czy byłby w stanie opisać twoje życie, sama powiedz? Nie umiałby odpowiedzieć na podstawowe pytanie: dlaczego? Łudzisz się, że facet potrafi cię zrozumieć?

– A ty mnie rozumiesz, Roberto, dlaczego?

– Co to zmienia? A czy ty sama siebie rozumiesz? Kobieta jest najpiękniejszą zagadką kosmosu! Jedyną istotą, która ma życie wewnętrzne. Bo faceci mają życie zewnętrzne. To już wynika z samej budowy anatomicznej, Dominiko. Nic nie poradzimy.

Nie sprzeczałam się z nią, niemniej postanowiłam, że Pedro ma życie wewnętrzne. Pomimo nienagannie męskiej budowy anatomicznej! Będę je w nim pielęgnować, to życie. Jeszcze niejedna mi pozazdrości!

Musiałam zwabić go myślami, ponieważ zadzwonił, że jest już w Wilkowysku. Załatwiał sylwestrowy kulig, miał coś do zrobienia w pałacu, planowaliśmy zobaczyć się pojutrze. Powiedziałam mu, że ja jestem jeszcze w polu. To znaczy z okien samochodu widzę zaśnieżone pola i od czasu do czasu dom albo las. Pedro odpowiedział, że gdy spogląda w okno gabinetu, też widzi zaśnieżone pola, a na horyzoncie dom albo las. Czy potrafilibyście równie pięknie opowiedzieć o wspólnocie ukochanych, których dzielą setki kilometrów? A Roberta wmawia mi, że faceci nie mają wewnętrznego życia. Chyba że jej!

Dojechałyśmy około jedenastej. Trochę się bałam publicznego podpisywania książek w księgarni, więc po przyjeździe moje motylki w brzuchu się uaktywniły. Nie podpisywania jako takiego się bałam, oczywiście. Przeciętna polonistka składa rocznie tyle podpisów pod ocenami, że żaden artysta jej nie zaimponuje. Bałam się publicznego. Że nie będzie wcale publiczne, czyli że nikt nie przyjdzie po autograf. Tym bardziej, że to było w jakiejś małej księgarence na peryferiach, bliżej chyba Acapulco niż Pałacu Kultury. Pani Ziuta z księgarni okazała się nadzwyczaj miła, ale sprowadziło się to do tego, że dała mi kawę i stolik pod filarem, na którym wisiała powiększona okładka mojej książki. Z bombkami choinkowymi naokoło w formie dekoracji.

Roberta poszła załatwiać swoje sprawy w mieście i zostałam sama. Dosłownie. Ani śladu czytelnika. Uczestniczyłam w większej akcji kulturalnej na zakończenie roku, po okolicznych księgarniach dyżurowali ponoć inni pisarze, ale ich nie widziałam. Tylko wyobrażałam sobie, że ten tłum, którego nie ma u mnie, jest u nich. No bo gdzie się podział?

Po kwadransie do księgarni zajrzał klient, przeszedł wzdłuż lady z książkami, przypatrzył się okładce nade mną, równie beznamiętnie przypatrzył się mnie, uśmiechniętej jak spikerka, i wyszedł. Aha, przejrzał album o lądowaniu aliantów w Normandii. Całe szczęście, że jego też nie kupił, bo byłoby mi głupio. Teraz będę się wstydziła przed panią Ziutą, że jacyś kompletnie obcy ludzie nie kupują mojej książki, pomyślałam. Po co mi to było? Dobrze, że Roberta wyszła, inaczej bym się z nią pokłóciła w tej niedogrzanej, dusznej od papierowego pyłu księgarence. Którą ona wymyśliła, przecież nie ja. I w której kawa stygła po włożeniu zimnej łyżeczki do środka.

Wreszcie podeszła do mnie urocza starsza pani i nawiązała rozmowę. Czy to ja napisałam powieść o jednorożcu? Kiedyś napisałam, owszem, przyznałam się. Młodzieńczy wybryk. Z tym, że nie chciano tego wydać, więc w zasadzie jakby nie istniała. Starsza pani uśmiechnęła się sympatycznie i powiedziała, że gratuluje mi. Kupiła. Czytała. Bardzo mądra książka. Ma wiele głębszych wartości. Gdybym kiedyś jeszcze coś napisała, z chęcią przeczyta. Nie zdążyłam jej powiadomić, że jednorożec nie mógł być mój, ja właśnie napisałam to, co wisi nade mną, gdyż wyszła. Zza szyby wystawowej pomachała mi życzliwie.

Dziesięć minut później dwie nastolatki kupiły na spółkę książkę o miłości do Pedra i poprosiły mnie o autograf. Byłam taka szczęśliwa, że gdyby nie pani Ziuta, dałabym im egzemplarz za darmo. Albo i dwa.

I wtedy nagle, bez uprzedzenia, bez żadnego znaku z nieba podszedł do mojego stolika... Trzymajcie się krzesła, jak ja się złapałam! Podszedł do mnie Jerzy Pilch! Żywy! Daję wam uroczyste słowo honoru, podszedł do mnie żywy Jerzy Pilch. Ale to jeszcze nic! Powiedział, że jest moim fanem i żebym mu dała autograf. Z wrażenia odebrało mi mowę. Chciałam powiedzieć, że też jestem jego fanką, ale zatkało mnie. Wykrztusiłam tylko, że proszę bardzo. O mało co bym zapytała, jakie imię wpisać w dedykacji. Nie wiem, czy podpisałam mu się na książce, czy w podsuniętym notesiku. A to ważne, bo jeżeli w notesiku, to obok jakich person mogłam figurować, Chryste!

Kiedy poszedł, pomyślałam, że gdybym miała odrobinę wstydu, powinnam spalić się ze wstydu. Jak mogłam powiedzieć do Pilcha, że proszę bardzo? I ani be, ani me, jak do przypadkowego przechodnia. On sobie teraz myśli, że kompletnie mi odbiło. Mam się za Bóg wie jaką pisarkę. Za Wisławę Szymborską co najmniej. Gęby mi się nie chce otworzyć do Pilcha. Gdzie tam za Szymborską, ona na pewno rozmawia z nim normalnie. A nie, że proszę bardzo, jak ja, idiotka! Za JK Rowling od Harry'ego Pottera że się mam, myśli Pilch!

Ale nie miałam czasu długo się dręczyć, ponieważ podeszli do mnie Wajda i Gołota. Gawędząc po przyjacielsku. Nie to mnie zaszokowało, tylko to, że Gołota nabył moją książkę, a nawet ją kartkował. Przewodniczący komisji śledczej Nałęcz zdziwił mnie wobec tego mniej. Domyśliłam się, że próbuje rozgryźć posłankę Błochowiak, a ponieważ ona nie liczy na indywidualną książkę o sobie, marszałek wgryza się ogólnie w literaturę kobiecą.

Niemniej kiedy podszedł po mój autograf generał Jaruzelski w mundurze i w czarnych okularach, nie wytrzymałam.

Wielka sława spadająca tak gwałtownie może doprowadzić do obłędu. Krzyknęłam pani Ziucie, że zaraz wracam, złapałam płaszcz i wypadłam na ulicę. Żeby mundur nie zgubił mi się pośród oglądających się za nim przechodniów.

Generał skręcił w przecznicę, przeciął na ukos nieodśnieżony placyk. Nie znałam ani ulicy, ani placyku. Tabliczki z ich nazwami zawiało śniegiem. Nie spuszczałam wzroku z generalskich pleców. Nie musiał mieć daleko, skoro w grudniu wybrał się na dwór bez płaszcza. Sądziłam, że za rogiem czeka na niego czarna limuzyna. A może teraz już jeździ białą, nie wiem.

Ale on zniknął w pobliskiej bramie.

Zobaczyłam nad nią transparent z niebieskich liter: *Wielki Ogólnopolski Sylwestrowy Zjazd Sobowtórów.*

Spod transparentu wyskoczyła na mój widok rozradowana kobieta z kołonotatnikiem w jednej ręce, długopisem w drugiej. To była Bridget Jones we własnej osobie! Ta aktorka z filmu, której nazwisko mogłabym wam powiedzieć, ale w życiu nie potrafię go napisać. A za nią sadzili pędem prymas Glemp i Gorbaczow.

Nie mam pojęcia, co byście zrobili na moim miejscu – ja wzięłam nogi za pas.

W księgarni czekała na mnie Roberta. Też piła kawę, żeby się uspokoić.

– Zgadnij, kogo widziałam? – zapytała, gdy tylko usiadłam obok. – Michała Wiśniewskiego z... Z „Ich Troje"? Już nie ma ich chyba... Tego z czerwonymi włosami.

– Prawdziwego? – upewniłam się.

– Skąd, farbuje sobie. Jechał w białym płaszczu limuzyną o sześciu drzwiach, przez okno kiwał ręką, niektórzy przyklękali na chodnikach, jak przejeżdżał.

– Bo ja widziałam Pilcha, ale był fałszywy – wyznałam z żalem.

– Co ty? Chyba żartujesz?

Pokręciłam głową, że nie. Roberta dopiła kawę jednym haustem.

– Jedźmy stąd, Dominiko – powiedziała. – Co za miasto?! Fałszywy Pilch, prawdziwy Wiśniewski! Wracajmy do domu!

– U nas nie ma ani jednego, ani drugiego – przypomniałam smętnie.

– Ale naprawdę!

Tak byłam wszystkim rozkojarzona, że w drodze powrotnej opowiedziałam jej o anonimach. Że mnie coraz bardziej martwią. Zapytała, czy widziałam je na oczy? Zasada jest taka, żeby przede wszystkim nie wierzyć facetowi, dopiero na drugim miejscu wierzyć w anonimy. Nie widziałam ich na oczy, ale nie miałam powodu wątpić w słowa Pedra. Powód znajduje się dopiero na samym końcu, oświeciła mnie Roberta.

Przez chwilę przypatrywałam się w zadumie tymże polom, co w tamtą stronę, aż nie wytrzymałam i zadzwoniłam. Czy Pedro ma te anonimy, czy je wyrzucił? Zadałam mu to podchwytliwe pytanie tak niewinnym tonem, że Roberta zaklaskała mi bezgłośnie nad kierownicą. Chwileczkę, musi sprawdzić, powiedział Pedro. Zazwyczaj takie śmieci wyrzuca, ale to były śmieci szczególnego rodzaju. Nie przypomina sobie, żeby wyrzucał. O, rzeczywiście, już jeden widzi w szufladzie, jest drugi. Tak, wciąż ma te anonimy, bo co?

Nic takiego, odpowiedziałam. Tak sobie myślę o nich. Może by dać do grafologa, do daktyloskopa? Już dał, on na to. Przez tego kolegę od karpia, który wszystko może. Do pracowni daktyloskopii, bo anonimy są wycięte z gazet, grafolog tu na nic. Zresztą daktyloskopia też – nie ma odcisków palców. Zrobione fachowo według recepty Agathy Christie albo którejś jej koleżanki. A propos, jak udało się spotkanie z czytelnikami? Doskonale, zapewniłam. Michała Wiśniewskiego nie było, ale wszyscy inni tak. To świetnie, zgodził się Pedro, jakby rzeczywiście dostrzegał w tym coś świetnego.

– No widzisz? – powiedziałam do Roberty. – Anonimy są, nadawcy brak. Sprawdziłam znajomych moich i Pedra. Niewinni. Już zaczęłam się zastanawiać, czy to nie ktoś zazdrosny o książkę o miłości do Pedra? Ale kto? Pilch, Szymborska?

– Raczej nie – zaprzeczyła Roberta. – Nie obraź się, Dominiko, ale raczej nie oni. Już pomijając twoją książkę... Nie sądzę, żeby z Agathy Christie, te anonimy... Rasowy pisarz dokopuje innym pod nazwiskiem.

– Otóż to. – Pokiwałam refleksyjnie głową. – Czyli beznadziejnie.

Zorientowałam się, że brzmi to tak, jakbym się martwiła, że Szymborska nie pisuje anonimów. Już chciałam sprostować, gdy Roberta pogłaskała mnie delikatnie po dłoni. Powinnam odpocząć. Ta książka o Pedrze i anonimy, i być może Pedro we własnej osobie, wszystko to zupełnie mnie wycieńczyło. Cerę mam przezroczystą jak chińska porcelana. I kompletnie samobójcze myśli chodzą mi po głowie. Nie da się żyć w takim rozdarciu psychicznym, że jestem gorszą pisarką od Homera albo lepszą od Szymborskiej. I to jednocześnie. Może bym wybrała się na wczasy w góry? W obliczu surowej potęgi przyrody człowiek odnajduje swe miejsce na świecie. Widzi jasno, gdzie stoi i co robi. Osiąga uspokojenie.

Jak mam znaleźć swoje miejsce na świecie, zapytałam Robertę, skoro zaraz po Nowym Roku wracam do szkoły? Dyrektorka bez dopraszania się pokaże mi, gdzie moje miejsce. Tylko wątpię, żeby to mnie uspokoiło.

Już obie zapatrzyłyśmy się ponuro w zaśnieżony horyzont. Efekt terapeutyczny, osiągnięty przez Robertę, był żaden. Wcześniej o tym wcale nie myślałam, a teraz było mi niemiłosiernie smutno, że nie wybiorę się w góry.

Szłam po schodach na stryszek, żałując tych gór, noga za nogą, zwłaszcza że nikt na mnie nie czekał. Pedro nocował w Wilkowysku, Zenków zabrali państwo Zenobiuszostwo. Ale okazało się, że nie jest się prorokiem na własnym stryszku. Pod moimi drzwiami siedziała po turecku Żyrafa.

Stanęłam na półpiętrze jak wryta. Paliła papierosa, strząsając popiół na moją wycieraczkę.

– Przechodź. Śmiało – pokazała mi ręką. – Ja czekam na niego.

– Na kogo?

– Na śmogo! – Wzruszyła ramionami. – Chyba nie myślisz, że na Brada Pitta?

Nie ma takiej bezczelności, jak widać, która nie może być większa. Zatkało mnie bardziej, niż gdyby pod moimi drzwiami siedział po turecku Pilch i rozdawał autografy. Przeszłam obok niej, wetknęłam klucz w zamek drżącą dłonią i weszłam do mieszkania. Ale spróbujcie żyć normalnie ze świadomością, że pod waszymi drzwiami koczuje takie coś! Wszystko leciało mi z rąk. Bałam się otworzyć szafę, że ta kretynka usłyszy, jak mi skrzypi. Po raz pierwszy w życiu zorientowałam się, ile mam w domu rzeczy, które robią nie to, co powinny. Kran się krztusi, podłoga trzeszczy, rezerwuar w klozecie spuszcza wodę, naczynia brzęczą, kartki czasopisma szeleszczą, telewizor nadaje głupoty, których wstyd słuchać przy ludziach. A moje serce hałasuje bardziej niż młot pneumatyczny.

W końcu nie wytrzymałam i otworzyłam szeroko drzwi.

Siedziała. Co za tupet!

– Może poczekasz w środku? – zaprosiłam złośliwie. – Co ci za różnica?

– Okej – mruknęła.

Weszła do mieszkania, jakbym zaproponowała jej to serio. Ona stanowczo nie była normalna.

Chryste, widzieliście amerykańskie thrillery i wiecie, czym taki ktoś potrafi załatwić niewinnego człowieka, któremu wtargnie do domu. Poderżnąć gardło płytą kompaktową Agnieszki Chylińskiej to dla niego jak splunąć. Używają grzałki, szpikulca do lodu, maszynki do depilacji, piły mechanicznej. Tej jednej nie miałam w mieszkaniu, na szczęście. Ale poza tym miałam bez liku przedmiotów, którymi da się zaatakować. Bo odwrotnie już nie. Spróbujcie na przykład obronić się maszynką do depilacji.

Postanowiłam bazować na tym, w co natura wyposażyła dla samoobrony przeciętną polonistkę. Nawijanie bawełny na uszy w języku ojczystym. Uświadomiłam Żyrafę, że Pedro nie wróci dzisiaj, nie wróci w tym roku, a nawet, zablefowałam, nie wiem, czy kiedykolwiek. Przecież ona wie, że mnie porzucił.

– Kłamiesz – odparła ona bez owijania w bawełnę. – Łżesz jak zwykle. W życiu, w książce. Właściwie nie muszę na niego czekać. Załatwię to z tobą.

Zrobiło mi się zimno w plecy. I kiedy tradycyjnie spytała, czy zapalę, odparłam, że tak. Nie przyszło mi na myśl, że nie palę. Nic mi nie przychodziło na myśl. Zaciągnęłam się, rozkaszlałam i wciąż nie przychodziło mi na myśl, że nie palę ani nic innego.

Żyrafa wyjaśniła lodowatym tonem, że rezygnuje z Pedra, mogę go sobie wziąć.

W głowie mi tąpnęło, mimo że wcześniej zdawałam sobie sprawę, do czego dążyła, łażąc za Pedrem od przedszkola do zakładu trumniarskiego. Cały czas miałam jednak nadzieję, że to złudzenie. A tu nie. Kobieca intuicja się nie myli! Żyrafa rzeczywiście łaziła za Pedrem w wiadomych celach.

Zaciągnęłam się w panice papierosem i uświadomiłam sobie, że dowiaduję się o zagrożeniu, które minęło. Ona mówi, że rezygnuje ze swego literackiego ideału.

Nieoczekiwanie poczułam coś na kształt sympatii do psychopatki.

Objęłam ją ramieniem, ale wyrwała się ze wstrętem. Więc wyjaśniłam życzliwie, że podziwiam jej tęsknotę za wymarzoną miłością. Pogoń za niedościgłym. Miałam to samo za szkolnych lat. Nawet dłużej. Ale z tego się wyrasta. Może boli, że się wyrasta, ale się wyrasta. Być może ona właśnie przeżywa ból wyrastania, niemniej tak i tylko tak wraca się do zdrowia. Przez ból i udrękę. Człowiek zauważa, że świat nie składa się z samych motylków, których trzepoczące skrzydełka tworzą nad nami świetlistą tęczę. Przestajemy się kochać w Retcie Butlerze z „Przeminęło z wiatrem" albo w Leonardzie di Caprio z „Titanica" i znajdujemy sobie faceta z krwi i kości. Parę lat później nie chce nam się wierzyć, że ten gość w kapciach i podkoszulku nie od zawsze był naszym wymarzonym. Zdaje się nam, że nigdy nie kochaliśmy się w tamtych cudownych facetach z filmów i książek. Od kiedy sięgniemy pamięcią – kochaliśmy się w nim. Choć żal z drugiej strony. Ale z trzeciej strony – jakie to liryczne.

Żyrafa przerwała mi w swoim zwykłym stylu. Żebym skończyła ściemę. Więc umilkłam i zaciągnęłam się papierosem. Już nie kaszlałam od dymu.

Żyrafa wyjaśniła, że nie zamierzała z Pedrem bawić się w motylki. Zaproponowała mu, żeby ją zapłodnił.

Rozkaszlałam się znowu.

A ta kontynuowała, że idealny facet był jej potrzebny do poczęcia idealnego dziecka. Życie to są konkrety. Może moje pokolenie ganiało za motylkami, jej już nie. Co za świnia jednak, była ode mnie młodsza najwyżej pięć lat! Oni wiedzą, gdzie stoją konfitury! Jednakże facet, któremu proponuje się konkretny biznes, a on miga się jak byle fagas, nie zasługuje na udziały w tym biznesie. Dlatego przyszła do Pedra ostatni raz. Żeby zwrócił jej wyniki badań, które mu przedstawiła. Że nie jest nosicielką hifa, ma geny jak się patrzy i żadnych chorób w rodzinie. Wykorzysta sobie to zaświadczenie gdzie indziej, akurat trafiła na czadową biografię piłkarza drugiej ligi.

Nie wiedziałam, gdzie Pedro wetknął ten świstek, ale obiecałam, że jej dostarczę.

Kiedy wyszła, zaczęłam się głowić, czy Pedro ukrył tę aferę w trosce o mnie. W rezultacie odmówił jednak zapłodnienia. Oparł się takiej lasce, choć ode mnie akurat odseparowany był fizycznie. Więc oparł się skutkiem czaru wspomnień! Siłą niewygasłego pożądania! Bo skutkiem czego innego może oprzeć się dziewczynie o figurze modelki facet, który nie jest mnichem?

Było mi niewymownie przyjemnie. Dopiero po chwili zorientowałam się, że to chyba od papierosa. Którego jeszcze nie zgasiłam. Nie wiem, co Żyrafa paliła, ale to nie było marlboro ani inny carmen.

Pierwszy uśmiechnął się do mnie kinkiet. Po nim uśmiechnął się odczyszczonymi przez Gośkę ramami obraz Johna R. Melga na ścianie.

Odpowiedziałam im, że uwielbiam anonimy i weszłam do wanny, żeby sprawdzić, co myślą karpie. Zapomniałam napuścić wody, ale i tak było rozkosznie. Karpie myślały o Pedrze ubranym w ślubny strój z epoki Retta Butlera. Na ramionach miał epolety lejtnanta Wrońskiego z „Anny Kareniny", a twarz z greckiego marmuru. Homerową. Po tym zorientowałam się, że to nie jest prawdziwy Pedro, tylko sobowtór Wisławy Szymborskiej.

Z zachwytu aż poślizgnęłam się na siedząco w pustej wannie. Przydzwoniłam czołem o kran. Dotknęłam palcami guza, który zrobił się pulsujący ogniem i cieknący. To była krew. Czerwoniutka, lśniącutka...

Chryste, nigdy nie było mi tak cudownie, jak bum cyk cyk!

Biała Dama

Przyjechałam do Wilkowyska wykończona. Nie narkotykiem Żyrafy, tylko rzyganiem po nim. Nie wiem, jak wy, ja tego nienawidzę. Dwie godziny z głową w muszli klozetowej w zamian za małżeństwo z lejtnantem Homerem, pozostające *non consumatum*. Plus śliwa na czole, skutkiem której musiałam wymyślić całkiem inną sylwestrową fryzurę niż zamierzałam. Czy znacie lepszy powód do frustracji? Układacie sobie coś absolutnie zabójczego już od lipca – na razie w głowie, nie na niej – a 31 grudnia kończycie z koczkiem nad czołem à la hrabina Cosel.

To nie był koniec atrakcji. Pedro szepnął mi, że musi mnie zakwaterować w pokoju gościnnym. Nie może u siebie w gabinecie, ponieważ jego koleżanki konspirują po kątach. Służbowe lokum kustosz zamienia jakoby w garsonierę. Od pierwszej wizyty tutaj wiedziałam, że po tym sabacie czarownic należy spodziewać się wszystkiego najgorszego. Byłyby rade, gdybym wróciła do domu, nie rozpakowując się. Ale nie dam im tej satysfakcji.

Mój nowy pokój mieścił się na pierwszym piętrze, miałam z niego widok na rząd sań do kuligu, co podreperowało odrobinę mój humor. Za to zepsuła mi go wiadomość, że sanie, w przeciwieństwie do humoru, nie są podreperowane. Dopiero będą obwieszane dzwoneczkami, moszczone skórami niedźwiedzi i wilków, malowane, wzmacniane tu i ówdzie, podkuwane i smarowane na płozach – milion spraw. Dotychczas wiedziałam, że w sanie się wsiada i się jedzie. A tu nie. Zanim Oleńka ze swoim zapierającym dech Kmicicem przemknie rozpromieniona leśnym duktem, dadzą zajęcie całej wsi. Najgorsze, że robotę zaplanowano po nocy. Miałabym lepszy pomysł na noc. Wykrzesałabym z Pedra takiego Kmicica, że tamten niech się schowa! Facet powinien być realny, dopiero w drugiej kolejności zapierający dech. Mój realny Pedro miał w nocy podkuwać sanie.

Leżałam samotnie w barokowym łóżku i nie mogłam zasnąć. Za oknem stukały młotki, dzwoniły dzwoneczki, ktoś bez przerwy nawoływał Józka, a Józek bez przerwy nic sobie z tego nie robił. Od czasu do czasu stukało też od drugiej strony, z korytarza. Słynna biała koza Dafne złamała nogę, którą wstawiono jej w łupki. W zamian dostała tymczasowe prawo przebywania w pałacu. Najwidoczniej wypadek rozregulował jej zegar wewnętrzny, ponieważ w dzień spała, a dopiero nocami łaziła, stukała, ślizgała się na wyświeconych posadzkach bardziej niż na lodzie na zewnątrz. Nie mam pojęcia, kto wymyślił, że w środku będzie bezpieczna. Pewnie któraś z tutejszych czarownic. Albo sama Dafne, ten sam poziom.

Zza okna wpadała romantyczna srebrzysta poświata, która nie wprawiała mnie w liryczny nastrój, ale postanowiłam przy jej blasku liczyć winogrona na stiukach. Kiście winogron z sufitu nade mną. Wtedy w końcu zasnę.

W zasięgu mojego wzroku znajdowały się siedemdziesiąt dwie kiście. Nie dość, jak się okazało. Policzyłam prążki blasku na suficie, potem krzesła, ale tych było tylko siedem, potem lśniące od poświaty lichtarze do świec, wreszcie różyczki na tapecie...

Obudziło mnie stęknięcie lub nie stęknięcie, nie mam pojęcia, co. Za oknem było już cicho, Dafne nie kuśtykała w korytarzu. Wciąż leżałam samotnie pod kołdrą z barokowymi falbankami. Gdzieś w ciemnościach pokoju tykał zegar, który na szczęście nie bił. Te bijące są głupsze od budzika. Stwierdziłam, że nie widzę z łóżka godzin na tarczy ani nawet samej pozłacanej tarczy. I zamierzałam zamknąć oczy.

Nie zamknęłam, Chryste!

Przez pokój coś szło. Też nie wierzę w duchy, ale szło, daję słowo honoru. Jasna powłóczysta postać przesuwała się w stronę łazienki. Towarzyszył jej dziwny, jakby trupi odór. Początkowo pomyślałam, że to dalszy ciąg odlotu po papierosie Żyrafy. Ale musiałabym mieć cholernie spóźniony refleks.

Pod kołdrą po moich nogach wspinał się zimny prąd, jakby pełznął po mnie wąż. Spociłam się. Co barokowy pałac robi z człowieka! Gdyby coś podobnego przydarzyło mi się po ciemku w suszarni, pomyślałabym, że prześcieradło schnące na sznurze i przeciąg. W pałacu nie. Tu od razu przyszła mi na myśl zamurowana za trucicielstwo Biała Dama. Pałac działa jak gazetowy brukowiec – w środku człowiek spodziewa się samych bezeceństw.

Jedno, czego byłam pewna, to że nie szedł Pedro. Kiedy widziałam go ostatnio, po kolacji, nie miał rozpuszczonych na ramiona jasnych włosów. Zjawa miała. Więc prędzej koleżanki pana kustosza postanowiły zabawić się moim kosztem. Prawie udało się babsztylom, ale nie dam poznać po sobie, zawzięłam się. Niech im się nie wydaje! Zawołam: „Pudło!" – i zwyciężę z godnością.

Ale nie zawzięłam się aż tak, żeby zawołać. Miałam stracha. Pozostawał cień prawdopodobieństwa, że jednak nie te wiedźmy.

Zaciskając dłonie na kołdrze, leżałam bez ruchu.

Zjawa znikła w łazience, co znaczyło, że nadal przebywa w moim pokoju. Łazienka stanowi część apartamentu. Co teraz?

Po pierwsze, uciec na korytarz, korzystając z okazji! Nie zrobiłam tego, ale nie ze strachu. Zastanowiły mnie odgłosy dobiegające z łazienki. Szum odkręconej wody. Owszem, istnieją upiory, które mają konszachty z wodą. Topielice, wodniki, rusałki. Na upartego znajdzie się takich sporo, oślizgłych i wrednych. Jednakże potem rozległ się dźwięk spłuczki przy sedesie. No przepraszam, ale o takich duchach nie słyszałam!

Podciągnęłam kołdrę pod brodę i czekałam, co dalej. Byłam zadowolona, że dzięki temu rozwiązaniu nie muszę ruszać się z łóżka.

Zjawa wynurzyła się z łazienki tym samym lunatycznym ruchem. Nie słyszałam jej kroków, może dlatego, że słyszałam szczękanie własnych zębów. Kiedy była w połowie pokoju, czujnie skulona – ona, ale ja też – zdobyłam się na odwagę. – Pudło – powiedziałam. Zamierzałam powiedzieć. Gdyż wyszło mi coś jak cichutkie „bdłłły".

Zjawa przystanęła i uniosła głowę, jakby węszyła. A potem zrobiła coś, czego jednak się po niej nie spodziewałam. Wydobyła z siebie przerażający głos, a potem przemknęła przez pokój z rozwianą szatą i sama rozwiała się na tle bibliotecznych szaf. Wrzasnęłam, naciągnęłam kołdrę na głowę. To nie był ludzki głos! To, co wykonała na środku mojego pokoju, przypominało koci krzyk. Komputerowo generowany pisk, jakim posługują się filmowe potwory. Miałam jak najgorsze wyobrażenie o tutejszych wiedźmach, ale żadnej z nich nie przypisałabym takiego głosu. Paplały, jazgotały, szczebiotały, ale nie wyły jak Dracula!

– Pedro! – zawołałam błagalnie pod kołdrą.

Niestety, o ile pod kołdrą można poczuć się bezpieczniej, o tyle na ratunek nie ma tam co liczyć. Zwłaszcza samotnie. Stanęły mi przed oczami wszystkie filmy grozy, jakie znam. Bo z duchami wziętymi z życia brakowało mi doświadczeń. Bałam się wystawić rękę, żeby wymacać komórkę. Zresztą podłączyłam ją na noc do ładowarki, a gdzie tu był kontakt? Nie przypomniałabym sobie teraz, gdzie tu jest sufit, a gdzie podłoga. Za to pamiętałam, że najnowszy Candyman wyrywa żywcem narządy wewnętrzne, lamia z „Krwawego biwaku" odgryza głowy, a jeśli nie widzieliście w kinie, co robią z ludźmi kotołaki z „Kotołaków", jesteście szczęściarzami! Żadnego z tych filmów nie obejrzałam do końca i miałam szczerą nadzieję, że Biała Dama z Wilkowyska też nie.

Przez dziurkę pod kołdrą widziałam, że w pokoju nadal jest ciemno. Doczekać świtu w grudniu, nie mogąc spać, to horror sam w sobie.

Oddech mi się uspokajał, puls wracał do normy – i wtedy ktoś brutalnie zerwał ze mnie kołdrę.

Nad łóżkiem pochylała się w ciemnościach Biała Dama. Nie muszę tłumaczyć, jak wyglądała. Tak jak trzeba. Skóra spękana niczym ziemia po suszy, ropiejące oczodoły, szpiczaste zęby w atramentowej jamie ustnej. Czuło się, że ostatnią kąpiel brała za czasów Jana III Sobieskiego. Nie przypominała kobiety zamurowanej żywcem. Nie była zachlapana tynkiem, zmumifikowana bez dostępu powietrza, nie miała ceglanego pyłu pod paznokciami. Zamiast tego odpadała od kości dużymi fragmentami niczym jakaś trędowata. Co nie znaczy, że dziwiłam się jej wyglądowi. Nie miałam czasu.

Wrzeszczałam wniebogłosy.

A ona miauknęła po kociemu, wysunęła rozdwojony język węża i bez słowa wyjaśnienia wyciągnęła ku mnie szponiastą dłoń. Żeby wyrwać mi ramię ze stawu. Niewątpliwie razem z płucem.

– Zostaw mnie, potworze! – jęknęłam.

Od stóp do czubka głowy wypełniało mnie bolesne zdumienie, że barokowy upiór może zachowywać się tak postmodernistycznie. Każdy kawałek ma z innego filmu.

– Nie ma tak dobrze, Do! – odkrzyknęła Biała Dama. – Już południe!

Głos miała na tyle znajomy, że otworzyłam oczy.

Pedro tarmosił mnie za ramię.

Tak, wiem, to mi się śniło, też na to wpadłam. Z tym, że nie wszystko. Od połowy. Do połowy działo się naprawdę, nie miałam wątpliwości. Naprawdę czułam trupi zaduch wokół łóżka, naprawdę coś było w moim pokoju, naprawdę zawyło głosem upiora.

– Pedro, tu straszy! – stwierdziłam bezradnie.

– Od trzystu lat – zgodził się Pedro. – Biała Dama z Wilkowyska.

Opowiedziałam mu, że widziałam ją w nocy. Widziałam ducha, spod kołdry słyszałam jego jęki. Przytłumione, zawodzące, nie wiadomo skąd.

Uwierzcie mi, że trudno takie zdarzenie opowiedzieć, nie wychodząc na kompletną idiotkę. Ale jak inaczej miałam powiedzieć prawdę? Streściłam koszmarną noc zgodnie z przebiegiem faktów i wyszłam na idiotkę zgodnie z przewidywaniami. Może po prostu słyszałam Dafne, zasugerował Pedro. Teraz z tą nogą bywa niespokojna, meczy po nocach. Meee, meee, czy tak to było?

Wściekłam się. Sama zdaję sobie sprawę, że wychodzę na idiotkę, ale chyba nie aż na taką, która nie odróżnia Białej Damy od białej kozy?!

A czy nie dałam się czasem skusić tej szajbusce na papierosa?

– No wiesz, Pedro... – zająknęłam się skutkiem zaskoczenia. Od kiedy to Pedro miał kobiecą intuicję? – Chyba zauważyłeś, że nie palę. Poza tym nie powinieneś nazywać szajbuską dziewczyny, która coś do ciebie czuła. Specyficznie, ale jednak.

– Nie wiem, czy sama nie będziesz miała po dziurki w nosie dziewczyn, którym się zdaje, że coś do mnie czuły – oświadczył nieoczekiwanie Pedro.

Skruszonym głosem.

Okazało się, że sekretarka – ta z uśmiechem młodej Julii Roberts – wysłała darmowe zaproszenia na bal wszystkim byłym paniom Pedra. Dowiedział się o tym dzisiaj rano. Nic już nie da się zrobić. Ona twierdzi, ta Julia Roberts, że jej zdaniem wypadało. W tej chwili już wie, że nie wypadało, ale wysyłając, sądziła, że wypada. Chciała być grzeczna.

Pedro nie wierzy w jej wykręty, zapewnił mnie. Swego czasu Julia Roberts podkochiwała się w nim, ale dostała kosza. Na pewno się mści. Postanowiła narobić bigosu, jaki w wilkowyskim pałacu przydarzył się ostatnio za wojen kozackich.

Dalej nie słuchałam. Doznałam olśnienia. Widziałam Pedra poruszającego bezgłośnie ustami, a w mojej głowie galopowały myśli.

– Pedro! – przerwałam mu. – Przecież tego szukaliśmy. Kogoś, kto życzy nam źle! I mamy go! Już jej nie popuszczę! Wreszcie nasze życie wróci do normy!

– Zależy, co uważasz za normę, Do. Właściwie jestem ci winien...

– Nie teraz, Pedro! Daj mi anonimy, które dostałeś. Teraz już nawet wasza Dafne rozwiązałaby zagadkę. Pora skończyć ten obłąkany cyrk.

– Do, naprawdę je dostałem. Nie robiłem cyrku. Natomiast jestem ci winien...

Byłam zbyt podekscytowana. Za długo mówił.

– Nie podejrzewam ciebie, Pedro! To ta cholerna Julia Roberts, wydało się!

– Jak to ona? Niemożliwe! – Pedro popatrzył na mnie wielkimi oczami. – Zaproszenia, anonimy, wszystko ona? Po co?

– Nie wiesz, jak boli skradziona miłość, Pedro! Zaufaj mi!

Pociągnęłam go za rękę, ponieważ stał bezradnie jak husarskie zbroje po kątach pałacu. Zaskoczyła go nie tylko Julia Roberts, ale i moja przenikliwość. Zbiegliśmy do jego gabinetu, złapałam dwa anonimy (resztę wyrzucił) i pognałam do sekretariatu. Pedrowi przykazałam, żeby zajął się saniami. Albo serpentynami. Wybiła moja godzina.

Sekretarka siedziała u siebie z księgową, małolatą wiecznie porozpinaną pod szyją. Niby jeszcze były w pracy, niby już nie. Obie sylwestrowo wysztafirowane, brokatowe, mieniące się, aż się zlękłam na ich widok, że nie zdążę z przygotowaniami. Zwłaszcza z tą nową fryzurą.

Chichotały. Gdy weszłam, umilkły.

– Chcę porozmawiać w cztery oczy – powiedziałam surowo do Julii Roberts.

Księgowa zachichotała bez przyczyny, sekretarka wzruszyła ramionami. To był w sumie łaskawy gest znaczący: „Nie widzę najmniejszego powodu, ale proszę".

Gdy zostałyśmy same, położyłam na biurku przed nią anonim z gazetowych liter. Zapytałam, czy go zna.

Pierwsze widzi na oczy. Jakie to ma znaczenie?

– Nie wie pani, kto tu w pałacu robi różne wyklejanki? – zapytałam ironicznie.

– Chodzi o gazetkę ścienną? Ja, ale to dawne dzieje. Teraz robi się ją na komputerze.

– Ale może klej jeszcze pani pozostał?

Uśmiechnęła się drwiąco i odwróciła monitor tak, żebym widziała ekran. Wyjaśniła mi, że przepisuje koleżance esej do „Kwartalnika Historycznego". Pod tytułem: „Śmierć Napoleona i jej echa w Wilkowysku". Chwalebne zajęcie, powinszowałam. Z moralnymi tradycjami. Biblię też ktoś kiedyś przepisał. Ale lepiej porozmawiajmy, póki jestem bez prokuratora.

179

Julia Roberts postukała palcem w ekran monitora.

– Koleżanka robi błędy. Ja jej poprawiam, ponieważ jestem tu najlepsza z ortografii. Proszę zerknąć, jak piszę słowo „śmierć".

– Sama wiem, jak się pisze – uniosłam się honorem.

– Autor anonimu nie wie. – Rozłożyła ręce; cekiny na rękawach utworzyły wokół niej poświatę. Jak na pocztówce z odpustu.

Odwróciłam anonim w moją stronę. Wcześniej zauważyłam, że są w nim błędy, ale nie analizowałam. Nie jestem z tych polonistek, które poprawiają każdy świstek, jaki wpadnie im w ręce. Etykieta na wino albo druczek spółdzielni mieszkaniowej, wszystko im jedno. One mają jakiś kompleks wyższości. Albo niższości. To zresztą to samo.

W miejscu, gdzie anonim groził Pedrowi moją śmiercią, wyklejono gazetowymi literami jak byk „simjerdź".

Popatrzyłam zdumiona na Julię Roberts. Siedziała z tryumfalnie rozłożonymi rękami, jakby mówiła do mnie: „Ta-dam!!! Sekretarki tak nie piszą!".

– Jak które – powiedziałam. – Te z krótkim stażem i długimi nogami...

– Słucham?

Ale ja nie słuchałam. Po raz drugi tego poranka doznałam olśnienia. Tym razem jako polonistka, nie Sherlock Holmes.

Tylko jedna osoba na świecie mogła tak skopać „śmierć".

– Przepraszam za nieporozumienie, pani Julio...

– Katarzyno – poprawiła mnie.

Raz miała prawo mnie poprawić w tej sytuacji. W końcu podsunęła mi trop. Tak oczywisty, że ani się speszyłam tymi moimi wygłupionymi podejrzeniami. Przeszły już do historii, jak śmierć Napoleona. Trzeba mi gonić czas teraźniejszy.

– Przepraszam, pani Katarzyno Roberts! – przystałam na jej wersję. – Muszę natychmiast wykonać bardzo pilny telefon prywatny!

I pognałam po schodach do mojej ładującej się komórki.

Kulig z pochodniami

Goście zjeżdżali się do Wilkowyska przez pół dnia. O szesnastej dwadzieścia przyjechały Agniecha z Iwoną. Wystrojone były w coś błyszczącego i towarzyszył im pojedynczy facet. O siedemnastej, już po zmroku, przyjechała dentystka. Jej też towarzyszył jeden facet, ale wystrojona była na szykowny mat.

O siedemnastej siedem przyjechał Rapcuchowicz. Bez pary. W stroju codziennym. Wyglądałam go ukradkiem z okna korytarza. Brnął po śniegu przez podjazd oświetlony rzęsiście latarniami.

Zobaczył mnie w oknie, kiwnęłam na niego.

– Domyślasz się, po co wezwałam cię nagle w taki dzień? – zapytałam, gdy zamknęłam się z nim w moim pokoju. – Ponieważ chcę ci zepsuć sylwestra, Rapcuchowicz. Tak jak ty zepsułeś mi bezmyślnie parę ważnych tygodni mojego życia.

W dwóch palcach uniosłam anonim tuż przed jego twarzą.

– Aha, wydało się! Głupio wyszło – zgodził się Rapcuchowicz. – Nie zajarzyłem, że zrobi się taka afera, jak pani mówi. Chciałem go trochę nastraszyć, żeby panią zostawił.

Upuściłam anonim na podłogę i tymi samymi dwoma palcami ujęłam Rapcuchowicza za brodę. Uniosłam ją do góry. Pod palcami czułam kiełkujący meszek zarostu.

– Rapcuchowicz, ty się we mnie podkochujesz! Przyznaj się.

– Ale w życiu, jak Boga kocham! – wystraszył się.

Zrobiło mi się ciut nieswojo. Puściłam jego brodę. Zniknął zatem ostatni powód, który mógł jakoś tłumaczyć niecny postępek Rapcuchowicza. Pokiwałam głową ze smutkiem.

– Czyli tak po prostu? Szampański żart? Sam widzisz, Rapcuchowicz, jak kończą ci, którzy nie czytali „Dziadów"!

– Żaden żart! – obruszył się Rapcuchowicz. – Posiadałem bardzo istotny powód. Tę pani książkę pożal się Boże. W zasadzie to nie moja wina.

Odniosłam niemiłe wrażenie, że przechodzi do kontrataku. Dzisiejsza trudna młodzież jest, niestety, nieprzewidywalna. Nastawiona roszczeniowo.

– Jakiż to istotny powód, który jest zarazem moją winą?

– Nie mówię, że pani winą, tylko że... A może i pani winą! Rozsiadł się z lubością w barokowym fotelu. Szybko usiadłam naprzeciw, żeby nie sterczeć przed nim jak karcona uczennica.

– No bo po co pani pisze takie kłamliwe książki? – zganił mnie Rapcuchowicz. – Miłość to źródło wszystkich nieszczęść na świecie, a nie powód do romansideł! Z miłości ludzie się pobierają, a potem co? Cierpią, rozwodzą się z hukiem, opuszczają własne dzieci. Albo samobójstwa popełniają z miłości, jeśli już akurat szczęśliwym trafem szanse na małżeństwo prysły. Nie wie pani, jakie katastrofy wywołują ci, którzy kochają na zabój swoją ojczyznę albo swojego boga?! A pani z miłości pisze książkę o miłości do Pedra. Na razie to szajs, ale jak znam życie, napisze pani drugą i trzecią, i niech się pechowo złoży, że nabierze pani wprawy. Stąd już tylko krok do nowych „Dziadów"!

– Rapcuchowicz, ty masz chyba jakąś obsesję na punkcie „Dziadów", prawda?

– A dzięki komu się jej nabawiłem?

Z dołu słychać było gwar ludzi, orkiestrę strojącą instrumenty. Niedługo miał zacząć się kulig. Za ciemnymi oknami widziałam przy saniach pochodnie płonące w rękach nieznajomych mężczyzn. Na razie czułam się z tym jak na hitlerowskim capstrzyku. Ponuro.

– Jakie proponujesz rozwiązanie, Rapcuchowicz?

– Skoro pani musi się kochać, to ja nie widzę wyjścia, niech się pani kocha. Chociaż w pani wieku to już trochę niepoważne.

– To moje prywatne sprawy, proszę.

– Kiedyś były. Póki ich pani nie opisywała. Ale niech mi pani da skończyć. Niech się pani kocha, mówię, tylko niech pani swojego uczucia nie szarga po książkach. Nie ubiera w piękne słówka. Po co nowe pokolenia uczniów mają drżeć przed nieznanym zagrożeniem? Czy nie dosyć im tego, co już jest? Wszystko na świecie zdążono dokładnie opisać, nic nowego się nie wymyśli, zwłaszcza pani. Nie warto się rozdrabniać po Szekspirze, po Petrarce, po tym od „Sztuki kochania", jak mu było?... Pani ich sobie wymieni sama lepiej ode mnie, z datami. Przecież ja panią nawet lubię, nie chcę dla pani źle.

Za oknem huknęło, błysnęło i to mnie otrzeźwiło.

– Nie zrozumieliśmy się, Rapcuchowicz – oświadczyłam. – Mam na myśli raczej to, jakie proponujesz podsumowanie twojego udziału w tej aferze? Czy zgłosić ją na policji?

– Proszę, do czego prowadzą wzniosłe banały o miłości. Goła przemoc, oto co rządzi światem. *Exactly*! Brutalna siła i pieniądze, a nie miłość!

Wstałam.

– Rapcuchowicz, w imię miłości, którą już tyle razy opisano, życzę ci szczęśliwego Nowego Roku. Pomyśl o naszej rozmowie podczas dzisiejszych hulanek, bo ja będę o niej myślała, czy chcę, czy nie. Mam nadzieję, że wspólnie coś wymyślimy, co nie będzie brutalną przemocą, ale przywróci zachwiany porządek świata. Masz na bilet do domu?

Powiedział, że kolega go podwiózł, czeka w samochodzie za bramą. Tu na parkingu już się szpilki nie wciśnie. Tylko rolls-royce'a brakuje, jak widzieli. Koledze też kazałam życzyć szczęśliwego Nowego Roku. Złapałam moją balową maseczkę i pobiegłam szukać Pedra. Nowe wiadomości powinny przynieść mu ulgę jeszcze w starym roku.

Najpierw wpadłam na Iwonę. Przepychałam się między pachnącymi ludźmi na korytarzu, kiedy znalazła się na mojej drodze. W tłumie trudno było się wycofać.

– Cześć! – zaczepiła mnie bez zdziwienia.

Na twarzy nosiła plastikową maseczkę Miss Piggy. Średnio staropolską. Na niej eleganckie sylwestrowe okulary. Ja miałam wielki nos z brodawką i krzaczaste brwi stuletniej hrabiny. A ubrana byłam w długą suknię z kapturem, niebieską, wykończoną złotymi lamówkami. Pedro znalazł ją dla mnie. Piękna. Ale co z tego? Trzeba mojego szczęścia, żeby pośród trzystu gości wdepnąć od razu na Iwonę.

– Znamy się, prawda? – zapytała, a kiedy kiwnęłam głową niezdecydowanie, ani na tak, ani na nie, rozentuzjazmowała się:

– Nie mów mi, poczekaj! Ja mam cholerną pamięć do twarzy.

– W rzeczywistości mam trochę inną twarz. – Uśmiechnęłam się do niej spod nosa hrabiny, ale nie zwróciła na to uwagi.

– Już wiem, mówiłam, że wiem! Parafia Świętego Antoniego,

zgadza się? Wycieczka do Rzymu, dwa lata temu. Siedziałaś za kierowcą, panem Leonem, tak?

– Można tak powiedzieć – zgodziłam się.

– Jestem z koleżanką i z jej facetem, poszli po coś do picia – wyjaśniła Iwona. – Świetna wycieczka, co? Do Rzymu. Wciąż mam na pamiątkę liry z fontanny di Trevi. Słuchaj, Rita, może to nie miejsce i czas, ale skoro się zgadało... Wciąż mi wisisz stówę, pamiętasz?

– Jasne, że pamiętam... – Zająknęłam się. – Dzięki, że się przypominasz. W tej chwili nie mam przy sobie torebki, ale będę do rana. Na pewno cię znajdę.

– Będę pamiętała – zgodziła się Iwona.

Z ulgą wkręciłam się w tłum. Tworzyły go wszelkie formy staropolszczyzny. Przeważali wąsaci szlagoni w kontuszach, kręciło się kilku podgolonych Kozaków zaporoskich, panie w maseczkach na patyku i w krynolinach, jakiś Stańczyk dzwoniący czapką przy każdym ruchu, chłopi pańszczyźniani w dybach. Trafiłam nawet na parę Białych Dam, które zdecydowanie źle mi się kojarzyły. Górą powiewały z sufitów baloniki, falowały szarfy u balkonów i gzymsów, fruwały serpentyny.

Pedra znalazłam na dworze. Wypatrzyłam go przez okno. Biegł gdzieś, zaaferowany, w rozpiętym płaszczu. Bez maski, widocznie nie miał na nią czasu. Złapałam go za połę.

– Muszę ci koniecznie coś powiedzieć!

– O, Do. Jak się bawisz? Ja też muszę ci coś koniecznie powiedzieć, ale nie teraz. Połowa furmanów się popiła! Muszę znaleźć zastępstwo, bo nas powywracają.

Z powrotem wkręciłam się samotnie w tłum, który gdzieniegdzie tańczył, ale w ogólności czekał na rozpoczęcie kuligu. Śmiał się, cmokał w policzki, pił i palił, co z powodu maseczek przynosiło wiele nieoczekiwanych atrakcji. Do mnie przyczepił się lekko zawiany Sarmata. Miał przyklejone sumiaste wąsy, na oczach maskę Zorro i podgoloną perukę na głowie. Czyli że dół peruki był łysy, reszta owłosiona. Obcałował mnie po rękach, powiedział, że jestem królową balu, że od dawna mnie podziwia. Usiłował mówić basem, ale ewidentnie był młodszy od swojego głosu, gładki i przystojny.

Wymknęłam mu się, wysyłając go po wino. Wzięłam płaszcz z pokoju, pobiegłam na drugą stronę pałacu, gdzie ci z pochodniami mościli sanie, i tam wpadłam na Agniechę. Miała czapkę Wołodyjowskiego z karbowanej bibułki, piórko z piórka, wąsik z włóczki i jednodniowy brokatowy zarost, jak Zamachowski u Hoffmana. Tylko Zamachowski miał, rzecz jasna, wszystko prawdziwe, nie z karbowanej bibułki.

Szukała Iwony i swego mężczyzny do towarzystwa.

– Witam! – uprzedziłam ją, ponieważ patrzyła na mnie tak, jakby zamierzała mnie rozpoznać. – Co za miłe spotkanie!

– No właśnie, ja też się cieszę – zgodziła się bez przekonania.

– Mój synek chodzi do pani grupy – wyjaśniłam.

– Tak? A który to?

– No ten, jak mu... Robercik.

– Ach, Robercik! – ucieszyła się Agniecha. – Nic dziwnego, że nie poznałam. Myślałam, że z powodu sztucznego nosa. Straszliwie pani zeszczuplała. Szczerze gratuluję! Kiedy się ostatnio widziałyśmy? Co to za dieta cud? Muszę wiedzieć!

– Pani to niepotrzebne – wykręciłam się, ale patrzyła na mnie wyczekująco. – Taka bardzo prościutka dieta. Nazywa się... Nie pamiętam, nie chodzi o nazwę. Je się, z tym, że mało. Pierwszego dnia obranego burka, drugiego dnia drugiego buraka, trzeciego dnia trzeciego... Tak przez trzy dni. Można popić wodą. To wszystko.

– Niesamowity efekt – pochwaliła Agniecha. – Muszę spróbować. A przy okazji... Robercik nie wpłacił dotąd na noworoczną zabawę dla dzieci. Wyłożyłam za niego sto złotych. Będzie brał udział, tak? Dotąd zawsze brał i tym się kierowałam.

– Też mi się wydaje, że będzie brał – przytaknęłam.

– Toteż wyłożyłam ze swoich pieniędzy... – Agniecha popatrzyła na mnie wyczekująco. – Sto złotych. Chyba niedrogo? Rodzice nie narzekali.

– Nie, nie narzekam – zapewniłam. – Zaraz pani oddam. Może po kuligu, gdyż nie mam przy sobie torebki. Mąż nosi torebkę. Moją torebkę nosi, to mam na myśli, nie swoją. Swojej nie ma. To znaczy, zwrócę pani sto złotych, tylko za chwilę.

185

– Ależ oczywiście, nie pali się. – Agniecha uśmiechnęła się do mnie. – Czekam.

Odwróciłam się od niej i wpadłam na Sarmatę. Przywlókł się za mną. Miał dla nas wino, pochwalił się. Ale wypił oba, szukając mnie w tłumie. Jeszcze trochę czasu do kuligu, może przyniesie drugie? Niech przyniesie, poprosiłam. Będę się gdzieś tutaj kręciła.

Goście wsiadali do sań, konie buchały parą, blask pochodni zabarwiał śnieg na czerwono. W parze najbliższych sań rozsiadły się tutejsze wiedźmy, więc powędrowałam dalej. Nowi furmani byli trzeźwi, ale siedząc na kozłach, pociągali dla rozgrzewki z butelek. Gdyby wyjazd się przeciągnął, wszystko wróci do punktu wyjścia. Chciałam przestrzec przed tym Pedra, ale nigdzie go nie widziałam. Z braku zajęcia wyciągnęłam komórkę, żeby zadzwonić do Gośki i życzyć jej więcej szczęścia w Nowym Roku.

– Może pan przytrzymać tę pochodnię wyżej? – odezwałam się do faceta z pochodnią, ponieważ ogień migotał mi na wyświetlaczu i nic nie widziałam.

– Służę uprzejmie – odpowiedział ze staropolską galanterią.

Był z kobietą, a tą kobietą okazała się wiadoma dentystka. Nosiła czarną maseczkę okoloną strusimi piórkami i wysadzaną świecidełkami. Przez dziury tej maseczki patrzyła na mnie podejrzliwie.

– Och, pewnie mnie pani doktor poznaje! – ucieszyłam się pokazowo, naciągając kaptur głębiej na czoło. – Jestem pani pacjentką.

– Poznaję – przytaknęła. – Wspominała pani wczoraj, że tu się spotkamy. Więc nie jestem zdziwiona, naturalnie.

Ja byłam, naturalnie.

– Wspominałam?

– W czasie wizyty. Miała mi pani zwrócić przy okazji brakującą kwotę za koronkę.

Czegoś podobnego powinnam się spodziewać, gdy ją zobaczyłam w tej głupiej strusiej maseczce. Przeczuwałam, że będę miała kłopoty z byłymi Pedra, ale że finansowe?

– Pamiętam, jasne. – Kiwnęłam głową. – Sto złotych, tak?

– Nie – zaprzeczyła dentystka, przyglądając mi się nieufnie. – Dwieście pięćdziesiąt.

– Wiem, pamiętam. Mówię, że mam tylko sto złotych przy sobie. Resztę mam w tym... no... Zwrócę pani po kuligu po prostu, dobrze?

Usłyszałam nawołującego mnie Pedra, więc błyskawicznie zanurkowałam w tłum. Miałabym się z pyszna, gdyby mnie odnalazł pod nosem byłej.

Parę kroków dalej natknęłam się na księżną Reńską. Wąsacz przenosił ją do sań we własnych ramionach. Wokół kręciło się dodatkowo kilkanaście niezbędnych osób. Od składania wózka, od rozkładania pledów na kolanach, od podawania chleba i soli na złotej tacy, od nalewania gorącej herbaty z termosu. Pedro pomyślał o wszystkim.

Uchyliłam maseczkę i ukłoniłam się cioci. Przywołała mnie skinieniem.

– Ślicznie wyglądasz, *ma chérie*! Jak księżniczka Czartoryska.

Uff! Przez chwilę obawiałam się, że księżnej też jestem winna pieniądze. Nie dopytywałam się, czy jak młoda Czartoryska czy z czasów jej powojennej emigracji. A nuż księżna raczyła żartować z mojego staropolskiego nosa z brodawką staruchy. Ona sama nosiła przepaskę na oku, ale nie miałam pojęcia, czy to jedna z okresowych dolegliwości, czy też przebrała się za pirata Deepa z Karaibów.

– Bajeczny kulig, prawda? – zapytałam oględnie.

– Tak myślisz, *ma petit belle*? Ach, gdybym to ja ciebie zaprosiła na kulig, a nie ty mnie... Damy, konie, psy, wilki i jedno z drugim nie myliło się w szale uciech! A dziś?

Księżna wskazała ręką. Wydekoltowana kobieta stała w śniegu na czworakach, wyjąc tęsknie do mrugających gwiazd. Facet w kożuchu i cylindrze całował się z zaprzęgowym koniem, pojąc go szampanem. Inny kąsał po łydkach dwie panienki, uciekające przez zaspy z radosnym rżeniem. Trzecią panienkę niósł na grzbiecie. Pedro stanowczo powinien zaczynać, goście z nudów zatracali jasność motywacji.

Kiedy odwróciłam się do księżnej, już spała.

Za pałacem huknął armatni wystrzał, ale jej nie obudził.

Wskoczyłam w pierwsze wolne sanie, kulig już ruszał. Furmani pokrzykiwali, dyszące parą konie tańczyły niespokojnie.

Rozbrzęczały się dzwoneczki, zachrzęściły uprzęże, zatrzeszczało staropolskie drewno sań, gdzieś z przodu ucięła kapela. I pomknęliśmy wśród pisków pań i zawadiackich pohukiwań panów. Pochodnie furkotały od impetu jazdy.

Zaraz za pałacem kulig skręcił w pole. Na śnieżnej płaszczyźnie widziałam przed sobą wąż pędzących sań, nakrapiany ognikami pochodni. Wiedziałam, że gdzieś tam siedzi na niedźwiedziej skórze Pedro. Ale gdzie? Obok mnie kołysały się w rytm jazdy dwie niedźwiedzice w futrach i złotych diademach, facet w gumowej masce staropolskiego prezydenta Busha i jeden bez maski, bez płaszcza, w rozpiętym garniturze. Ten nie siedział, tylko stał i balansując na ugiętych nogach, dzielił szampanem. Z dwóch kieliszków i butelki. Wybrałam kieliszek.

Z lewej wyprzedziły nas rozdzwonione sanie, sypiąc śniegiem spod kopyt i płóz.

– Hu-ha! – zawołał z nich ktoś do nas.

W blasku pochodni poznałam mojego Sarmatę. Siedział na koźle obok furmana, w uniesionych rękach trzymał dwa kieliszki wina, prezentując mi je tryumfalnie. Nie miałam nadziei, żeby nie rozchlapał ich w ciągu najbliższych sekund, ale zawsze to miło – że pamiętał.

– Hu-ha! – odkrzyknęłam mu zatem.

Przed nami wyrosła mroczna ściana lasu, rozpędzony kulig wpadł w leśną przecinkę. Z rozkołysanych pędem gałęzi sypał się na nasze głowy śnieg. Para z końskich grzbietów i dymy pochodni ciągnęły się za nami jak welon niknący w ciemnościach nocy. W kieliszku miałam szampana pół na pół ze śniegiem. Wychyliłam go do dna!

Koniec balu

Na leśnej polanie, gdzie podano gorący bigos i mrożoną wódkę, spotkałam wreszcie Pedra. Do spółki z wąsaczem pchał przez zaspę wózek z księżną Reńską. Księżna odmówiła bigosu, ale wychyliła kieliszek wódki z zawadiackim odrzutem głowy. To ją tak wycieńczyło, że zasnęła przy ognisku, opatulona trzema szubami. Z oczywistych względów nie przeszkadzała jej szalejąca kapela i ogólna hulanka w kopnym śniegu.

Tańcząc z Pedrem pod gwiazdami, chowałam się zarówno przed byłymi, jak i przed Sarmatą, więc była to wątpliwa przyjemność. Gdyby byłe zobaczyły mnie z byłym i na dodatek rozpoznały mnie prawidłowo, nie wytłumaczyłabym się przed Pedrem z zawiłości taktyki, którą zastosowałam, poszukując go. A przed Sarmatą ukrywałam się, bo już przy pierwszym walcu pośród kurzących śniegów, na którego dałam mu się namówić, pokazał mi klucz wetknięty za cholewę sarmackiego buta.

– Od pałacowej pakamery – wydyszał mi w ucho, buchając z ust alkoholową parą. – Musimy się tam zejść po północy. Zaraz po toastach. Będzie ci bosko, kochanie!

Cały czas lekko zawiany, fascynował mnie w pewien sposób. Ktoś, kto jest lekko zawiany na początku balu, w jego apogeum albo trzeźwieje, albo spada pod stół. Sarmata nie. Z godnym pozazdroszczenia wyczuciem pozostawał permanentnie w stanie lekkiego zawiania. Obiecałam mu, że wrócimy do propozycji – i umknęłam do Pedra.

Wtulałam się w niego w czułym tańcu, gdy dostrzegłam na sobie pełen nienawiści wzrok Agniechy. Robercik miał już przerąbane w przedszkolu, ale mogło być gorzej. Mogłam mieć przerąbane ja, Dominika. Zaraz, tu. Wypiłam jeszcze jeden kieliszek czystej, zagryzłam chłodnym już bigosem i dla uspokojenia zatańczyłam z absolutnie nieznajomym facetem. Temu odbijało się raz za razem i cały czas byłam przekonana, że puści staropolskiego pawia prosto na mnie i moje złote lamówki. Więc nie uspokoiłam się. Zapomniałam nawet Pedrowi powiedzieć, że rozgryzłam zagadkę anonimów. Zresztą on też niczego mi nie powiedział. Zero warunków.

Zadyszany kulig wrócił do pałacu przed północą. Tam okazało się, że wszyscy wymarzli, więc zadysponowano staropolską piwną polewkę z białym serem. Dla rozgrzewki. A zaraz potem pałacowe zegary wybiły Nowy Rok. Strzeliły szampany i petardy, z balkonów posypało się konfetti, a ja, całując Pedra, poczułam na sobie wzrok Iwony. Zazdrosny. Oraz dentystki. Zaciekawiony, niegroźny, wart 250 złotych długu.

Składając życzenia komu popadło, wkręciłam się w tłum po raz kolejny tej nocy. Miałam szczerze dosyć konspiracji. Wymknęłam się na antresolę, skąd poprzez marmurowe tralki schodów widziałam w dole salę balową. Mogłam nacieszyć się chwilową samotnością. Próbowałam ściągnąć Pedra gorączkowym kiwaniem, ale nie dostrzegał mnie. Dzisiaj znowu miał pod skórą tego przeklętego czarnoksiężnika przywleczonego z dalekich gościńców, uświadomiłam sobie nieoczekiwanie.

Przetoczył się obok mnie facet z rozpiętym rozporkiem – szukał toalety. Już całkiem niepotrzebnie zresztą. Chwilę później usłyszałam głosy Iwony i Agniechy plus męski, tego ich wspólnego mena. Szli prosto na mnie. Ich rozmowa dotarła do mnie, kiedy byli już blisko, bo orkiestra grała metal. Może księżna Reńska obudziła się i Pedro chciał, żeby usłyszała jakąś muzykę, zanim wąsacz odwiezie ją do domu. Wbiegłam na piętro, żeby uciec korytarzem, ale od przeciwnej strony nadchodziła dentystka ze swoim kurtuazyjnym mężem. Nie wiem, skąd się tam wzięła, niedawno widziałam ją wśród danserów na dole. Widocznie nie tańczyła do wtóru metalowych kapel. Z jej królewskimi manierami nie wypadało. Na domiar złego z góry schodził Sarmata. Prawie na czworakach, ponieważ idąc, usiłował wyciągnąć zza cholewy klucz do pakamery. To się nazywa być wziętą w trzy ognie!

Zanim którekolwiek mnie zauważyło, dopadłam mojego pokoju i przekręciłam za sobą klucz w zamku. Przyłożyłam ucho do drzwi. Nie usłyszałam głosów z korytarza, nie licząc odległego dźwięku orkiestry. Usłyszałam za to szum wody lecącej z kranu. W łazience. Jak poprzedniej nocy.

Odwróciłam się, przerażona.

Przez uchylone drzwi łazienki sączyło się światło.

Podeszłam na palcach, zabierając po drodze szkandele leżące na kominku. Taki historyczny termofor, przypominający zamykaną patelnię. Miedziany chyba. Ująwszy rękojeść w obie dłonie, zajrzałam ostrożnie do łazienki.

Biała Dama, pochylona nad wanną, prała zafajdane śpioszki. Więc to nie był trupi zapach. To, co zwęszyłam w nocy, wyrwana ze snu. Ale ten fakt uświadomiłam sobie za późno. Najpierw Biała Dama wyczuła moją obecność, odwróciła się ruchem atakowanej pantery, a ja bezwiednie wykonałam szkandelami popisowy backhand. Brzęk metalu zmroził mi krew.

Biała Dama osunęła się na posadzkę bez życia.

Biały półprzejrzysty szlafrok rozsunął się jej na piersiach. Dojrzałam pod spodem biustonosz. Markiza 70 E. Który z czymś mi się kojarzył, ale w tym momencie nie miałam pojęcia, z czym. Zgłupiałam. Nie uwierzyłabym, że w miarę inteligentna kobieta może zgłupieć tak błyskawicznie, jak zrobiłam to ja.

Tyłem wycofałam się do pokoju, nie mogąc pozbierać myśli. Wiedziałam, że powinnam kogoś wezwać. Ale kogo? Jak? W pokoju słychać było zawodzenie Białej Damy, mimo że leżała bez ducha w łazience. Koci krzyk dobiegał zza biblioteczki stojącej skosem. Gdy stąd wychodziłam na bal, stała prosto. Oczywiście była sekretnymi drzwiami, jakich pełno w pałacach. Dlaczego moja kobieca intuicja nie podpowiedziała mi tego w poprzednią noc?

Za biblioteczką znajdował się pokój umeblowany podobnie do mojego. Tyle że dodatkowo stała w nim osłonięta tiulami kołyska. W niej goły niemowlak. Tłusty chłopczyk o brązowych oczach. To on wył z zacięciem, nie Biała Dama z Wilkowyska.

Złapałam komórkę, wyszukałam Pedra, myląc się parę razy. Odezwał się w przeraźliwym łomocie orkiestry z dołu.

– Pedro, nie wiem, co się dzieje! – wyszlochałam. – Chyba zabiłam wam Białą Damę!

– Boże! – jęknął Pedro i już wiedziałam, że on wie.

Tylko ja nie wiem.

Żeby nie wdawać się w nieprzyjemne szczegóły, powiem krótko. Pedro nie rozszedł się z dentystką z powodu niezgodności charakterów, jak byłam przekonana. Rozszedł się z powodu kochanki. Kiedy odzyskał pamięć przy mnie, postanowił nie szukać tej kobiety. Kochał tylko mnie. Powtarzam, co usłyszałam. Chcecie, to wierzcie, chcecie – nie wierzcie. Odnalazł ją, próbując wpaść na trop autora anonimów. Dla mojego bezpieczeństwa. Okazało się, że gdy Pedro przepadł po wypadku, ona była w ciąży.

Oprócz Rapcuchowicza dołożył się do mojej klęski Edward Gierek. To za jego rządów robiono w pałacu hydraulikę. Ponoć łazienka w ukrytym pokoju zapychała się od lat.

– Chciałem ci wszystko szczerze wyznać, Do – zapewnił Pedro – ale nie miałem serca zrobić tego dzisiaj. Tak cieszyłaś się na ten kulig i na bal.

Siedziałam zdruzgotana w tym samym fotelu, w którym parę godzin temu siedziałam tryumfująca przed Rapcuchowiczem. Przez ten krótki czas moje życie fiknęło koziołka.

– To twój syn?

Nie odpowiedział. Może dlatego, że pytałam go już trzy razy. I odpowiadał.

Biała Dama, czyli jakaś Magda, leżała w pokoju obok z kompresem na głowie. Przebrany w czyste rzeczy maluch przestał płakać. Jeszcze na chwilę zostaliśmy z Pedrem tylko we dwoje.

– I co teraz? Co teraz, Pedro? Jeżeli mnie zostawisz, nie będę cię lubiła. Nie ufałabym mojej wielkoduszności na twoim miejscu. Jeżeli zostawisz własnego syna, też nie będę cię lubiła. Chyba już cię nie lubię, Pedro.

Znów pokiwał głową, jakby mi potakiwał. Nie miał za dużo do powiedzenia. Tyle razem przeżyliśmy, a on na końcu nie miał za dużo do powiedzenia. Czy nie zabawne?

Nie, wcale niezabawne.

– Długo o tym myślałem – odezwał się wreszcie. – Szukałem dobrego wyjścia dla wszystkich. Ale nie ma takiego. Wydaje mi się, że ja sam nie lubiłbym siebie bardziej, gdybym zostawił mojego syna. Myślę, Do, że miałabyś u swojego boku człowieka, którego ani ty nie lubisz, ani on nie lubi siebie. Co to za sielanka?

– A ona? – wskazałam w stronę zamkniętej sekretnej komnaty.

Nie chciało mi się nawet płakać. Byłam zmęczona, jakbym tym kuligiem przejechała dookoła świata. Powożąc wszystkimi końmi. Nie byłam wcale pewna, że rozmawiam z Pedrem. Wydawało mi się, że ktoś obcy w mojej skórze rozmawia z kimś obcym w jego skórze. I że moja kobieca intuicja przepowiadała mi to od dawna, tylko nie chciałam jej wierzyć. Póki wszystko się nie rozsypało w mgnieniu oka.

Ta dziewczyna w białej sukni, która wpadła na nas w Paryżu – to był znak z nieba.

– Myślę, że kocham Magdę – odpowiedział Pedro. – Tak jak ciebie. Kocham was obie.

– Wybrać musisz jedną.

– Wiem. Na tym polega mój problem.

Dlaczego zapomniałam o tej paryskiej dziewczynie, skoro od początku przeczuwałam, co może znaczyć w moim życiu.

– Ją wybierasz?

– I dziecko. Nie chciałbym ci tak odpowiedzieć, Do. Ale nie mogę inaczej.

– Więc co to za twój problem, Pedro? – zapytałam. – Zostaniesz z nią, ona z tobą. To jest mój problem, Pedro. Nie twój. Nie wasz. Wam się pięknie ułożyło. Co ci mogę więcej powiedzieć, żebyś już całkiem był zadowolony z życia? Poradzę sobie z tym problemem, nie martw się o mnie. Jestem urodzoną optymistką, przecież wiesz.

– Do, nie mów w taki sposób. Nie zachowuj się jak antyczny heros. Zrób mi awanturę, rozpłacz się, zareaguj. To ci pomoże. Zawsze reagowałaś nad miarę żywiołowo. Nie podoba mi się twoje dzisiejsze zachowanie. Boję się go, Do.

Klęczał przy mnie, trzymał za rękę. Zabrałam ją.

– Myślisz, że mnie się podoba twoje zachowanie. Albo moje? I że się nie boję?

– Co mam zrobić, Do, powiedz mi. Zgadzam się z góry. Chcę ci pomóc.

– Pedro, nie bądź dzieckiem. Czego ty ode mnie wymagasz? Ja nawet nie wiem, co ja sama mam zrobić.

Nalał mi jakiegoś alkoholu i podał. Wypiłam.

– A jeśli opuszczę Magdę? Zabiorę dziecko i zostanę z tobą. Pomożesz mi wtedy?

– Nie powinieneś tego robić. To nierealne. Nie licz na moją pomoc w tej sprawie. Ani w innej. Wszystkich sił, które mam, będę potrzebowała, żeby pomóc sobie.

– Kocham cię, Do. Uwierz mi, że to nie jest dla mnie łatwa decyzja.

Nigdy dotąd nie widziałem łez w oczach Pedra. Pocałowałam go w policzek.

– Ja też cię kocham, Pedro. Niektórym to wystarcza na całkiem piękne życie. Ale dla nas widocznie było za mało. – Pocałowałam go jeszcze raz. W usta. Na pożegnanie. – Idź, zajrzyj do niej, zobacz, jak się czuje.

– Do Magdy?

– Tak. I do dziecka. Nie chcę mieć ich na sumieniu.

Po czym wyszłam z pokoju na korytarz, ponieważ czułe odgłosy dochodzące zza biblioteczki mogły okazać się dla mnie bardziej stresujące niż wycie Białej Damy.

Wstawał świt. Z dołu nie było już słychać orkiestry. Tylko samotny pianista grał walca Chopina. Przez okno widziałam na zdeptanym śniegu sflaczałe resztki baloników, porozsypywane kolorowe papierki, które niedawno były serpentynami albo maseczkami. W szybie odbijałam się ja bez staropolskiego nosa i brwi. Tak wcale nie wyglądałam lepiej.

W niszach korytarza zwisały ze ścian smętne resztki dekoracji. Z głębi, postukując obandażowanymi łupkami o posadzkę i zataczając się na trzech nogach, nadchodziła biała koza Dafne. Przystanęłyśmy naprzeciw siebie. Koza uniosła łebek, spojrzała na mnie mądrymi oczami kozy doświadczonej przez życie. Kiedy pogłaskałam ją po karku, wykręciła pyszczek i zębami uszczypnęła mnie boleśnie w tyłek. Odskoczyłam z krzykiem, przykucnęłam bezsilnie na środku pustego korytarza i rozpłakałam się w głos.

Nie wiem, jak długo to trwało, w każdym razie do chwili, gdy pomyślałam, że Dafne jest jednak rozumną kozą i że to jest myśl.

Na dole tańczyło już tylko pięć spoconych par do wtóru brzdąkającego samotnie pianisty. Na podeście dla orkiestry leżał bezpański kontusz, ktoś spał pod ścianą, ktoś wymiotował w otwartym oknie, przewieszony bezwładnie przez parapet. Mój Sarmata był w sali obok. Lekko zawiany, siedział nad półmiskiem z niedojedzonymi półgęskami. Sumiaste wąsy nasiąkały tłustym sosem, w którym były zanurzone. Obok stał pełen kielich.

Wychyliłam go duszkiem.

– Masz jeszcze ten klucz? – zapytałam, a kiedy Sarmata skinął głową, pociągnęłam go za odrzucony na ramię wylot kontusza. – No to chodź, na co czekasz?

Nie zniechęciły go moje podpuchnięte oczy ani ogólny tragizm emanujący z mojej postaci. Od początku wiedziałam, że to porządny gość. Można na niego liczyć.

Rozamorowany Chopin cichł w miarę, jak wspinaliśmy się po stopniach na poddasze. Choć zdawało mi się, że schodzimy do piwnic. Przykucnąwszy, wyciągnęłam Sarmacie klucz z cholewy, otworzyłam pakamerę i zamknęłam ją na klucz, gdy oboje weszliśmy do środka.

W pomieszczeniu stały duchy mebli. Każdy sprzęt nakrywały białe pokrowce. Przez niedomknięte żaluzje wpadało mętne światło styczniowego poranka, przedzierając się poziomymi smugami przez zawiesinę kurzu. W tej scenerii katastroficznej jak stan mojej duszy zsunęłam z ramion błękitną suknię obszytą złotymi lamówkami. Kopnięciem zrzuciłam włoskie buty na niskim obcasie. Ściągnęłam rajstopy w kolorze ecru i nową koronkową bieliznę, która dzisiejszego ranka miała oczarować Pedra. Własnoręcznie zarzuciłam stanik na wieloramienny żyrandol bez żarówek.

Po czym stanęłam naga i oczekująca przed Sarmatą.

Przyciągnął mnie do siebie zdecydowanym gestem macho.

Obiema rękami chwyciłam jędrne męskie pośladki, wtuliłam zapłakaną twarz między jego szyję a obojczyk. Sumiaste wąsy pachniały sosem do półgęsków, więc odkleiłam mu je spod nosa. Tą samą ręką zsunęłam z jego głowy podgoloną czuprynę i szarpnięciem rozerwałam czarną maseczkę. Ostatnią maseczkę, jaka pozostała jeszcze na czyjejś twarzy podczas staropolskiego balu.

I odskoczyłam z przestrachem.

Przede mną stała dziennikarka z „My Fair Lady".

– Nie uprzedzałam, że faceci to świnie? – odezwała się lekko zawianym głosem.

Zerwałam z barokowego szezlonga biały pokrowiec i owinęłam się nim jak kąpielowym ręcznikiem. A jej zakazałam, żeby mnie dotykała. Przez moment błysnęła mi myśl, że w sumie przecież wszystko jedno, ale odpędziłam tę myśl.

Dziennikarka tym razem nie była nachalna. Orzekła, że w porządku. Będzie, jak sobie życzę. Usadziła mnie na szezlongu, z którego wzbiły się tumany kurzu, i kichając zaproponowała, żebym wygadała się, jeśli to mi ulży. Więc kichając i płacząc, wyżaliłam się, przytulona do jej markizy 70 E. Co za posępne czasy, kiedy człowiek znajduje powiernika wyłącznie w prasie!

Zwierzałam się bite dwie godziny – jak marzyłam o Pedrze, jak spotkałam Pedra, jak straciłam Pedra. Chaotycznie, ale szczerze. Z uwzględnieniem zrastających się podstępnie brwi, pszenicznego zapachu i męskiego uśmiechu, który otworzył przede mną niebo. A ona słuchała w milczeniu, współczująco, z uwagą.

Dopiero gdy wsunęła rękę pod pokrowiec i złapała mnie za biust, dałam jej po gębie.

Happy end

Podobno moja opowieść ukazała się w lutowym numerze „My Fair Lady". Moi rodzice ją odchorowali, a Gośka przez miesiąc namawiała Berniego, żeby wykupił pismo i doprowadził je do plajty. Marek, mój były, przysłał mi list, że nie życzy sobie, żebym rozpowiadała po gazetach, jakoby nasze rozstanie miało homoseksualne podłoże. Dyrektorka w szkole odzywała się do mnie tylko na radach pedagogicznych. Janek Machta nie odezwał się w ogóle.

Nie czytałam, nie protestowałam, nie dementowałam. Postanowiłam potraktować publikację jako moje samobójstwo. Symboliczne wprawdzie, ale lepsze takie niż żadne.

Z Pedrem zobaczyłam się ostatni raz, gdy przyszedł po swoje rzeczy. Był przyjacielski, miły, troskliwy, wciąż miał rozdarte serce – i właśnie dlatego ucieszyłam się, kiedy poszedł. Nie znam jeszcze siebie za dwadzieścia lat, ale przewiduję, że nie należę do kobiet, które zapraszają byłych na niedzielny rosół z makaronem własnej roboty. Tym facetom już i tak dobrze, trzeba zadbać o własne życie. Poza tym Rapcuchowicz twierdzi, że napisał trzy anonimy po premierze mojej książki. Z tym ostatnim, ze świąt, nie miał nic wspólnego. Zatem któryś z nich kłamał, jak to mężczyzna. Nie byłam pewna, czy wolę, żeby to był Pedro.

W nowym roku Rapcuchowicz rozpiął nade mną w klasie parasol ochronny. Byłam mu wdzięczna, bo z początku nie zawsze wiedziałam, co dzieje się na lekcji.

– Niech pani sobie nie bierze do serca tego, co powiedziałem w sylwestra. O pani książce – zagadnął mnie kiedyś na przerwie. – „Dziadów" też nie da się czytać. Już nie wspomnę o „Nad Niemnem". U pani przynajmniej nie ma tych pikanych opisów przyrody na dziesięć stron i tych pikanych głębszych treści!

– Nie pociesz mnie, Rapcuchowicz, bo zupełnie się załamię! – odpowiedziałam.

Co było dla mnie najbardziej dołujące? Spełnione życzenia. Pragnęłam spotkać idealnego mężczyznę, spotkałam go – i nic z tego nie wynikło. Tyle że miałam to już za sobą. Miałam za sobą marzenia. Nie pozostał we mnie cień apetytu na następny ideał. Nie istnieją drugie ideały. Idealniejsze. Ideał jest jak wzorzec z Sevres. Na całym świecie nie znajdziecie metra, który byłby dłuższy od metra z Sevres.

Gośka namawiała mnie na miłość w sieci. Póki nie otrząsnę się w realu. Kiedy ją odwiedzałam, kuśtykała o kulach po piętrze domu, choć Berni założył jej windkę. Miała stałą trasę: łóżko – biurko. Czas spędzała przed komputerem i potrafiła już nie tylko ułożyć pasjansa.

– Do, poznałam kogoś cudownego na czacie – powiadomiła mnie pod nieobecność Berniego. – Już przeszliśmy na priva czy jak to tam! Nauczył mnie. Musisz sobie koniecznie kupić kompa. Pożyczę ci, ile brakuje. Klikanie z prawdziwym facetem regeneruje kobitkę. Ten mój wygląda jak Banderas. Ognisty Latynos kapiący testosteronem.

– Sam ci to napisał o sobie?

– Nie jestem naiwna! – Gośka zachichotała. – Wymusiłam na nim fotkę. Patrz tylko!

Wyklikała mi na ekranie czarno-białego ulizanego facecika o bladej twarzy.

– To jest Rudolf Valentino – powiadomiłam ją.

– Kto taki?

– Rudolf Valentino, amant z niemego kina. Od lat nie żyje.

– Pokopało cię, Do? Serio? – Gośka przyjrzała się zdjęciu i mnie, jakby szukała podobieństwa. Wzruszyła ramionami.

– To lepiej, nie? Chyba Berni nie będzie zazdrosny o nieżywego amanta, boby się ośmieszył. Mówię ci, Do, łap się za myszkę i klikaj, nie zastanawiając się, z kim. Odrodzisz się jak nowa!

Jak niewiele trzeba, żeby zawzięta pesymistka myślała optymistycznie. Wystarczy, że jedynym mężczyzną, który sprawia jej problemy, jest Rudolf Valentino.

– Nie mam teraz czasu na duety w sieci, Gośka – żachnęłam się. – Muszę dokończyć książkę o miłości do Pedra albo będę zwracała Robercie zaliczkę. Nawet ci nie powiem ile.

To zdanie dowodziło, że zostały we mnie resztki instynktu samozachowawczego. Gdybym wymieniła sumę, Gośka umarłaby ze śmiechu i nie miałabym najlepszej przyjaciółki. Ona za takie pieniądze nie przekartkowałaby książki, co dopiero mówić o napisaniu.

Dwa dni wcześniej odbyłam z Robertą nerwową rozmowę na temat nowej powieści o miłości do Pedra. Poinformowałam ją, że fabuła, niestety, poszła w złym kierunku. Wszystko zmuszone będzie skończyć się źle. Tak się ułożyło.

– Nie żartuj – westchnęła Roberta, zakładając nogę na nogę z oszałamiającym szelestem oszałamiających rajstop. – Zakończ happy endem. To wciąż świetne wyjście.

Wyjaśniłam jej, że nie może być happy endu, skoro Pedro odszedł z Magdą czy jak jej tam dali na chrzcie świętym. Nie skalam się kłamstwem. Wobec niczemu niewinnych czytelników – nie! Bo tak w ogóle inna sprawa. Ale w sztuce mówię prawdę.

– Nie przesadzaj – powiedziała Roberta takim tonem, że nie wiedziałam, czy ma na myśli moje kłamstwa, czy moją sztukę.

Uświadomiła mnie, że profesjonaliści nie traktują życia dosłownie. Trzeba mu nadać szlif. Nie za to dostaję pieniądze, że piszę, tylko za to, że rozumiem, co się sprzeda. Rozstanie z Pedrem się nie sprzeda, bo co kogo obchodzą moje zawirowania? Należy dać odbiorcy to, czego oczekuje, bo to on oczekuje, nie kto inny. Od piekarza żąda świeżych bułeczek, od szewca wygodnych butów, a ode mnie, żeby świat miał sens, kiedy będzie jadł te bułeczki i chodził w tych butach. To nie jest kwestia kłamstwa, tylko spojrzenia pod stosownym kątem. Przerwania w odpowiednim miejscu. Kiedy jeszcze jest dobrze. Nikogo taki zabieg na pewno nie skrzywdzi, a niektórych ucieszy.

Powiedziałam jej, że to fałszowanie świata. To, co mi proponuje.

– To jest podnoszenie średniej statystycznej dobrego samopoczucia świata! – Roberta na to. – Poprzez dobór lektury. Jak świat będzie miał lepsze samopoczucie, będzie lepszy i okaże się, że wcale nie byłaś daleko od prawdy.

Wygarnęłam Robercie, że jest pospolitym demagogiem jak jakiś polityk, a nie jak przyzwoity wydawca. I wyszłam z wydawnictwa, obrażona na cały świat. Tyle że świat to mały pikuś, natomiast Robercie wisiałam znacznie więcej kasy niż łącznie wszystkim trzem byłym na staropolskim balu. W ramach tej cholernej zaliczki do ewentualnego zwrotu.

W domu siadłam wieczorem nad zeszytem, usiłując wykroić szczęśliwe zakończenie mojego związku z Pedrem. Nic mi nie wychodziło.

Najpierw spróbowałam delikatnie. Magda z dzieckiem ucieka od Pedra, on wraca do mnie. Przeżywa załamanie, zaczyna pić, moja miłość jest mu niezbędna, żeby uporał się z depresją. Przerwałam po pięciu stronach, kiedy Pedro leżał w delirium na podłodze stryszku. Dziabnięty nożem, którym mnie zaatakował w pijanym widzie. A ja tłukłam szyby, żeby skoczyć z dachu i roztrzaskać się melodramatycznie u stóp Johnny'ego Deepa z widokiem na Karaiby.

To nie było najszczęśliwsze zakończenie.

Spróbowałam radykalnie. Magda z dzieckiem giną w wypadku kolejowym, Pedro wygrywa sześć milionów w totolotka i uradowany wraca do mnie, bo to za dużo na samotnego mężczyznę. Z tej wersji zrezygnowałam po kilku zdaniach. Kiedy Magda z synkiem w nosidełku wsiadała do feralnego pociągu relacji Groblin – Ćwikła Królewska. Popłakałam się z żalu nad nimi, zanim zawiadowca podniósł chorągiewkę, i podarłam zapisaną stronę.

Akurat wtedy zadzwoniła moja komórka i wyświetlił się „nieznany". Odebrałam.

Nieznanym okazał się Marek, mój były. Zapytał grzecznie, czy może złożyć mi rewizytę. Gdyby wybierał się wywnętrzać w związku z gejowskim wątkiem w „My Fair Lady", nie byłby taki grzeczny. Więc ze swojej strony spytałam równie grzecznie, kiedy.

Za pięć minut, jeśli można, jest w pobliżu.

Rozejrzałam się niespokojnie po stryszku, ale okazało się, że mieszkanie porzuconej kobiety nie wygląda wcale na zapuszczone. Trochę niepotrzebnego kurzu tu i ówdzie. Poza tym całkiem znośnie w aspekcie schludności. Tak wygląda, jakby panował tu ład i spokój. Mimo że żaden stanik nie zwisa z kinkietu. Niestety.

Marek usiadł skromnie na brzeżku pufy i wyjaśnił mi, że przybył przeprosić za swój niefortunny list. Przeczytał artykuł w „My Fair Lady" jeszcze dwa razy i zrozumiał, co jest prasową pianą, a co naprawdę kryje się w głębi wody. Tam kryje się mój osobisty dramat. Wygląda na to, że nie jestem obecnie szczęśliwa, czy tak?

Przyjrzałam mu się spod oka. Do czegoś zmierzał, a ja nie miałam pojęcia, do czego. W pierwszej chwili zamierzałam zaprzeczyć i zmienić temat. Ale zmieniłam zdanie.

– Jestem nieszczęśliwa, Marku – przyznałam się dzielnie. – Masz rację.

Marek podniósł postawioną na podłodze reklamówkę. Przypadkiem, idąc, gdzieś kupił niezłe wino i przypadkiem ma je ze sobą. Ja lubię dobre wino, pamięta. Gdybym miała ochotę i dała dwa kieliszki...

Dałam dwa kieliszki.

Marek wzniósł toast. Żeby nam się w końcu ułożyło.

– Nam?

– Ostatnio u mnie też nie najlepiej – oświadczył na pozór spokojnie, ale za dobrze go znałam, żeby się na to nabrać. W środku aż dygotał.

Przeprosił, że wciąga mnie w swoje sprawy. Nie ma nawet z kim o tym pogadać. Spojrzał na swoje życie i zobaczył, że nie ma nikogo takiego. Świat wali mu się na głowę – i nawet nie ma komu pokazać palcem w górę. Żeby zobaczył i pojął. A dziecko nie jest jego, okazuje się. Powiedziała mu wprost. Nie w czasie awantury, tylko na zimno. Baby są straszne, Do. Gorsze od trzęsienia ziemi!

Powiedział i rozpłakał się. Jak nie Marek.

– Które dziecko? – zapytałam z przestrachem.

Właśnie to, okazało się. Dziecko, z którym Marzenka chodzi w ciąży. Choć łudziłam się, że Marek ma ich jeszcze kilka na boku i to któreś z tych dodatkowych. Ale nie.

Chryste! Ja dziękuję!

Pomału nalałam czubato wina, bo nie miałam pomysłu, co powiedzieć.

Marek też nie miał pomysłu, ale on miał chociaż zajęcie. Płakał.

Wyjęłam własne wino z barku, powolutku upiłam go i uspokoiłam. Siebie też.

Marek wyjaśnił, że ten gość od dziecka zostawił Marzenkę i uciekł. Dlatego się wydało. Faceci są straszni, Do! Gorsi od zarazy! Ten konkretny to po prostu pieprzony wymoczek! Tak jest, zgodziłam się, taki ktoś to po prostu pieprzony wymoczek! Żeby tak, ot, zostawił?! Co z dzieckiem?

Nic, orzekł Marek uczciwym pijackim głosem. Marzence wybaczy, dziecko zaadoptuje. Jeżeli mu wystarczy sił na tę wyrozumiałość pieprzoną!

– Do, tylko z tobą da się pogadać jak z człowiekiem – wyznał, tuląc się po dawnemu do mojej piersi. – Cieszę się, że tu przyszedłem. Nigdzie nie jest tak miło jak u ciebie.

– Marku, po raz pierwszy od wielu dni odżyłam przy tobie – zrewanżowałam mu się z głębi serca i teraz ja, sącząc wino ze łzami, zaczęłam opowiadać moją smutną historię o nie moim dziecku, o Pedrze i o Białej Damie.

Ale Marek już to znał z „My Fair Lady".

– Jak ja cholernie żałuję, że myśmy się rozstali, Do! – powiedział. – Byłem niedojrzały gówniarz. Wstyd mi, jak o sobie tamtym myślę.

– Nie obwiniaj się – pocieszyłam go. – Cały czas mam przekonanie, że to przeze mnie.

– A dziś co? – westchnął tragicznie Marek. – Już cię nie kocham, Do.

– Ja też cię nie kocham, Marku! – wyznałam mu i ucałowaliśmy się serdecznie.

Odprowadziłam go na klatkę, pomachałam mu ręką przez poręcz, gdy schodził. Przesłał mi całusa. Czy nie cudowne? Nie kochaliśmy się – tak przepięknie, jak nigdy dotąd. Ślimaczyło się parę lat, owszem, ale wreszcie coś w moim życiu skończyło się dobrze.

To była pierwsza noc od Wilkowyska, którą przespałam jak suseł.

Nazajutrz podarłam napisane fragmenty książki o miłości do Pedra. Było tego więcej, niż się spodziewałam. Przez kwadrans spuszczałam je w klozecie, żeby mi się nie zapchał. Tym samym pozbyłam się i zaliczki, i książki.

Przez następny tydzień chodziłam do kina albo czytałam. Zbierałam siły, myśli, emocje. Przeczytałam „Moby Dicka", w którym nigdy nie przebrnęłam przez pierwszy rozdział, przeczytałam „Sonatę Kreutzerowską", przeczytałam „Wywiad z wampirem". Po kolei, jak stało na półce. W kinie widziałam wszystko, co puszczali przez ten czas. Nie wiem, co to było, oprócz jednego filmu, w którym grał Depardieu, tylko nie znam tytułu. W każdym razie obejrzałam wszystko. Podobało mi się.

Dwa miesiące później zaniosłam Robercie gotową drugą książkę o miłości do Pedra. Z happy endem. Nazywała się „Biała Dama".

– Doskonały tytuł! – zachwyciła się Roberta. – Potem zmienimy go na jakiś bardziej przebojowy, ale na razie jest świetny.

Główna bohaterka miała na imię Magda. Poznała cudownego faceta ze zrastającymi się nad nosem brwiami, ale był żonaty. Cierpiała. Nad ich związkiem wisiało fatum. Roman rozwiódł się, lecz zamieszkał z przedszkolanką, przeżywając ogólny kryzys uczuć. A potem zniknął bez śladu. Magda cierpiała, tym bardziej, że była w ciąży. On odnalazł się: niestety, żył już z inną. Poznaną, gdy stracił pamięć po wypadku. Kochał tamtą. Nie wiedział o dziecku. Magda cierpiała. Wreszcie Roman odszukał ją, żeby sprawdzić, czy ona nie chce zrobić krzywdy tej nowej. Nie chciała, więc zostawił ją i dziecko. Zniknął przed świętami Bożego Narodzenia. Jakże Magda cierpiała! Na domiar złego wymówiono jej mieszkanie. Została z ukochanym niemowlęciem na bruku. Kierując się niewygasłym uczuciem, Roman pozwolił jej zamieszkać w pałacu. Ulokował ją wstydliwie w sekretnej komnacie z niesprawną hydrauliką. Podczas sylwestrowej nocy, gdy inni się bawili, nieszczęsna Magda prała śpioszki płaczącego synka. Wtedy odnalazła ją ta druga, przekleństwo jej życia. Ogłuszyła ją szkandelami. Chyba nikt na świecie tak nie cierpiał, jak biedna Magda. Ocknąwszy się, usłyszała za biblioteczką czułą rozmowę tamtych dwojga. Zrozumiała, że to koniec. Rozpacz. Pustka. Nic więcej w jej życiu się nie zdarzy. Choć kochała go jak Julia swojego Romea. I wtedy otworzyły się ukryte drzwi, Roman wziął ją w objęcia. Wraca do niej i dziecka, rzekł. Na zawsze. Będą żyli długo i szczęśliwie.

– Witaj w klubie, Dominiko! – powiedziała wzruszona Roberta.

– W klubie?

– W klubie kobiet, które dojrzały. Kontemplujących urodę świata tak, jak na to zasługuje. W klubie kobiet, które niejeden raz dostały po tyłku od życia, więc umieją już spojrzeć na nie od całkiem innej strony. Witaj w naszym Klubie Całkiem Innej Strony.

– Nie witaj mnie jeszcze, Roberto – zaparłam się. – Do tego klubu zajrzałam przypadkiem. Zaraz lecę dalej.

Mimo wszystko na facetach ze zrośniętymi brwiami świat się nie kończy. Oni mi się może przejedli, ale ilu jest innych! Czy nie mogę znaleźć jakiegoś bez brwi? Bez zarostu, bez nosa, bez podbródka z dziurką. To znaczy, niech on sobie to ma w granicach rozsądku. Jakieś swoje, dowolne, obojętnie jakie.

Ale głównie niech będzie silny, mądry i dobry. Dla mnie! Przede wszystkim dla mnie, nie dla skrzywdzonych bab z całkiem innej strony życia. Ja też jestem skrzywdzona. Niech mnie odnajdzie. Niech ja odnajdę jego. Niech wreszcie się odnajdziemy!

Kto miałby nam tego zabronić? Póki nie umrę – jestem tą zakichaną optymistką.

A potem jeszcze nie wiem.

DOMINIKA STEC
Mężczyzna
do towarzystwa

Prószyński i S-ka

„Mężczyzna do towarzystwa" to snuta lekkim tonem opowieść nauczycielki języka polskiego. Ma ona dwadzieścia pięć lat, za sobą rozwód, przy sobie obojętnego sercu chłopaka, przed sobą przypadkowo napotkanego mężczyznę marzeń. Kłopot w tym, że wymarzony zdaje się odbiegać – i to sporo – od ideału. Dominika jest jednak osobą zbyt energiczną, aby pozostawić sprawy własnemu biegowi. I, jak to zwykle bywa, interwencja w ów bieg owocuje nie lada zamętem: bale wśród sztucznych ogni i kace w łożu z baldachimem, ucieczka przed gangsterami i romans z księdzem, przebieranki męsko-damskie i tajemniczy czyścibut z przytułku... W tym zamieszaniu tylko jedno jest pewne: Dominika zakochała się do szaleństwa. Ale w kim?

Polecamy również!!!